中国新时期女性主义文学批评流变之反思

高 岩 著

Reflections on the Development of Feminist Literary Criticism in China's New Era

ZHEJIANG UNIVERSITY PRESS
浙江大学出版社
·杭州·

图书在版编目（CIP）数据

中国新时期女性主义文学批评流变之反思 / 高岩著. 杭州 : 浙江大学出版社, 2025. 1. -- ISBN 978-7-308-25572-1

Ⅰ. I206.7

中国国家版本馆CIP数据核字第2024QZ1802号

中国新时期女性主义文学批评流变之反思

高 岩 著

责任编辑 仝 林
责任校对 汪淑芳
封面设计 周 灵
出版发行 浙江大学出版社
（杭州市天目山路148号 邮政编码310007）
（网址：http://www.zjupress.com）
排 版 杭州林智广告有限公司
印 刷 浙江新华印刷技术有限公司
开 本 710mm×1000mm 1/16
印 张 11.75
字 数 216千
版 印 次 2025年1月第1版 2025年1月第1次印刷
书 号 ISBN 978-7-308-25572-1
定 价 58.00元

序
Preface

高岩教授曾是我的同事，其本科阶段和我同校，是比我低一届的外语专业的师妹，但那时交流不多。她毕业之后留校任教，从事英语的教学和学术工作。我们偶有交流，谈撰写论文或做课题时的研究方向以及学术上的问题、困惑，她很诚恳、很耐心、很努力。交流多了，也就熟悉了起来。我见证了她在学校教学、科研和职称晋级中的成长过程。应该说，她是一位很有上进心、很有从事学术研究的韧劲的青年学者。后来她调到湖州师范学院任教，依然矢志不改，孜孜不倦，笔耕不辍，学术成果丰硕。

近些年，高岩在核心期刊发表了多篇学术论文，其中，《女性主义文学批评的场域生成和多元构建》被《中国社会科学文摘》转载，也获得辽宁省第七届哲学社会科学成果奖三等奖。呈现在眼前的这部题为《中国新时期女性主义文学批评流变之反思》的书稿，既是她多年学术成果的集合，也是她从事学术研究心血的见证。

《中国新时期女性主义文学批评流变之反思》一书是高岩教授主持的浙江省社会科学规划项目“中国新时期女性主义文学批评流变之反思”的研究成果，共九章，20余万字。本书梳理了女性主义文学批评的发展历程与文化语境、特征与繁荣、成就与困境等诸多问题，同时探讨了女性主义文学批评流变过程中所体现出的社会性别蕴含等核心问题。行文中问题意识清晰，反思总结具有很强的思想性和现实性。

中国新时期女性主义文学批评的发展过程分为两个阶段。第一阶段是对西方女性主义文学批评理论进行“他者阐释”的译介。第二阶段是中国文论界运用女性主义文学批评理论对中国的女性文学进行的批评研究。中国的女性主义文学批评以多维视野对女性文学进行了多方位研究，从文学领域延伸到文化领域，体现出新的批评视角，批评的涉及面较广，系统性较强，反映了女性主义文学批评的文化走向。

中西方的女性主义文学批评具有相似性和差异性。其差异性主要体现在中西方不同历史条件下的妇女解放运动、中西方女性主义文学批评文化语境异质性、中西方女性主义文学批评在功能和意义上的不同以及中西方女性主义文学批评的个体性与集体性差异。中国女性主义文学批评的主体建构是基于社会历史文化语境下的多视角和多方法的结合，女性作品中的女性形象与历史和现实中的女性命运紧密相连。一些女性主义文学批评从创作主体对女性文学的历史传统进行了阐释，另外一些女性主义文学批评则是对同时期女性写作的分析和研究。因此，历史与现实相结合的文学实践使性别意识和性别视角融入中国新时期女性主义文学批评之中。中国的女性主义文学批评理论借鉴了西方女性主义文学批评的反抗性意识，但在不同的历史文化语境下，由于理论资源的不同，女性主义文学批评的风格与方法也不同。如孟悦、戴锦华的文学批评具有鲜明的女性主义立场，她们的批评方式带有解构和颠覆的特征，是对传统的女性主义文学批评理论的反思和重构。将女性主义投射到文化研究中去或者将文化研究引入女性主义研究中来，在一定意义上开阔了女性主义文学批评家的研究视野。还有一批女性主义文学批评家则从婚恋、家庭等社会文化视角进行了女性主义研究。她们在强调女性主体地位的同时，认为女性主义研究应避免陷入女性本质论之中，还应避免在通过女性视角进行批评时，把女性看成与男性对立的个体，认同一种根本不存在的“统一的女性经验”，忽视女性由于各种复杂因素的影响而具有的差异性。诚然，中国新时期的女性主义文学批评分为女性意识的觉醒和超越性别、平等对话两个阶段。女性意识的觉醒是对中国语境中的男权制进行批评；而超越性别、平等对话表现在有些女性作家试图建立一种超越男女二元对立的立场，打破性别秩序。

本书旨在将西方女性主义文学批评的流派及场域与中国女性主义文学批评的本土化发展相结合进行研究，并对新时期中国女性主义文学批评的发展过程进行梳理和思考，以促进中国女性主义文学批评理论的健康发展，可供教学实践参考。本书中的一些观点给人耳目一新的感觉，比如女性文学文本对社会性别认知的作用以及对社会性别观念建构的影响。此外，本书对女性主义文学批评的发展过程的叙述也比较系统。本书认为，私人化写作之后的新世纪女性文学打破了传统女性文学研究中性别政治研究占主导地位的局面，具有鲜明的多元化特征。

显而易见，《中国新时期女性主义文学批评流变之反思》是一本学术价值较高的著作，值得一读。当然，金无足赤，白璧微瑕，这也是专著写作不可避免的。

受高岩之托为该书作序！

林　喦

2023年5月24日于沈阳

林喦，原为渤海大学新闻与传播学院教授，文学博士，现为辽宁省文联党组成员、副主席

前　言
Foreword

女性主义文学批评是在文学批评中以“女性主义”为主要立场与角度的批评。“性政治”是女性主义文学批评的核心，“性政治”认为，女性具有独特的自然优势和社会特质，有权对政治发表意见和建议，把性别问题视为政治问题和社会问题，指出性别关系是一种政治权势关系，应从权势、地位等方面对性别问题进行政治、政治社会学及政治人类学的分析。

20世纪60年代，西方女性主义文学批评兴起。西方文学界对女性作品的研究始于对被誉为“女性文学批评奠基人”的伍尔夫于1929年出版的《一间自己的屋子》的研究。女性作品一般涵盖了以女性群体为消费对象的所有形式的作品，而本书中的女性文学主要指具有女性性质或由女性写作的文学作品。女性主义文学则是女性主义作家以独特的女性视角和审美意识，表现女性的生活、命运、历史以及对于世界和人生的看法，对以男性为中心的传统文化进行强劲的理性批判的文学。

总的来说，西方女性主义文学批评的流派主要可划分为英美派和法国派，其场域也呈现多元化的趋势。西方女性主义文学批评经历了从性别、政治到话语权力的思想流变及从传统认同到解构立场的理论转化，与马克思主义、精神分析、后结构主义、原型批评、接受理论、后殖民主义、生态主义等思想流派有着紧密的联系，构建了跨学科、多维度的理论体系。中国女性主义文学批评的发展经历了西方女性主义文学批评理论在中国的译介与传播、西方女性主义文学批评与本土文学批评的共生以及中国新时期（本书中的中国新时期均指改革开放以后）女性主义文学批评的纵深发展等阶段。

本书主要从以下几个方面进行论述：一是对女性主义文学批评

的产生和发展进行梳理，并分别对西方女性主义和中国的女性主义进行研究和比较。二是对中国新时期女性主义文学批评的流变及倾向进行研究。三是对中国新时期女性主义文学批评的成就和困境进行思考总结。

本书将理论探讨与实践分析相结合，拓展和深化了女性文学研究。女性主义文学批评理论的深度介入，打破了既往女性主义文学批评研究感性化及零散化的弊端，强化了女性主义文学批评研究的理论深度；通过严格遴选代表性女性文学文本及文学批评文献和它们所反映的文化现象，女性文学研究的质量得以进一步提高。本书对新时期女性作家的作品进行了系统性、条理性、整体性的分析，打破了传统意义上女性文学研究中性别政治的主导格局，体现了介入社会现实的研究内容。

另外，本书对中国新时期残疾女性作家进行了关注，对残疾女性作家的生存和写作有一些比较深入的思考。当女性主义文学批评对残疾女性作家这一边缘和弱势的群体进行关注时，这些残疾女性作家的创作也成为星星之火，不断蔓延。她们虽身体残疾却不屈不挠，在作品中书写残疾女性的生命哀歌和由此而爆发出的生命呐喊。她们的作品涉及诗歌、小说、散文、戏剧、自传等各种文学体裁。她们的文字总是在书写人间的苦难，苦难的人生经历几乎成了残疾女性作家用文学表现自己命运的主要原因。残疾女性作家用朴实的文字、细腻的语言、亲切的态度，将自己的苦恼和理想付诸笔端，表现出了残疾女性作家乐观向上、自强不息的性格特征。残疾女性作家所呈现出的群体性特点具有特殊的价值，对推动我国的女性文学发展起到重要的作用。本书纳入了残疾女性作家的作品，将其作为中国新时期女性主义文学批评的重要内容，并进行阐释，这也是这本书的特色之一。

本书还对旅英女作家虹影、旅奥女作家方丽娜等海外女性作家的文学作品进行了个性化解读。这些海外女性作家的文学作品冲破了“边缘文学”的框架，逐渐寻找到自身的存在价值，在多元文化语境下建构了华裔女性作家的中国文化身份认同。

本书可作为高等院校中国文学和外国文学专业的本科生与研究生的教材或教学参考书，也可作为更高层次研究的参考书，同时还可以作为文学爱好者的阅读书。

高 岩

2023年2月1日

目　录
Contents

第一章

女性主义文学批评发展过程概述

第一节　女性主义文学批评的兴起

一、女性主义文学批评的产生与发展

女性主义亦称女权主义和性别平等主义，是指为消灭性别主义、性别歧视、性别剥削和性别压迫，实现性别平等而创造的社会理论。它是在对社会不平等现象进行批判之外对性别不平等进行分析及为底层女性争取权利和利益的一种理论思潮。

女性主义文学批评是在文学批评中以“女性主义”为主要立场与角度的批评，女性主义文学批评的产生是以妇女解放运动的开展为基础的，是妇女解放运动渗透到文化领域的结果。妇女解放运动产生于新生的资产阶级妇女运动中，同法国的工业革命运动和美国的废奴运动有着直接的关系。

第一次妇女解放运动横跨19世纪末至20世纪初的西方。19世纪末，妇女解放运动在法国兴起，后来在英美等国家以及世界范围内不断流行起来。文艺复兴和启蒙运动倡导的人权和理性使中产阶级妇女获得了受教育的权利，妇女的主体意识被唤醒；工业革命带来的大规模工厂劳动为底层妇女获得独立地位、摆脱家庭束缚提供了一定的经济基础；第一次世界大战导致男性劳动力不足，无产阶级革命家们也不断对父权制社会进行批判……这些因素使得女性进入社会公共领域并且享有经济权利和政治权利，为广大妇女联合起来争取妇女权利提供了现实基础。就像美国人类学家、女权主义学者海伦·费希尔（Helen Fisher）在《第一性》[①]中所指出的那样，当代妇女运动就像冰川一样缓慢地切割出一个新经济和社会前景，创造出一个

① 费希尔．第一性．王家湘，译．沈阳：辽宁人民出版社，2002.

崭新的世界。

第二次妇女解放运动被认为起源于20世纪60年代的美国，主要目标是消除男女社会地位不平等的现象，争取女性权益。尽管当时许多女性权利在法律上得到了承认，但是歧视女性的社会现象还是层出不穷。新一代的女性主义者开始从意识形态上寻找女性被歧视和压迫的根源。他们倡导女性解放的目的不是在争取社会平等的过程中使女性像男性一样生存，而是强调发展女性特有的语言、文学、哲学和法律。这一阶段妇女解放运动的目的是探寻女性的本质和文化构成，涉及对西方理论传统进行批判的层面，所以为女性主义批评提供了理论条件。

第二次妇女解放运动使女性主义文学批评随之产生。这一时期的女性主义文学批评不仅是一种文学批评，还是一种跨学科的文化批评，而且仍然处于动态发展之中。这一时期对女性主义的学术研究不断兴起。基于妇女解放运动的女性主义文学批评试图从语言、心理等多个层面对性别歧视进行批判，动摇以男性为中心的理论基础。

1929年，著名的英国女作家、文学批评家和文学理论家、女性主义文学批评的奠基人弗吉尼亚·伍尔夫（Virginia Woolf）在《一间自己的屋子》中提出了关于女性和女性主义文学的严肃话题，成为西方女性主义文学批评第一人。伍尔夫在《一间自己的屋子》中强调："一个女人如果想要写小说一定要有钱，还要有一间自己的屋子。"[①]这句话看似很简单，但是在表述中隐含着并不简单的女性主义政治。伍尔夫在《一间自己的屋子》里以诙谐、幽默、夸张及反讽的笔触，反映了当时女性的生存处境，抨击了男权社会对女性的压迫与掌控。她指出，阻碍女性成就自己的艺术事业的原因不是女性缺少才华，而是缺少钱和房间，也就是贫穷限制了想象力与创造力。伍尔夫提出，经济独立的女性才能拥有创作自由和人身自由，物质环境决定了智力的自由。伍尔夫对女性的社会地位进行了历史和现实的分析，认为以前的作品都在对女性进行讽刺和责备。她分析道，男人坚持女人的低劣的时候，他并不是在谈论她们的低劣而是说他自己的优越[②]。伍尔夫质疑了在文学繁荣时期女性身影却并不常见的现象。是什么原因使女性身影消失于文学历史中？又是什么使女性不能进行创作？伍尔夫以假想人物莎士比亚的妹妹为例，说明了为什么她与莎士比亚有着不同的命运。是因为她没有才华、没有想象力或者没有创作灵感吗？不是。是因为父母的阻挠、繁重的家务劳动和早婚。虽然她也在空余的时间读书，虽然她离开家乡跑到伦敦，虽然她也像莎士比亚一样对戏剧舞台感兴趣，但她却遭受

① 伍尔夫．一间自己的屋子．王还，译．北京：生活·读书·新知三联书店，1989：2.
② 伍尔夫．一间自己的屋子．王还，译．北京：生活·读书·新知三联书店，1989：41.

别人的嘲笑和经纪人的侮辱，最终死去。社会偏见和旧的传统束缚着女性的思想和创作，她们所面对的是人们对女性写作的讽刺和反对。伍尔夫认为，要拥有一间自己的屋子，要有写作的心境，才能不被打扰，静下心来进行思考，才能让文思从心底流畅地涌出。她还指出，女性应拥有自己的言说方式和批评标准，因为传统上男人的价值比较占优势，而男人的语言并不适合女性写作。她的写作方式是对传统的解构，用适合"她"而不是"他"的言说方式来表达发自内心的感受。正如陶丽·莫依（Toril Moi）所说的："伍尔夫通过有意识地挖掘语言的游戏性和感觉性，摒弃了突出强调男性思维体系的形而上学本质主义，摒弃了那种把上帝、父亲或男性生殖器奉为超验所指的观念。"[①]她质疑日常生活中固有的传统理念，并提供了一种研究方法和视角。对于女性来说，贫穷就意味着被男性控制和压迫。她提倡女性要摆脱被控制、被压迫的地位，争取独立和解放，并鼓励女性去阅读、去工作、去写作，这展示出她对未来实现男女平等的美好愿望。伍尔夫第一次提出了女性和女性主义文学的话题，使女性主义文学批评开始进入人们的视野中。《一间自己的屋子》作为伍尔夫对性别政治的观察，时至今日，已经成为女性独立与自由的象征。她将社会科学理论具化到女性主义文学创作中，提出女性写作的许多可行性方法。她提出"双性同体"的理论构想，认为作家的心灵是"双性同体"的。心灵存在两种性别，如果两种性别经常同处于一个身体中，无论是处于男性身体还是女性身体中，当身体内的两性进行合作的时候才会产生最好的创作。伍尔夫以一种崭新的视角来研究人文社会科学中的女性领域，她的女性主义思想得到了大多数作家和批评家的认可。

与此同时，法国著名存在主义作家、女权运动创始人之一西蒙娜·德·波伏娃（Simone de Beauvoir）的《第二性》[②]也确立了她在西方女性主义研究中的先驱地位。1949年，波伏娃的西方女性主义理论经典著作《第二性》由伽利玛出版社出版发行。她认为，由男性掌控家庭和社会是法国甚至整个西方的普遍社会现象，在这种社会体系下，女性只能称为"第二性"，女性如果想成为一个完整的人，就要打破这种家庭和社会的框架制约，将男性当作"他者"。波伏娃对男性作家对女性形象的歪曲进行了尖锐的批评，开创了女性主义文学批评实践的先例。更重要的是，该书使人们，特别是女性开始真正意识到女性在人类社会生活中所处的环境，这对于人类文明的发展具有重大意义。从此，占世界人口一半的女性的主体意识开始觉醒，她们为争取女性真正拥有人的权利而不断努力，标志着人类社会文明进步的

① 莫依．性与文本的政治：女权主义文学理论．林建法，赵拓，译．长春：时代文艺出版社，1992：12-13.

② 波伏娃．第二性．陶铁柱，译．北京：中国书籍出版社，1998.

新开始。《第二性》对于女性主义文学批评的实践具有里程碑式的影响。毕竟《第二性》写于20世纪40年代末，在那之前，传统女性的命运一直都被封闭在家庭内。而几十年以后的现代女性的处境与之前已经大不相同，虽然重男轻女的现象仍然存在，但不管怎样，女性主义文学创作和批评从波伏娃大篇幅地描述女性的弱势命运之后，便开始走向通往女性独立和自主的道路。伍尔夫和波伏娃都是女性主义的先驱，《一间自己的屋子》和《第二性》极大地丰富了西方女性主义理论，在妇女解放运动中起到了非常重要的作用。

1970年，美国女作家、女性主义先驱凯特·米利特（Kate Millett）在《性政治》①一书中，以女性特有的生活体验、审美观点及独特的批评视角对文学作品进行解读和评价，建构了女性主义文学批评方法，标志着女性主义文学批评的初步形成。

女性主义文学批评家们从女性主义的视角出发，构建女性主义文学话语，体现了女性主义文学批评家及作家的性别意识。他们以女性特有的思维方式和与众不同的关注点，彰显了女性主义文学批评的学术研究活力与理论创新发展。对女性主义与女性主义文学的研究，有助于更好地梳理女性主义文学批评的理论发展与流变，对中国新时期女性主义文学批评的发展和研究也具有重要的作用。女性主义文学批评不仅挑战被公认为是男性主导的性别世界，还倡导将女性知识与经验融入文学中。女性主义文学批评促进了其他学科批评的发展，包括哲学、政治学、经济学、社会学、历史学、心理学、语言学、美学等。女性主义文学批评是文学批评理论中不可缺少的重要内容，也是文学活动中的一种推动性、指引性和建构性因素。它影响了文学创作与文学思想的发展与变化，对文学的传播与接受也起到了积极的推动作用。

正如美国女诗人艾德里安娜·里奇（Adrienne Rich）所描述的那样，“没有日益发展的妇女解放运动，女性主义的学术运动就不会迈出第一步”②。女性主义文学批评的兴起就是一场女性为争取自身的权利而向男性中心文化宣战的妇女解放运动。

二、女性主义文学批评性别范畴的确立

女性主义文学批评从诞生起，第一次在文学批评领域确定了性别范畴，并以其

① 米利特．性政治．宋文伟，译．南京：江苏人民出版社，2000.

② 里奇．当我们彻底觉醒的时候：回顾之作 // 张京媛．当代女性主义文学批评．北京：北京大学出版社，1992：123.

特有的视角对文学作品进行女性主义阐释。女性主义文学批评的政治性、批判性及颠覆性等特征使其在文学批评中占有重要地位。

女性主义文学批评从质疑传统理论到实现理论突破，确立了性别批评范畴，在方法论上实现了从语言到话语的转向。西方女性主义文学批评的研究重心也从强调文本转向重视读者，研究逻辑也从侧重同一性转为侧重差异性，这些都体现了女性主义文学批评在理论上的进步。女性主义文学批评理论从以普适性价值观和文学审美功能为特征的现代范式嬗变到以差异性价值观和文学政治性为特征的后现代范式。

女性主义文学批评是妇女解放运动在文学领域中的体现。在西方文学批评理论中，存在种族、阶级、性别这三大重点范畴，性别范畴的研究则最具历史意义。在人类历史的发展进程中，人们对性别的认识存在片面性、表面性、主观性、经验性等特点，同时在生物本质主义的影响下，对性别的社会属性的思考有所忽视。西方女性主义文学批评的发展凸显了性别研究的理论维度，对传统的性别意识进行了思考，揭示了通过文学创作对其进行塑造的现象。

在西方文学的创作中，很多作家都是男性。美国女性主义文学批评家伊莱恩·肖瓦尔特（Elaine Showalter）在1977年首次出版的《她们自己的文学：从勃朗特到莱辛的英国女性小说家》[①]中把被忽略的女性作家的作品重新引入读者的视野中。她第一次提出了“女性作家批评”这一概念，并对简·奥斯汀（Jane Austen）、夏洛蒂·勃朗特（Charlotte Brontë）、弗吉尼亚·伍尔夫等女性作家的作品进行了回顾和研究。她对这些女性作家作品的解读，填补了西方女性文学发展过程中的断裂和空白，使读者了解到了女性是如何在社会偏见和压力下进行文学创作的。凯特·米利特在《性政治》一书中对男性作家和理论家的主张进行了批判，对传统社会制度下女性所表现出的被动、服从、温顺、压抑等性别特征进行了批评，引入了女性阅读的视角，倡导人们运用女性主义的观点去思考文学作品中的女性文本形象，促使女性读者从被动的接受性思维转向主动的批判性思维。总之，英美及法国女性主义文学批评的兴起，推动了性别范畴在文学领域的确立，并使其上升到理论研究层面。西方女性主义文学批评秉持开放平等的观念，提倡与传统相对立的性别自由与解放，在二元对立思维模式的分解中促成了性别范畴的确立。

总的来说，西方女性主义文学批评是对整个西方文明的思考和质疑。它以开放、冷静的思路挑战和追求与传统习俗相悖的女性个性自由，在对等级制度的批判

① 肖瓦尔特．她们自己的文学：从勃朗特到莱辛的英国女性小说家．韩敏中，译．杭州：浙江大学出版社，2012.

中阐释了性别的平等，在对女性作为“他者”进入主流社会的关注中，构建了女性视角。这不仅拓展了女性主义文学批评的理论向度，也使女性主义文学批评的自身发展获得了更多层面的理论支撑。不同的女性主义文学研究方法以及多维度的女性性别研究视角使女性主义文学批评不断向纵深发展。

三、女性主义文学批评的经验批评方法

女性主义文学是以女性经验为阐释对象的一种文学，这种女性经验是一种属于女性对抗男性统治与压迫的经验。女性主义研究强调女性经验的特有价值，并将女性研究者的个体经验置于研究内容之中，这与主流研究把研究者的个体经验看作可能对研究的客观性形成损害，因此必须将其排除在研究以外的处理方法是不同的。女性主义研究注重女性日常的生活细节，研究者自身独特的个体经验是研究内容的主要来源，这可以纠正那些抽象的所谓客观性的虚假论述。女性主义知识范式所涉及的主要内容就是社会的正统知识和女性的特有经验相背离的问题。这种背离现象表现为女性作为研究主体和研究对象都没有得到充分体现，而且这种女性经验经常在研究中遭到忽视和排斥。[①]女性主义经验批评方法所假定的两极经验，使批评的轨迹按照逻辑的同一律发展。在此逻辑下，女性写作会形成一种女性文化，也就是在女性经验基础上女性主体对于整个世界的一种价值体系。

张京媛的《当代女性主义文学批评》[②]一书指出，通用的女性主义文学批评方法就是“阅读与写作”的经验批评。伊莱恩·肖瓦尔特在《我们自己的批评：美国黑人和女性主义文学理论中的自主与同化现象》[③]中论述了黑人女性主义文学批评的历史，包括从种族同化的诗学到黑人权利、黑人文学再到后来的重构主义的发展过程。而女性主义文学批评的历史则经历了从“双性同体诗学”到女性美学，再到20世纪70年代末期的后结构女性主义文学批评和80年代末期的性别理论的发展过程。肖瓦尔特的文章从她出席1985年美国乔治敦大学文艺理论年会的经验入手，在谈到女性在文学话语场域中的“女性化”和“他者性”的时候，从女性手语翻译被男性理论家忽视的现象出发，分析了女性处境与女性话语的关系，并论述了黑人与白人之间差异性经验阅读的重要性。肖瓦尔特认为，美国的历史发展导致黑人与白人

---

① Millman, Marcia & Kanter, Rosabeth Moss. *Another Voice: Feminist Perspectives on Social Life and Social Science*. New York: Anchor Books. 1975.

② 张京媛 . 当代女性主义文学批评 . 北京：北京大学出版社，1992.

③ 肖瓦尔特 . 我们自己的批评：美国黑人和女性主义文学理论中的自主与同化现象 // 张京媛 . 当代女性主义文学批评 . 北京：北京大学出版社，1992：239-270.

的经验差异性较大，黑人妇女解放的经验与白人妇女解放的经验迥然不同，这也正是黑人女性在文学批评中必须拥有话语自主权的原因。肖瓦尔特阐述了女性经验在文学批评中的重要性，提出除了共同的女性经验，对女性经验的差异性认识也是促进女性主义文学批评发展的重要方面。

女性主义文学批评的目标是通过女性阅读和写作革命使整个世界更加美好。女性通过阅读文学文本，分享共同经验，产生话语共鸣，引发女性话语的再创造的愿望与潜能，这是最初的女性主义文学批评的经验方法，也是最具有生命力和最普遍的女性主义文学批评方法。世界各地的女性通过与文本的碰撞，进行经验的交流，建立以文学文本阅读为基础的对话方式，从中获得对世界认识的经验，并不断成长。中国新时期的女性主义文学批评的目的也是推动女性阅读和写作革命向纵深发展，因此，中国新时期女性主义思潮提供的文学文本及女性主义经验可以用来对当代中国女性主义文学话语的文本特征、认知经验、价值观念及思想走向等方面进行研究。女性主义的中国话语就是中国当代女性在文化层面上挖掘自身的经验，通过自身的理性认识，把她们的自身经验进行理论化阐释。

肖瓦尔特还主张以独立的女性经验，重新发掘、整理女性文学史，创作女性自己的文学。她把重点扩大到那些被重新发现的女性作家身上，并提出了女性“亚文化”的理论，形成了“妇女批评学”理论体系，使传统的女性文学研究有了更宽广的领域。她在《荒原中的女权主义批评》中再次提出：“迄今为止，女权主义批评始终没有理论根基，在理论的风雨中它一向是个经验主义的孤儿。”①肖瓦尔特指出了以男权主义为中心的理论话语实际上是对女性批评话语的一种严苛的考验，而只有女性的共同经验才能成为对女性批评话语的支撑。1979年，肖瓦尔特在《走向女权主义诗学》②中指出，女性主义的经验批评对女性写作的研究也有很大的帮助，不仅对女性话语历史的建立以及女性话语特色的分析具有重要意义，而且能从心理学和符号学上助益女性写作和精神探索。中国的女性主义经验批评家陈晓兰称女性主义经验批评方法为“经验论”，并且将其视为多元女性主义批评的基础。由于女性主义批评最初是以否定、修改和补充男权主义理论和方法为特征，同时又引用男权主义的理论和方法，所以它具有多元化特点。但“经验论”又能够保证女性主义批评不会像20世纪的其他流派那样，在经过“观念产生”“权威出现”“标准重定”之后，被新的流派所代替。

---

① 肖瓦尔特．荒原中的女权主义批评 // 王逢振，盛宁，李自修．最新西方文论选．韩敏中，译．桂林：漓江出版社，1991：256.

② 肖瓦尔特．走向女权主义诗学 // 周务宪，罗务恒，戴耘．当代西方艺术文化学．北京：北京大学出版社，1998：340-365.

女性主义经验批评虽然也遭到了质疑，甚至被后结构女性主义指责具有本质主义特征，但它对经验差异性和流动性的探究，使不同国家、不同地区和不同种族的女性经验被关注，并构建了多元的女性主义批评理论以及具有代表性的女性话语。女性主义实践者期望被边缘化的女性经验能够通过女性话语的表达成为话语中心，而中心话语权利也可能由于对其经验价值的质疑而瓦解。因此，女性主义批评的权威性和边缘性可以相互转化。白人的女性主义批评忽视了被边缘化的黑人女性经验，而黑人女性主义批评的不断发展也改变了其边缘化的地位，影响了女性主义批评的构成。

女性主义文学批评的经验批评方法在中国也得到了不断发展。徐艳蕊的《当代中国女性主义文学批评二十年》[①]标志着新时期中国女性主义文学批评走向成熟。而孟悦、戴锦华的《浮出历史地表》[②]认为，只有通过对真实的女性经验的书写和言说，男权秩序才能被打破，女性主体性才能够被建构。当代中国女性主义文学批评的经验之一是通过人类的共同经验来思考女性经验。戴锦华在研究了当代中国女性文学文本后，发现了通过女性经验来进行女性文化建设的困境。女性主义面临的困境不仅来自男权文化的压力，还来自女性自身的文化围城。男权秩序塑造的女性镜城成为阻挠她们寻求自我的壁垒，而女性写作反映了隐藏在历史间隙中的女性经验，表现为对男性话语的越界。戴锦华对女性写作中的文化想象并不乐观。她的女性主义文学批评是一种对女性写作的原画复现式的批评，主要是对写作过程的详细分析，对写作经验与女性经验相结合的过程探索，以及对写作主体和女性主体建构历程的体现。戴锦华对女性主义批评的穿透力持怀疑的态度，她认为自己作为女性主义批评家“犹在镜中”。[③]

第二节　西方女性主义文学批评的主要发展阶段

女性主义作为女权政治运动的产物在西方得到不断发展。西方女性主义文学批评作为一种文学批评在女性为争取自己的性别权利与性别解放而与男权主义进行斗争的政治运动中产生并发展。西方女性主义文学批评的发展经历了三个主要阶段。

① 徐艳蕊．当代中国女性主义文学批评二十年．桂林：广西师范大学出版社，2008.

② 孟悦，戴锦华．浮出历史地表．郑州：河南人民出版社，1989.

③ 戴锦华．犹在镜中：戴锦华访谈录．北京：知识出版社，1999.

第一阶段是20世纪六七十年代。此阶段的女性主义文学批评所关注的主要是传统文学作品中的女性形象是如何被曲解的，对传统文学批评中的男权意识进行了批判。主要论著有米利特的《性政治》，米利特在该书的第三部分直接向当时的著名作家发起了挑战。她对一些文学名著中歧视女性的现象进行了深刻揭示，指出了文学作品中连作家本人都未曾意识到的性政治因素，提出了对男权社会意识形态的反抗，强调要重新审视文学作品中的女性权利。米利特比较重视从社会政治与文化的视角来分析文学作品中的男女性别差异，她树立了女性主义文学批评的里程碑，为女性主义文学批评理论的形成与发展奠定了基础。第一阶段女性主义文学批评的主题是文学中的社会性别压迫，这一主题具有鲜明的政治色彩。女性主义者希望在历史发展的长河中为女性争得应有的权利和地位，致力于在男权社会秩序下和男性话语权中获得与男性平等的权利，并对男权制社会观念进行抨击。这一阶段的女性主义文学批评处于初级阶段，其主要任务是解构长期以来的男权中心主义和男权统治下的社会文化价值体系，争取女性的独立自主和两性平等，其主要目的是打破“男权主义”，确立“女性主义”。女性主义的实质是一种政治立场，因此这一阶段也被称为女性主义文学批评的确立阶段。

第二阶段是从20世纪70年代中期到80年代中期。这一时期的主要内容突破了男女两性平等的论辩界限，重心转移到作品中的语言及文学叙事和批评之中。这一时期女性主义文学批评的研究方向从男性作家创作的文学文本转移到由女性作家创作的文学文本，主要探讨女性作家描写的女性有何特征。这是对男性作家描写的女性形象感到不满的必然结果。女性主义文学批评家在这一阶段从强调男女两性平等转向强调男女性别差异与女性的独特特征，通过描述男女的性别差异否定男权社会秩序。他们对女性作家的作品进行重新审视和解读，通过挖掘世界各国和各历史阶段的女性文学作品来建构女性主义文学。这一时期黑人女性主义文学批评和女同性恋女性主义文学批评也得到了发展，法国女性主义文学批评也在英美传播，女性主义文学批评进入了多元阶段。女性主义的概念和内涵在这一阶段得到明确，女性主义文学批评正式进入成熟阶段。

第三阶段开始于20世纪80年代。这一时期的女性主义文学批评实现了理论突破。女性主义文学批评的对象已不只局限于文学文本，还在意识形态领域探讨男女两性差异和女性的特殊心理，女性主义文学批评发展成跨学科的女性主义文化批评和研究。马克思主义理论以及现代精神分析学对西方女性主义文学批评理论产生了一定的影响。一些女性主义文学批评家也是马克思主义者，他们用阶级分析的方法来研究文学文本中的女性形象，对男权制度进行无情的批判。一方面，这一阶段的女性主义文学研究与哲学、社会学、政治学、经济学、美学等学科结合起来，利用人文学科的新观点、新思想和新方法，使女性主义文学批评不断发展；另一方面，女性主义文学批评的视野从经典作品转向大众作家和大众文学。女性主义文学批评转向全方位、多元的文化批评体系。这一阶段的女性主义文学批评在之前的女权主义阶段的基础上向纵深发展，对当今社会的性别问题进行了思考和阐释。

从这三个发展阶段来看，西方女性主义文学批评从对传统文学作品中女性遭受男权社会的压迫和歧视的现象进行批判开始，发展到对男权社会文化的批判，并进一步分析和探索女性的存在价值。女性主义文学批评逐步形成了一种理论，它给男权社会带来的挑战对世界文学产生了强烈的冲击，具有特殊的社会实践意义和理论创新意义。1995年在北京召开的世界妇女大会以空前的盛况和深远的影响成为世界妇女运动的里程碑。大会制定并通过了《北京宣言》[①]和《行动纲领》[②]。世界各国对性别平等问题做出了承诺。关注女性问题的主力军开始转移到高校，大学成为女性主义文学批评的主要阵地，女性意识也在大学生中不断深入，许多女大学生走向社会后成为女性主义的实践者。

正如美国理论家乔纳森·卡勒（Jonathan Culler）所指出的那样："女性主义批评对文学规则的影响，比任何一个批评流派都更为深刻，不仅如此，它还是当代批评革新中势头最猛的生力军之一。"[③]女性主义文学批评理论除对文学创作及发展过程带来强烈的冲击外，本身的理论构建也在不断完善。

第三节　西方女性主义文学批评的核心：性政治

20世纪90年代以来，女性主义随着其本身的多元化和纵深发展，被置于"后现代"文化语境下进行研究。在此背景下，女性主义研究（包括性政治、妇女研究、女同性恋研究等）成为与女性主义文学批评相关的研究范畴。

女性主义的性政治体现在美国女性主义代表人物米利特的《性政治》一书中。米利特对男权制度进行了猛烈的批判，并指责男权制度让女性的地位低于男性，大多数女性生存在男性的权威之下。造成男女两性差异的外部原因除了男女两性的生

① 新华社．北京宣言：1995年9月15日联合国第四次世界妇女大会通过．科技文萃，1995（10）：248-250.

② 新华社．行动纲领在世妇会上获通过．科技文萃，1995（10）：250-252.

③ 卡勒．论解构：结构主义之后的理论与批评．陆扬，译．北京：中国社会科学出版社，1998：引言12.

理区别外还有性别政治上的原因，因此要推翻这种男尊女卑的等级秩序，首先就得向父权制度发起挑战。米利特在《性政治》中，从性别角度指出，“政治”是某一人类群体支配另一群体的具有权力特征的关系和形态。在这种关系和形态下，统治与被统治的性别关系被确定，并划出了一条清晰的界限。米利特所说的性政治深入剖析了男性用以维护父权制度、支配女性的策略，而消除女性在父权制度下的附属地位也彰显了一种性政治。她通过对几部男性小说的批判，对父权制度进行了深入的分析和猛烈的抨击。她强调了女性读者对于女性写作的重要性，这一观点曾经引起包括女性主义批评家在内的学者的争论，直至现在也意义深远。

波伏娃的观点比米利特的观点更为激进。她的观点是，既然男性认为女性生来地位就比较低下，女性应当在男权社会中受到压制，那么女性也无须对男性持有同情心。她们应当以自己最好的状态来评价自己应具有的价值。这种带有存在主义色彩的女性主义意识更接近当代的新女性主义批评理论。

在后现代主义的多元文化语境下，女性主义作为一种话语力量在西方社会起到了越来越重要的作用，并且至今仍不能被替代。女性主义批评的核心是性政治。因为女性具有独特的自然品质和社会特点，所以她们有权对性政治提出自己的看法。性别问题应被视为一种政治和社会问题，性别关系也应被视为一种政治权利关系。女性主义批评必须从女性权利、女性地位、女性反抗等多方面进行政治学、社会学及人类学的分析。在西方文明的发展进程中，人们最初对于性别的认识比较片面和模糊，同时在女性生理特征的影响下忽视了对女性社会性别理论的思考和研究。随着西方女性主义文学批评的不断发展，女性性别研究在对女性意识进行分析的基础上体现了其性别文化塑造的功能与特征。

弗里德里希·恩格斯（Friedrich Engels）在其《家庭、私有制和国家的起源》[①]中指出，在一夫一妻制的家庭模式中，女性沦为男性的附属品。随着男性家长制专偶式家庭的产生，女性对家务的付出并不再具有公共的特质，也不再具有社会属性，而是成为一种私人的家庭服务。女性成为家庭的女仆，被排除在社会劳动之外。恩格斯的这种阐述所采用的并不是政治经济学理论，而是人类学理论。恩格斯的这一学说说明了从血缘家庭到专偶式家庭的变化，提到了私有制的产生与专偶式家庭的关系。但是恩格斯并没有对女性的家庭服务做出政治经济学分析，男女两性的关系只有从传统的统治与被统治、剥削与被剥削的关系走向伙伴关系，才能恢复正常的性别关系。

① 恩格斯．家庭、私有制和国家的起源．中共中央马克思恩格斯列宁斯大林著作编译局，编译．北京：人民出版社，1999.

当代的马克思主义者认为，在资本主义制度下，妇女受到压迫的原因是有报酬的劳动与家庭劳动相分离，妇女常常因被排除在有报酬的劳动之外而受到压迫。表面上，妇女在家庭中为男人工作；实质上，妇女也是在为资本而工作，尽管工作地点是家庭。马克思主义女权主义者所关注的是工人阶级妇女所遭受的双重压迫，即工作中的性别分工和家庭中的性别歧视。女性被男性占有成为男性压迫女性的主要形式，也意味着女性成为男性的财产。女性无论在劳动市场还是家庭中都受到男性的剥削。在劳动市场，女性在同样的工作中所获得的报酬少于男性。在家庭中，女性的劳动更是没有任何报酬。正如波伏娃所说的，女性气质并不是天生的，是男权主义文化造就了女性气质。女性不应像男权主义所倡导的那样，把命运寄托在丈夫和儿子身上。如果她们完全把自己奉献给丈夫和儿子，就是在限制自己发挥潜力的自由。

要求女性承担责任，但不提供任何保障的男性压迫还表现在心理层面。法国女性主义学派的主要代表人物、女性主义批评家埃莱娜·西苏（Hélène Cixous）的《出发》[①]从语言入手批判了男权对女性心理上的压迫。她认为，语言体现了男权制的二元对立思想，如大脑/心灵、父亲/母亲、太阳/月亮、主动/被动等。这些对立项并不平等，男性占据支配地位的左端，女性则处于从属地位的右端。这些“成对词”体现的正是男女两性的二元对立。她并不是单纯地反对这种对立，而是反对这些“成对词”的一方享有特权，而另一方被摧毁的现象。西苏在《美杜莎的笑声》[②]中提出了女性的另一种抗争形式，即“女性写作”，她强调女性一定要进行写作，一定要写自己，一定要写妇女，通过“身体写作”颠覆男权统治，建构女性话语。西苏的《美杜莎的笑声》对西方甚至整个世界的女性的写作产生了巨大的影响，推动了“女性写作”和“身体写作”的发展，对20世纪90年代以来中国的“女性写作”及“身体写作”也起到了促进作用。无论人们能否意识到性别问题在人类的生产生活和社会体验（包括文学生产和文学体验）中所发挥的重要作用，作为一种文化思潮的女性主义及其文学批评理论都显示出了强大的生命力和发展潜力。

① Cixous, Hélène. Sorties. In Elaine Marks & Isabelle de Courtivron (eds.). *New French Feminisms*. New York: Schocken Books, 1981：90-98.

② Cixous, Hélène. The Laugh of the Medusa. In Elaine Marks & Isabelle de Courtivron (eds.). *New French Feminisms*. New York: Schocken Books, 1981：245-264.

第四节　西方女性主义文学批评的范式

一、从传统女性主义到新女性主义的范式转变

传统女性主义把妇女受压迫的原因归于男女的性别差异，认为男女性别差异导致男权统治，因此以求同的方式谋求妇女解放。由传统女性主义到新女性主义的范式的转变主要表现在女性主义谋求平等的方式由求同方式转向求异，获得解放的途径由实践批判转向文化批判，获得解放的理念由妇女解放到全人类解放。

二、从女性主义文学批评理论向后理论的范式转变

女性主义文学批评理论是着眼于女性文学的批评理论，具体表现在对女性文学自身的文学性和特殊性的研究。从女性主义文学批评理论向后理论的转变过程中所发生的变化是深刻的，其理论已经从文学的边界跨越到历史、哲学、社会和文化等多个领域，从研究问题、研究方法到思想理念都发生了很大的转变。

三、从女性主义文学语言到理论话语的范式转变

女性主义文学批评受后结构主义语言学、精神分析理论和社会历史批评方法的影响，从对女权的倡导发展到对男权社会的批判，最后形成了女性主义特有的理论话语模式，在文学和理论之间融入了个体经验和文化因素，改变了理论话语脱离文学文本的局面，探求相互沟通和理解的话语模式，改变了女性主义文学批评的理论生态。

四、从强调作家到关注读者的范式转变

女性主义文学批评进入女性文学现场、回归女性文学批评本体已成为女性文学批评的方向之一。西方女性主义文学批评经历了从强调作家到关注读者的范式转向，形成了从女性文学作品文本细读模式向读者反映论的范式转型。对女性文学作品中以男权为中心的社会制度的批判，对女性读者主体性建构的要求成为消除文

本与读者之间的隔阂的重点，使女性文学作品具有了丰富性、互动性和参与性。周宪指出，从一元到多元，从客观到主客观互动，从确定性到不确定性，从闭合到开放，动摇了线性模式，滋生了非线性的后现代模式。[①]同时，作者和读者之间的身份互动，使得女性阅读在文学经验、生存体验、审美经验上达成了一种共识。

五、从女性主义“文学解释”向“过度解释”的范式转变

女性主义文学研究的主要任务是对女性主义文学文本进行意义解释。女性主义文学批评对于“文学解释”提出挑战性问题，与“过度解释”具有不同的理论主张，“文学解释”注重普遍性，“过度解释”则关注差异性。现代理论范式一般主张唯一的解释目标，因此对女性文学的解释要有清晰的边界和比较严格的解释规则，主张文学文本意义产生的根源是作者意图，或者文本意义就在文本语言之中。而“过度解释”多半是解构主义或后现代的理论范式，它强调文本解释的边界并不存在，强调文本解释不应仅限于文本，还应关注文本的使用情况或文本产生的社会体制等。

六、从女性主义文学批评的求同性向求异性的范式转变

女性主义文学批评试图改变传统的男权社会所倡导的父权意识，在消除遗留的父权逻辑的同时，采用差异性逻辑，挑战理论文体的传统话语方式。求同性思维是对文学创作中感知到的对象进行思考，探究其共性和本质特征；求异性思维是向外辐射，产生多方向、多角度的捕捉创作灵感的触角。求同性与求异性是思维中相互作用的两方面。在女性主义文学批评中，用求异性思维去审视文本，进行自由联想，寻找文学灵感，为女性主义文学批评创造多种条件，然后运用求同性思维进行筛选、概括、判断及归纳，从而产生正确的批评结论。女性主义文学批评从开始时的仅注重求同性到注重其差异性的逻辑转变，拓展了女性主义文学批评的理论范畴，使女性主义文学批评的发展得到了多重理论支撑，在与不同研究方法进行结合后，女性主义文学批评实现了多维度发展。

① 周宪．重心迁移：从作者到读者：20 世纪文学理论范式的转型．文艺研究，2010（1）：5-16.

七、从女性主义文学批评对人性基本状态的揭示向身份认同的范式转变

女性主义是以实现人类平等的现代理想、以认同女性集体和个人权利与自由为前提的政治运动。女性主义文学批评理论中关于人性的基本状态的普遍性理念意义深远。女性主义文学批评的价值在于对普遍人性的揭示，女性文学作为女性身份建构的主要方式，关键不是文学表征了什么样的身份，而是建构了什么样的身份认同。正如英国著名的女性政论家、西方女权主义思想先驱玛丽·沃斯通克拉夫特（Mary Wollstonecraft）所言，无论在道德品行方面，还是在知识方面，男性与女性假如具有差异性，本质上也是相当的，女性应该努力通过与男性相同的途径来获得美德，达到完美的境界。[①]沃斯通克拉夫特所倡导的主体身份认同虽然具有一定的局限性，但她倡导的自由平等精神唤醒了英国女性的女权意识，为女性争取自身选举权、教育权以及离婚权等做出了贡献。

八、西方女性主义文学批评的多元化发展

西方女性主义文学批评自兴起后就动摇了西方几千年的社会价值观念和思想观念。尽管各种女性主义文学批评流派在理论构建、历史渊源、分析方法、观点主张及如何消除性别差异等问题上各有不同，但也有着重叠及相似之处，各流派的批评目的也很明确，在批判、改造男权中心文化的过程中尊重特殊性、寻求共同性，同时不断为女性主义文学批评注入新元素，致力于发展平等的两性关系。英美派与法国派两大理论阵营既有各自的特征，也存在较为复杂的纠葛，同时黑人女性主义文学批评、女同性恋女性主义文学批评等批评场域的加入也丰富了女性主义文学批评理论，并改变了人们的思维模式，在很大程度上冲击了人们对性别的传统思维认识，使女性主义文学批评在文学领域中的地位日益突出。

① Wollstonecraft, Mary. *A Vindication of the Rights of Woman*. Beijing: China University of Political Science and Law Press, 2003.

第二章

西方女性主义文学批评流派和场域

第一节　西方女性主义文学批评流派

西方女性主义文学批评兴起于20世纪60年代，自此动摇了西方存在了几千年的社会性别观念，并形成了英美派与法国派两大思想理论阵营，这两大思想理论阵营既有各自的特征，也存在复杂的纠葛。

一、英美派的传统认同

英美派是西方女性主义文学批评的一个重要流派。英美派重视文学作品中的社会文化语境，强调女性文学作品的特殊性，注重发扬为社会所忽视的女性作家的传统经验。英美派女性主义文学批评与性解放运动、反越战运动、民权运动等社会实践活动有着密切的联系，对以男权为中心的社会制度进行强烈控诉，着重批判男权主义的文学标准。英美派还基于女性经验，以女性视角审视传统文学，重编文学史，建立了女性文学框架和理论体系。这种以女性为中心的文学批评观，注重的是鲜活的女性形象，注重表现女性经历的苦难和不公正待遇等社会问题，是从女性经验的视角和范畴而建构的一种批评理论。

英国女性主义文学批评倾向于用马克思主义的观点来分析问题，从历史的角度看待性别观念，认为性别权利与阶级有密切的关系，男女两性的权利关系体现为以男权为中心的男权制，强调文学批评要以个人及环境为基础。英国女性主义文学的主要代表人物有伍尔夫、玛丽·雅各布斯（Mary Jacobs）等。伍尔夫是女性主义批评先驱，也是意识流小说的代表性作家，其作品《一间自己的屋子》被誉为当代最重要的女性主义作品之一。在这部随笔散文作品中，伍尔夫提出，女性应拥有和男人相同的物质条件和文化空间，并挖掘自古希腊女诗人萨福（Sappho）以来的女作家及其作品，追寻女性文学传统，为西方女性主义文学批评理论的创立奠定了基础。雅各布斯的文学批评理论受后结构主义和心理分析理论的影响，提倡心理分析学视角下的女性主义文学批评，认为只有通过心理分析，才有可能理解并体会女性的处境。

美国社会是一个多元的社会，存在着种族、阶级差异。在尊重种族和阶级差异、强调女性个性的基础上，美国女性主义文学批评关注那些名不见经传的女性文学作品，涉及美国黑人女性主义、美国亚裔女性主义、境外有色人种女性主义以及土著女性主义等文学批评体系。其发展过程经历了四个阶段：一是20世纪60年代至70年代中期，主要体现为颠覆男权文化，倡导女性新形象和独立意识，即“女性形象”批评阶段；二是20世纪70年代中末期，美国女性主义文学批评步入第二个发展时期，开始了“女性中心”的批评阶段，对女性主义文学批评理论进行了构建；三是20世纪80年代，出现了黑人女性主义文学批评，涉及性别与种族、阶级的关系等理论；四是20世纪末，出现了少数族裔女性主义文学批评，这个阶段重视女性作者和读者的文化身份。美国女性主义文学批评的代表人物有米利特、肖瓦尔特、桑德拉·吉尔伯特（Sandra Gilbert）和苏珊·古芭（Susan Gubar）等。其中，肖瓦尔特的《她们自己的文学：从勃朗特到莱辛的英国女性小说家》被看作女权主义文学史研究的成熟之作的代表。她有意避开父权话语的陷阱，主张以独立的女性姿态重新发掘女性文学史，把关注的重点扩大到了那些被重新发现的作家身上，并提出女性“亚文化”理论，形成“女性批评学”理论体系，使得女性文学传统的研究进入了更广泛的领域，有了更强的批判性，因而奠定了她的美国女性主义文学批评创始人之一的地位。吉尔伯特和古芭的作品《阁楼上的疯女人——女性作家与19世纪文学想象》①也对女性文学进行了深层的挖掘，提出了“作者身份焦虑”的理论，在女性主义文学批评领域具有重要意义。

二、法国派的解构立场

法国派女性主义文学批评关注的不是文学对现实的反映和女性经验问题，而是语言批评、心理建构和哲学问题，重视挑战、打破和颠覆父权秩序，解构男性中心主义，创立女性的阅读和书写体系。法国的女性主义文学批评与法国的新女性运

---

① 吉尔伯特，古芭．阁楼上的疯女人：女性作家与19世纪文学想象．杨莉馨，译．上海：上海人民出版社，2015.

动以及女性文学的兴起有着密切的关系。法国派重视建立女性自身的话语体系，强调消灭男权主义文化，改变女性沉默的状态以及被边缘化的传统，构建女性的话语体系。波伏娃、伊利格瑞（Irigaray）、朱丽娅·克里斯蒂娃（Julia Kristeva）以及西苏等是法国派的主要代表人物。伊利格瑞是著名心理学家雅克·拉康（Jacques Lacan）的学生，雅克·德里达（Jacques Derrida）的解构主义哲学对伊利格瑞也很有影响。伊利格瑞在《他者女人的窥镜》①中提出"女性谱系"理论，主张建立新型的母女亲情的女性关系，倡导女人的表达方式。克里斯蒂娃提出了"符号"的观点，主张"符号写作"，力图利用"符号"打破男权主义秩序。她自觉地与本质主义划清界限，认为"女性"特质不是天生的本质，而是选择的结果，无论男孩还是女孩都有机会选择"阴性特质"或者"阳性特质"。她的《中国妇女》②一书表现出了对中国女性的关心，对中国妇女运动和妇女文化有着重要的影响。西苏是法国女性主义文论界最有影响力的代表人物之一，"女性写作"理论由她首次提出，其作品《美杜莎的笑声》被视为"女性写作"的宣言书，号召女性必须参加写作，必须写自己。她认为，女性不可能从男性生产的真理中寻找自己的本质，必须开创一种新的反叛写作，即妇女写作。她借用当代法国哲学家、符号学家、文艺理论家、美学家和解构主义思潮创始人德里达的差异论重新界定了女性的性区别，不是简单地否定男性，而是男性"他者"的延展，其作用是打开男性封闭结构，从内部消解男权中心主义。法国派对父权逻辑的解构，对女性读者提出的建构主体的要求，拆除了读者与文本之间的藩篱，在读者与文本、阅读与写作之间建立了主体间性、文本间性的交流，达成了文学经验的越界感。

三、英美派与法国派的比较

在西方女性主义文学迅速发展的过程中，英美派和法国派的女性主义文学批评均有重大成就。首先提出"英美派女性主义文学批评"和"法国派女性主义文学批评"两个理论概念之分的是挪威作家莫依，她的《性与文本的政治：女权主义文学理论》一书对"英美派"和"法国派"两种女性主义文学批评理论派别进行比较研究。英美派女性主义文学批评基于文化历史角度，缺乏理论基础；而以哲学、心理分析学和语言学理论为基础的法国派女性主义文学批评的理论体系要比英美派成熟得多。艾丽丝·杰罗琳（Alice Jaroline）也总结了英美派与法国派的主要不同之处：

① 伊利格瑞．他者女人的窥镜．屈雅君，赵文，李欣，霍炬，译．郑州：河南大学出版社，2013.

② 克里斯蒂娃．中国妇女．赵靓，译．上海：同济大学出版社，2010.

一是英美派注重作者的性别，而法国派则受结构主义和后结构主义的影响，并不重视以经验为根据的作者；二是英美派注重性别原型和女性形象以及小说人物，而法国派则注重语言结构，认为人物形象是语言的转义或效果；三是英美派是以女性为中心的文学批评，强调“压迫”，而法国派则是心理分析式的，强调“压抑”。有些文学批评贬低法国派，认为英美派重视经验论的阐述，有具体实践；法国派重视理念论的阐述，受德里达和拉康的影响很深，主要以语言为研究对象，理论形态非常激进，但是在实践上却有所逊色。英美派女性主义文学批评在对妇女文学史及女性作品的重估和评价上取得了较大的成就；法国女性主义文学批评则在当代女性文学文本及书写理论上开辟了前沿阵地。不过，当英美派先验地设定一个传统、采用一些美学概念的同时，也不自觉地置身于父权制同盟之中，无形中削减和淡化了女性主义全方位的颠覆力量。而法国派批判父权制的语言，从压抑和沉默中寻找女性的解构立场，反而使得这股异己力量有了无限膨胀的可能性。

第二节 西方女性主义文学批评场域

早期的女性主义文学批评关注对父权制社会的批判，呼吁和强调女性经验，忽视甚至拒斥理论，但随着该领域学者的文学经验的深入和学术素养的提升，在批评方法上也出现了明显的理论化、学院化、综合化的趋势，呈现出多元和跨学科的特点。“自1968年5月以来，精神分析学、哲学、文学和语言学之间的界限和藩篱在女性主义批评中已被打破了。”[①]西方女性主义文学批评杂糅了马克思主义、存在主义、精神分析、语言分析、解构批评等哲学和方法论，也渗透到文学、史学、社会学、语言学、人类学等诸多领域，所涉及的这些理论资源并不是单纯的叠加，而是呈现出理论“协商”态势，相互碰撞，相互补充，使其更能适应新的现实。这种理论协商，不仅促进了女性主义自身的理论建设，也从生成背景、伦理取向、现实意义等多维视野对当代西方理论做了一次极具洞见的针砭，其主要理论场域如下。

① Humm, Maggie. *Feminist Criticism: Women as Contemporary Critics*. London: The Harvester Press, 1986: 42.

一、马克思主义女性主义文学批评

马克思主义女性主义文学批评兴起于20世纪60年代的第二次妇女解放运动，是马克思妇女理论在文学批评上的实践与应用。马克思主义指出，建立在两性关系之上的婚姻家庭是历史的产物，性别特征与社会有着密不可分的关系，主张反抗一切压迫、要求人类解放、追求完全平等。这一理论引起了女性主义文学批评界的共鸣，迎合了其强调妇女解放和男女平权等反对男权主义的思想。

二、心理分析女性主义文学批评

心理分析女性主义文学批评是在心理分析学家西格蒙德·弗洛伊德（Sigmund Freud）与拉康的心理分析理论影响下形成的，在对“男性阳具崇拜”进行攻击的同时，运用心理分析指导女性写作，形成了关于“女性话语”和“女性写作”等新概念，试图把在男权主义话语下受压迫的妇女解救出来，创造女性“自我意识”。

三、存在主义女性主义文学批评

存在主义女性主义文学批评试图摒弃“他者”和“他性”，树立女性主体意识，使女性变为自由的主体，实现她们自身的存在价值。存在主义女性主义文学批评以《第二性》为代表作，探讨女性沦为第二性的处境，挑战本质论的女性主义和反女性主义，认为女性不是天生的，而是后天形成的。波伏娃运用存在主义哲学理论对妇女存在的处境和“他者”地位进行研究，创立了存在主义女性主义理论，提出女性应成为一个主体，自主地建构未来。

四、自由主义女性主义文学批评

自由主义女性主义文学批评源于16世纪的英国和法国，揭示了性别歧视及男女不平等的现实原因，提出女性应该与男性享有平等的权利。英国女权主义者沃斯通克拉夫特批判了让-雅克·卢梭（Jean-Jacques Rousseau）的女性观，是自由主义女性主义文学批评的早期代表。卢梭认为，男女两性的特质和能力是不一样的，男女在生理上的不同导致他们在社会中扮演不同的角色，即男人为公民，而女人为妻子和母亲。在《女权辩护》[1]这本书里，沃斯通克拉夫特提出，女人不是天生就低于男人，只有当女人没有接受足够的教育时才会出现这种现象。

五、美国黑人女性主义文学批评

黑人女性主义文学批评是在20世纪60年代美国黑人运动和妇女解放运动的影响下产生的，因后现代主义思想的产生及社会对多元文化的需求而得到发展，并成为女性主义文学批评理论的重要组成部分。黑人女性主义文学批评的先驱芭芭拉·史密斯（Barbara Smith）在《迈向黑人女性主义批评》[2]中把性别、种族及阶级引入文学批评中，提出建立黑人女性主义文学批评是历史的必然产物，从而改变了女性主义文学批评的方向。黑人女性主义文学批评的出现改变了传统女性主义文学批评的内涵，提供了新的研究视角。美国著名黑人女作家艾丽斯·沃克（Alice Walker）为将黑人女性主义者或有色人种女性主义者与白人女性主义者做区分，创造了"妇女主义者"这个名词。她认为，妇女主义者就是一个黑人女性主义者或有色人种女性主义者，妇女主义者与女性主义者的不同就像紫红色与淡紫色。她指出，妇女主义者将为整个种族——包括男性在内——的生存和完整性而斗争。[3]

六、激进女性主义文学批评

激进女性主义文学批评出现在20世纪60年代，认为妇女所遭受的压迫是各种压迫中最深刻和最基础性的，并试图寻找摆脱压迫的方法。激进女性主义文学批评的代表人物米利特在其作品《性政治》中引入父权制理论，从社会制度的角度揭露了被人们忽视的性别歧视的根源，为激进女性主义文学批评这一概念的使用奠定了基础。

七、文化女性主义文学批评

文化女性主义文学批评亦称文化女权主义文学批评，是20世纪70年代新女权

---

① 沃斯通克拉夫特．女权辩护．王蓁，译．北京：商务印书馆，1995.

② Smith, Barbara. Toward a Black Feminist Criticism. In Gloria T. Hull, Patricia Bell Scott, Barbara Smith. *All the Blacks are Men, But Some of Us are Brave: Black Women's Studies*. New York: The Feminist Press, 2002: 157-175.

③ Walker, Alice. *In Search of Our Mothers' Gardens: Womanist Prose*. San Diego: Harcourt Inc.，1983.

运动在文学和批评领域深入发展的产物，其主要目的是创造独立的女性文化，重估女性价值，倡导者们甚至提出了“女性优越论”。[①]开启文化女性主义思想传统的是早期美国著名女权主义者玛格丽特·福勒（Margaret Fuller），其代表作是《十九世纪妇女》。[②]《十九世纪妇女》阐述了“女性气质”及“姐妹情谊”等内容，消解了男性社会性别二元对立的思想和男性地位在女性之上的性别文化，提出了双性同体的模糊概念。但由于该书篇幅比较短小，结构比较松散，行文十分拖沓，早期批评家认为该书仅是一部政治书籍，缺少超验主义角度下对于女性的讨论。

八、后殖民女性主义文学批评

后殖民女性主义文学批评把殖民话语作为研究对象进行分析，为非殖民化寻找出路，是对文化霸权主义进行的一种批判，亦称“第三世界女性主义文学批评”。这一场域注重“话语”“身份”及“主体”三者的关系。“话语”是权力关系的重要表现，后殖民女性主义关注男权话语对女性的统治，着力创造取代男权话语的女性话语。“身份”是个人或群体的出身同社会地位相联系的特征，后殖民女性主义文学批评将性别问题与种族问题结合，关注“种族身份”。“主体”是话语和意识形态的产物，影响人们对身份的认知和反抗压迫的能力。

九、后现代女性主义文学批评

后现代女性主义文学批评是在后现代主义文学思潮的影响下出现的一种文学批评，反对以男性文学为标准，强调多元方法论，要求形成属于女性自己的话语体系。该场域受后现代主义文学思潮的影响，沿袭了后现代主义的特征。后现代主义摒弃的宏大叙事、宏观理论及总体框架，正是女性主义意识到女性受压迫的状况后为女性自身的反抗做辩护所使用的工具。

十、后结构女性主义文学批评

后结构女性主义文学批评强调颠覆现有的语言符号系统、语言结构及语言观，

---

① 易显飞，章雁超，傅畅梅．文化女性主义视域中的技术．东北大学学报，2014（3）：221-225.

② 杨金才．玛格丽特·福勒及其女权主义思想．国外文学，2007（1）：112-122.

改变涉及女性的语言用法，创造属于女性的“语言”，进而提倡“身体书写”。大多数后结构女性主义文学批评家认为，男权主义的话语表达与女性的存在没有内在联系，必须抛弃现有的语言符号体系，改变语言表达结构，这为女性主义文学批评提供了对主体性和权力话语进行反思的理论基础。

十一、解构主义女性主义文学批评

解构主义在20世纪60年代末期的法国产生，代表人物是法国哲学家德里达。解构主义女性主义文学批评以一种抗拒的姿态出现，强调用“他性”取代“缺乏”，以多元论取代二元对立论。解构主义女性主义文学批评坚持反本质主义的基本立场，颠覆传统的文学观念，打造新型妇女形象，强调不同时代背景、种族观念、信仰模式、生活方式、爱情观念、地域环境等造成的女性文化身份的多元性。解构主义不注重颠覆后的重构，而女性主义文学批评将颠覆与重构并重。女性主义文学文本的“消解中心”促使女性主义文学批评与解构主义批评理论相联系。解构主义对男权文化的质疑与颠覆为女性主义文学批评提供了策略与方法。

十二、生态女性主义文学批评

生态女性主义文学批评于20世纪70年代末在生态运动、和平运动与妇女运动的影响下形成，围绕“自然”“女性”“发展”等主题批判男权统治和压迫，进而宣扬女性文化和女性原则对解决生态问题的作用。生态女性主义文学批评是“生态批评”和“文学与环境研究”的重要组成部分。

十三、女同性恋女性主义文学批评

女同性恋女性主义文学批评将女同性恋者作为文学批评的主题，体现作家对社会的深刻思考与批评。美国诗人、散文家和女性主义者里奇的诗歌和散文关注女性和女同性恋者的社会现状，表现了她的女性主义政治承诺。

西方女性主义文学批评积极采纳各家之长，形成了多元化、多学科渗透的理论体系，带来了批评方法的革命，也使理论文本呈现为一个多重意义交汇的动态网络、一个各种权力话语争夺空间的场所、一个复杂文化生态的缩影。女性主义文学批评对诸多理论的借鉴吸收，不是机械照搬，而是依其理论逻辑进行取舍和综合，为性别范畴的确立和运用提供依据。在这样的跨界经验中，批评本身也有了极大的自由度和思想创造力，这正是它的成功所在。

第三章

中国新时期女性主义文学批评发展脉络

“feminism”一词在20世纪初就从西方传入了中国，一开始被译为“女权主义”。在张京媛主编的《当代女性主义文学批评》的序言中，“feminism”被翻译成“女性主义”。国内学者一般常用“女性主义”，而非“女权主义”来表示女性的性别意识。朱立元在《女权主义批评简论》[1]中提出，要用一种女性的视角对文学作品做全新的文本解读，对男性文学歪曲女性形象的做法进行猛烈的抨击，挖掘不同于男性的女性文学传统，对文学史进行重新评判，讨论文学中的女性意识。朱立元的观点其实是一种对“女性主义”的阐释，而不是对“女权主义”的阐释。

目前，国内的女性主义文学批评在文学理论研究和文学批评体系中占有一定的比重，出现了很多从事女性主义文学批评的专家学者。虽然国内的女性主义文学批评家们进行了很多女性主义方面的研究和探索，但相比于西方女性主义文学批评，中国女性主义文学批评却起步较晚。由于都面临以男性权力为中心的社会共同性，二者有相似或相通的地方。与此同时，中国的女性主义文学批评有着自身的特殊性，在发展历程中既取得了显著的成就，也暴露出了比较突出的问题。笔者对中国新时期女性主义文学批评的发展脉络进行了归纳，以期对女性主义文学批评理论的中国之旅进行进一步梳理。

① 朱立元．女权主义批评简论．大连大学学报，1996（3）：234-239.

第一节　中国女性主义文学批评的萌芽阶段（1980—1985）

在西方妇女解放运动兴盛的20世纪六七十年代，中国正处于“文革”时期，对外比较封闭，人们并不知晓西方的妇女解放运动。20世纪80年代初，朱虹主编了《美国女作家作品选》[①]和《美国女作家短篇小说选》[②]。在这两部著作的序言中，朱虹对美国20世纪60年代的妇女解放运动做了介绍。她在作品中指出，女性主义运动源于黑人解放运动，并对女性主义运动的时代背景和当时的社会政治经济因素进行了阐述，对黑人及少数族裔妇女与白人中产阶级妇女的文化和身份差异做了对比，对妇女解放运动的代表作也进行了简要的介绍，如《女性的奥秘》[③]以及《性政治》（书中提出了想要实现妇女解放就得摧毁父权主义社会制度的观点，并质疑了弗洛伊德的性心理学）。她还对女性主义的“左倾”主义代表人物罗克珊·登巴（Roxanne Dunbar）的观点进行了介绍（登巴认为，妇女运动是社会革命的开始，因为资本主义社会的基本单位是以男性为中心的家庭）。除了女性主义著作外，她还对女性研究方面的期刊进行了分析，阐明了出版发行女性研究方面的专门刊物的必要性和重要性。

朱虹的《美国女作家短篇小说选》引用了玛丽·艾尔曼（Mary Ellmann）的话来阐释女性文学的意义，并提出：“妇女文学促成了学术研究重新发掘和评价文学史上女性作家的作品，批判过去文学史对女作家的贬低与忽略。”[④]她还分析总结了妇女解放运动和妇女研究在女性文学创作和女性主义文学批评方面的促进作用。在谈到以“妇女意识”为中心的观点时，她用伍尔夫的《一间自己的屋子》、帕特里夏·迈耶·斯帕克斯（Patricia Meyer Spacks）的《女性的想象：对妇女作品的文学和心理的考察》[⑤]等论著说明女性有别于男性的生活经历和心理感受使她们形成了自己的表达方式，创造了一种特殊的女性书写风格。对于女性主义文学批评，她还介绍了以“女性意识”为中心对以往作品中的女性形象进行阐释的新视角。她指出传统的女性形象，如“贞洁”“性感”“狐狸精”“女神”等是对女性形象的偏见和歪

① 朱虹 . 美国女作家作品选 . 北京：中国社会科学出版社，1981.

② 朱虹 . 美国女作家短篇小说选 . 北京：中国社会科学出版社，1983.

③ 弗里丹 . 女性的奥秘 . 巫漪云，丁兆敏，林无畏，译 . 南京：江苏人民出版社，1988.

④ 朱虹 . 美国女作家短篇小说选 . 北京：中国社会科学出版社，1983：编者序 9.

⑤ Spacks, Patricia Meyer. *The Female Imagination: A Literary and Psychological Investigation of Women's Writing*. London: Routledge, 1976.

曲，是以男性为中心的社会结构在政治、经济等方面的需要在文学作品中的反映，这种对文学作品中的女性形象进行再阐释的方法也能够在中国女性主义文学批评著作中见到。

朱虹选编了三代女性主义文学的代表作。在第一代女性主义文学作品中，凯特·肖邦（Kate Chopin）的《一小时之内发生的事情》[①]表现了女性突然出现的自我意识，探讨了作为家庭主妇的女性的自身问题；伊迪斯·沃尔顿（Edith Wharton）的《另外那两位》[②]、威拉·凯瑟（Willa Cather）的《瓦格纳作品音乐会》[③]和《花园小屋》[④]表现出了女性的自我意识无法获得实现的苦闷及压抑的心情；夏洛特·珀尔金斯·吉尔曼（Charlotte Perkins Gilman）的《黄色壁纸》[⑤]以内心独白的形式表现了在一种令人窒息的夫妻关系和压抑的家庭环境下，一个女人逐渐发疯的心理过程。第一代女性主义文学作品表现了女性虽然尽力在家庭生活中履行自己的责任，却无法实现“自我”的无奈。第二代女性主义文学作品则更加明显地揭露了男女两性之间的不平等现象，将女性的生存环境作为一个社会问题展现出来。朱虹选编了卡森·麦卡勒斯（Carson McCullers）的《家庭困境》[⑥]，这部小说表现了家庭生活中出现的矛盾。作者通过对某些生活细节的描写，表现了女性在“孤独”状态的煎熬下陷入的生存困境，以此来体现女性的情感的深度。第三代女性主义文学作品则强调了女性意识和女性心理。西尔维亚·普拉斯（Sylvia Plath）的小说《钟形罩》[⑦]讲述了女性在经历了社会的阴暗和男性的丑恶后精神失常的故事；蒂丽·奥尔逊（Tillie Olson）的《给我猜个谜语——“一切总会好起来”》[⑧]则通过女主人公对自己生平的回忆来反映美国妇女所经历的艰辛和困苦，并为她们的命运鸣不平。这一时期的女性主义文学对社会不平等的抗议更加激烈，把女性问题与社会的不合理现状、人类的荒诞状态联系起来，注重描述女性的心理感受。这些女性主义文学作品代表了当时美国女性文学的发展趋势和写作特征，给国内女性作家在写作思路和写作方法上带来了启发。

丹尼尔·霍夫曼（Danniel Hoffman）主编的《美国当代文学》[⑨]于1984年被译介

---

① 肖邦．一小时之内发生的事情．张妍，李华云，译．北京：中信出版社，2016.

② 沃尔顿．另外那两位 // 张建萍．英美女性主题短篇小说赏析．长春：吉林大学出版社，2009：110-152.

③ 凯瑟．瓦格纳作品音乐会 // 凯瑟．中短篇小说集．袁慧，译．武汉：长江文艺出版社，2008：1-9.

④ 凯瑟．花园小屋 // 凯瑟．中短篇小说集．袁慧，译．武汉：长江文艺出版社，2008：268-282.

⑤ 吉尔曼．黄色壁纸 // 吉尔曼．她乡．林淑琴，译．沈阳：辽宁教育出版社，2003：155-174.

⑥ 麦卡勒斯．家庭困境 // 麦卡勒斯．伤心咖啡馆之歌：麦卡勒斯中短篇小说集．李文俊，译．上海：上海三联书店，2007：125-138.

⑦ 普拉斯．钟形罩．唐湘，译．南京：译林出版社，2019.

⑧ 奥尔逊．给我猜个谜语：“一切总会好起来”．艾迅，译．世界文学，1984（6）：156-192.

⑨ 霍夫曼．美国当代文学．裘小龙，译．北京：中国文联出版公司，1984.

到中国。该书对西方女性主义文学进行了较为集中的论述，探讨了女性主义文学的定义、特征和发展趋势，通过对20世纪40年代到70年代不同作家作品的介绍揭示了女性主义文学的发展变化历程。霍夫曼也介绍了一些女性主义文学的代表作，如伍尔夫的《一间自己的屋子》、贝蒂·弗里丹(Betty Friedan)的《女性的奥秘》等。这些介绍虽然简要，但也对中国女性主义文学批评家和女性主义文学作家产生了重要影响，将最经典的女性主义文学作品呈现在渴求知识的中国女性面前。这些女性主义文学作品也曾触动美国女性的心灵、鼓舞美国女性的斗志。虽然身处不同的国家和地区，相隔万里，但女性的共同经历和身份使中西方的女性共同思考、命运相连。这些女性主义文学作品在20世纪80年代初刚刚经历改革开放的中国激起了层层涟漪，促使中国的女性主义文学批评家和作家对中国女性的处境不断进行反思。

中国女性主义文学批评的萌芽阶段主要对西方的相关理论进行了初步介绍。这一时期中国自己的理论作品还没有出现，女性主义文学批评仍处于酝酿和准备阶段。

第二节 中国女性主义文学批评的发展阶段（1985—1995）

20世纪80年代末90年代初，党和国家的工作重点转移到以经济建设为中心上来，这促进了文学创作适应新的社会发展需要，冲破旧的模式和框架，创作出许多新的女性主义文学作品。为满足国人的需求，中国的出版界也不断开放，许多西方女性主义文学作品在中国被翻译、出版，一些女性主义论著在这一时期得到了集中译介，如《第二性》和《女性的奥秘》。

与20世纪80年代中期之前相比，80年代中期之后国内对西方女性主义文学批评作品的译介越来越多，这也为中国女性主义文学批评的发展与完善创造了外部条件。据林树明在《多维视野中的女性主义文学批评》[①]一书中的统计，20世纪80年代，女性主义译介文章在国内刊物上出现的数量呈逐渐增加的趋势：1980年到1983年，每年平均发表5篇；1986年到1987年，每年平均发表11篇；1988年增加至20多篇；1989年达到32篇。这表明，女性主义文学批评得到了国内学界的高度关注。由巫漪云等翻译的《女性的奥秘》引起了中国女性读者的共鸣。该书猛烈抨击了男

① 林树明.多维视野中的女性主义文学批评.北京：中国社会科学出版社，2004.

权社会编造的“女性神话”，即女人的价值和使命在于她们女性特征的完善，女人应温顺、服从并充满母爱，而她们自身的完善要依赖于男人主宰的世界。女性逐渐意识到，一张选票和一份薪水微薄的工作并不代表“真正的独立”。实际上，社会舆论并不鼓励她们追求“真正的独立”，而是促使她们把婚姻与家庭当作自己的工作。由王还翻译的伍尔夫的《一间自己的屋子》也在中国女作家中引起了强烈的反响。中国女性文学的创作和批评受到伍尔夫的影响，增强了性别意识和批判意识。女性主义学者们探究理论的信心得到了强化，这对中国新时期女性文学创作和批评起到了积极的推动作用。由胡敏等翻译的玛丽·伊格尔顿（Mary Eagleton）的《女权主义文学理论》[①]收录了从1929年至1986年西方女性主义文学批评理论的权威论述，包括“寻觅女性传统”“妇女与文学创作”“性别与文学类型”“女权主义写作界定”“妇女的写作不同吗”五个专题，这是中国较为全面地介绍西方女性主义文学批评理论的译著，对西方女性主义文学批评理论做了原汁原味的译介。在李小江主编的“妇女研究丛书”[②]（包括《神秘的圣火》《女性审美意识探微》《迟到的潮流》《女性观念的衍变》等作品）和《华夏女性之谜：中国妇女研究论集》[③]中，“女性文学”“女性主义”“女性意识”等得到了集中探讨。孟悦、戴锦华所著的《浮出历史地表》对中国女性文学的批评研究和理论思考较为突出，在出版后引起了很大的反响。1989年，《上海文学》开设了“女权主义批评专辑”，为中国女性主义文学批评提供了话语空间。这些研究运用女性主义批评方法，系统地阐述了中国女性主义文学写作的特点，重读、审视了女性主义作家及其作品。

尽管相对于1988年至1989年的女性主义译著而言，1990年至1995年的译著数量较少，但很多作品却更有特色，许多文章、讲稿的引入对中国的女性主义作家和理论家具有很大的启示作用。1991年，王逢振等编译的《最新西方文论选》收录了肖瓦尔特的《荒原中的女性主义批评》[④]、古芭的《“空白书页”和女性创造力问题》[⑤]等文章。1992年，林建法、赵拓翻译了挪威女性主义者莫依的《性与文本的政治——女权主义文学理论》，作品阐述了摆脱男女二元对立的“第三种”思维方式。莫依认为，女性主义的根本任务在于突破传统的“理性”概念。她强调，我们必须既要解构传统的“男性”和“女性”价值之间的对立，又要面对政治力量和这

① 伊格尔顿．女权主义文学理论．胡敏，陈彩霞，林树明，译．长沙：湖南文艺出版社，1989.

② 该丛书于1987—1992年由河南人民出版社出版。

③ 李小江．华夏女性之谜：中国妇女研究论集．北京：生活·读书·新知三联书店，1990.

④ 肖瓦尔特．荒原中的女性主义批评 // 王逢振，盛宁，李自修．最新西方文论选．韩敏中，译．桂林：漓江出版社，1991：255-282.

⑤ 古芭．“空白书页”和女性创造力问题 // 王逢振，盛宁，李自修．最新西方文论选．韩敏中，译．桂林：漓江出版社，1991：284-306.

种价值对立所构成的社会现实。我们的目的是建立一个不再把逻辑、概念和理性归于“男性”范畴的社会，而不是去建立一个排斥逻辑、概念和理性的社会。她还强调了理论的重要性，希望“中国的女性也许能够创造性地改造我的书，以期构建达到她们自己的政治目的的有用文本”[①]。她提供了文本阅读的技巧，即“盗用”每一个文本，把文本看作多元的、相对开放的结构，刺激读者进行创造性的改造。莫依对理论的批判性阅读和政治化理解影响了中国的女性主义文学创作者和批评家。

1993年，程锡麟等翻译了拉尔夫·科恩（Ralph Cohen）主编的《文学理论的未来》[②]，该著作包括了西苏的《从潜意识的场景到历史的场景》[③]、凯瑟琳·斯廷普森（Catharine Stimpson）的《伍尔夫的房间，我们的工程：建构女权主义批评》[④]、吉尔伯特和古芭的《镜与妖：对女权主义批评的反思》[⑤]以及肖瓦尔特的《我们自己的批评：美国黑人和女权主义文学理论的自治与同化》[⑥]等文章。

1992年，中国学者编辑的第一本西方女性主义文学批评文集，即张京媛主编的《当代女性主义文学批评》，分为“阅读与写作”“女性主义批评理论”两个部分，对女性主义文学进行了讨论与界定。张京媛在该书的序言中还讨论了“feminism”一词的翻译。她认为该词译为“女性主义”比较合适，因为“女权主义”与“女性主义”是妇女解放运动的两个时期的概念，“女权主义”是妇女为争取平等权利而进行斗争的理论，“女性主义”则意味着进入了后结构主义的性别理论时代。在中国的语境中，“女性主义”比“女权主义”更确切。

除了上述具有代表性的论著外，还有其他一些对中国女性主义文学批评进行研究的论著。比如，谢玉娥的《女性文学研究教学参考资料》[⑦]对1979年至1989年的女性文学研究成果进行了梳理，被视为国内最早对女性主义文学批评进行梳理的著作。

在国内学界的女性文学研究中，存在女性主义文学批评和女权主义文学批评两种不同的用法，两者之间无论是概念的外延还是内涵，都存在着外在区别和内在联

---

① 莫依．性与文本的政治：女权主义文学理论．林建法，赵拓，译．长春：时代文艺出版社，1992：中文版序 3.
② 科恩．文学理论的未来．程锡麟，王晓路，林必果，伍厚恺，译．北京：中国社会科学出版社，1993.
③ 西苏．从潜意识的场景到历史的场景 // 科恩．文学理论的未来．程锡麟，王晓路，林必果，伍厚恺，译．北京：中国社会科学出版社，1993：20-42.
④ 斯廷普森．伍尔夫的房间，我们的工程：建构女权主义批评 // 科恩．文学理论的未来．程锡麟，王晓路，林必果，伍厚恺，译．北京：中国社会科学出版社，1993：153-176.
⑤ 吉尔伯特，古芭．镜与妖：对女权主义批评的反思 // 科恩．文学理论的未来．程锡麟，王晓路，林必果，伍厚恺，译．北京：中国社会科学出版社，1993：177-209.
⑥ 肖瓦尔特．我们自己的批评：美国黑人和女权主义文学理论的自治与同化 // 科恩．文学理论的未来．程锡麟，王晓路，林必果，伍厚恺，译．北京：中国社会科学出版社，1993：242-274.
⑦ 谢玉娥．女性文学研究教学参考资料．开封：河南大学出版社，1990.

系。一些学者认为，随着西方妇女运动的开展，其目的已不再是与男性争夺权利，而是为了女性自身的发展强调女性的存在感，以女性的视角去思考和审视人与人、人与社会、人与自然之间的关系，并用女性的体验及女性主义去阐释历史与现实。因此，1995年以后，中国女性主义文学批评领域出现了以“女性主义”代替“女权主义”的现象。1995年，鲍晓兰主编的《西方女性主义研究评介》[①]使用了“女性主义”的概念，以后的一些研究者，如裴亚莉、王维等都使用了“女性主义”一词（如1999年王维、庞君景所著的《20世纪西方马克思主义思潮》[②]第八章的题目为“女性主义思潮与马克思主义”）。但是，也有一些研究者在其论著中使用“女权主义”一词，如李银河、盛宁、戴雪红等女性主义研究者。1997年，李银河主编的《妇女：最漫长的革命——当代西方女权主义理论精选》[③]的书名就使用了“女权主义”一词。1994年，北京大学出版社出版了盛宁的《二十世纪美国文论》[④]，盛宁认为，“女权主义”文学批评是一种意识形态，是以社会变革为目的的文化运动，同时表现出了西方文学传统话语变革，因此，“feminism”应译为“女权主义”。戴雪红的《看不见的奴役：当代西方新女权主义批判之的》[⑤]也采用了“女权主义”一词。这些持“女权主义”思想的学者认为，将“feminism”译为“女权主义”比较合适。但是，当妇女解放运动奋斗的目标不再是争取男性与女性之间的平等，而是争取女性自身的发展时，使用“女性主义”一词应该比较妥当。

1985年到1995年，国内学界虽然没有全面系统地介绍西方女性主义文学批评的各个流派、场域及理论主张，但是它们都在中国得到了不同程度的传播，这使中国学者对西方女性主义文学批评理论的学习和研究得以在短期内完成，同时也使女性主义文学批评的本土化寻找到了适合自身的发展路径。在这一时期，中国的学者也开始对性别问题进行思考。中国本土的女性主义学者在学习和借鉴西方女性主义文学批评理论的同时，开始了具有本土特色的理论探索和批评实践。这一时期的女性主义文学批评的著作主要有郭小东的《逐出伊甸园的夏娃》[⑥]、康正果的《女权主义与文学》[⑦]等。

从1985年到1995年，这十年被看作中国新时期女性主义文学批评的发展阶段，也可以被视为新时期女性主义文学批评的争鸣时期。原因有二：一是这一时期对被

---

① 鲍晓兰．西方女性主义研究评介．北京：生活·读书·新知三联书店，1995.
② 王维，庞君景．20世纪西方马克思主义思潮．北京：首都师范大学出版社，1999.
③ 李银河．妇女：最漫长的革命：当代西方女权主义理论精选．北京：生活·读书·新知三联书店，1997.
④ 盛宁．二十世纪美国文论．北京：北京大学出版社，1994.
⑤ 戴雪红．看不见的奴役：当代西方新女权主义批判之的．福建论坛，1996（6）：14-20.
⑥ 郭小东．逐出伊甸园的夏娃．广州：暨南大学出版社，1993.
⑦ 康正果．女权主义与文学．北京：中国社会科学出版社，1994.

西方女性主义者视为法典的理论成果的译介相当丰富；二是这一时期中国女性主义文学批评领域出现了更多的研究成果，本土化的女性主义批评实践及理论构建得到了发展，中国女性主义文学批评的话语导向、实现路径以及发展方向等得到了较多的关注。

第三节　中国女性主义文学批评的繁荣阶段（1995—2005）

中国新时期女性主义文学批评发展的第三个阶段是从1995年到2005年。在这个时期，世界妇女大会于1995年9月在中国北京召开。此后，中国学术界积极引进国外的女性主义文学理论资源，译介了西方女性主义文学批评的最新理论动态、研究趋势，包括社会性别理论等。学者们运用西方女性主义理论，结合中国的具体实际，进行了本土化理论话语的构建，女性文学作品也在中国学者的本土理论建构中被重读。

1995年，商务印书馆出版了王蓁翻译的《女权辩护》和汪溪翻译的《妇女的屈从地位》[①]。沃斯通克拉夫特的《女权辩护》强调男女两性应平等地享有社会体系的决定权，反映了女性主义基于性别的政治诉求，是英国女性主义运动第一阶段的主要理论基础。19世纪英国哲学家约翰·斯图亚特·穆勒（John Stuart Mill）撰写的《妇女的屈从地位》为当时英国妇女的（无权）地位申述，抨击当时的政治和社会制度，提倡妇女应被赋予和男人同等的选举权、受教育权、工作权等权利。1999年，社会科学文献出版社出版了钟良明翻译的米利特的《性政治》。女性主义作品的引入，有助于中国女性主义文学研究领域对西方女性主义和妇女解放运动的全面了解，体现了对中国新时期女性主义文学批评从理论源头进行梳理的设想。在这个阶段，中国本土女性主义文学批评不再纠结于“女权”与“女性”之争，开始对性别、社会性别、性征等进行更深入的探讨。社会性别（gender）源自20世纪70年代美国的女权运动，是美国当代女性主义理论的重要概念和女性学的主要内容。

20世纪90年代后，中国女性主义文学批评表现出对西方女性主义文学批评理论的综合利用、合理挖掘的态势，从比较单纯的文学研究转向跨学科的女性主义文

① 穆勒 . 妇女的屈从地位 . 汪溪，译 . 北京：商务印书馆，1995.

学批评，再到文化批评，反思和总结了中国女性主义文学批评的经验与不足。1998年，王政、杜芳琴主编的《社会性别研究选译》[①]出版，这与之前被译介成“女性主义”或“女权主义”的作品不同，该书突出了“社会性别”这个概念。至此，中国女性主义文学批评都在尝试与西方新的社会性别理论接轨。2000年，杜芳琴又参与主编了以“社会性别”命名的《社会性别与妇女的发展》[②]。2006年，杜芳琴的《社会性别》[③]出版。与此同时，中国女性主义文学批评的代表人物李小江也投入社会性别的研究，主编了《性别与中国》[④]《身临“奇”境：性别、学问、人生》[⑤]《文学、艺术与性别》[⑥]，以及《文化教育与性别——本土经验与学科建设》[⑦]。2000年，生活·读书·新知三联书店出版了马元曦主编的《社会性别与发展译文集》[⑧]，旨在引进20世纪90年代海外男性学者对女性发展及社会性别等问题的研究。

林树明发表的《女性主义文学批评在中国大陆的传播》[⑨]一文把我国女性主义文学批评划分为萌芽时期、繁荣时期及再度繁荣时期三个阶段。之后，他又发表了《关于女性主义文学批评的争鸣笔记》[⑩]，指出中国女性主义文学批评在借鉴西方女性主义文学批评理论时存在照搬现象。他认为，女性主义文学批评理论只是真理的原料而并非真理本身。1995年，林树明提出了“性别诗学”的概念。赵树勤的《找寻夏娃——中国当代女性文学透视》[⑪]对女性文学的历史演变、话语、诗学、文体等诸多问题进行了深入的文化阐释和诗学建构，表现出了构建中国本土化女性主义诗学的学术意识。2003年，陈骏涛发表论文《关于当代中国（大陆）三代女批评家的笔记》[⑫]。他对新中国成立以来的女性主义文学批评家和女性主义文学作品及观点进行了梳理。郭力的《二十世纪中国女性文学的生命意识》[⑬]阐述了20世纪中国女性文学发展的意义，并对女性解放和女性主体意识的精神深度进行了分析和探讨。乔以钢的《多彩的旋律：中国女性文学主题研究》[⑭]对女性文学的概念进行了梳理，论述

---

① 王政，杜芳琴．社会性别研究选译．北京：生活·读书·新知三联书店，1998.
② 郑新蓉，杜芳琴．社会性别与妇女的发展．西安：陕西人民教育出版社，2000.
③ 杜芳琴．社会性别．天津：天津人民出版社，2006.
④ 李小江．性别与中国．北京：生活·读书·新知三联书店，1994.
⑤ 李小江．身临“奇”境：性别、学问、人生．南京：江苏人民出版社，2000.
⑥ 李小江．文学、艺术与性别．南京：江苏人民出版社，2002.
⑦ 李小江．文化教育与性别：本土经验与学科建设．南京：江苏人民出版社，2002.
⑧ 马元曦．社会性别与发展译文集．北京：生活·读书·新知三联书店，2000.
⑨ 林树明．女性主义文学批评在中国大陆的传播．社会科学研究，1999（2）：132-137.
⑩ 林树明．关于女性主义文学批评的争鸣笔记．山花，1999（12）：115-118.
⑪ 赵树勤．找寻夏娃：中国当代女性文学透视．长沙：湖南师范大学出版社，2001.
⑫ 陈骏涛．关于当代中国（大陆）三代女批评家的笔记．东南学术，2003（1）：150-166.
⑬ 郭力．二十世纪中国女性文学的生命意识．哈尔滨：黑龙江教育出版社，2002.
⑭ 乔以钢．多彩的旋律：中国女性文学主题研究．天津：南开大学出版社，2003.

了中国女性文学的产生和发展过程，按照中国女性文学不同的历史发展阶段，结合具体的作家作品，对中国女性文学的主题进行了研究。陈志红的《反抗与困境——女性主义文学批评在中国》[①]关注的不是“中国女性主义文学批评”，而是“女性主义文学批评在中国”，因为她认识到这个命题的特点具有开放性和动态感。她展示了二十年来中国女性主义文学批评的概况。陈志红的研究比较多地肯定了女性主义文学批评在中国的发展，批评部分很有尺度。她指出：“1985—1986年前后，中国当代文艺理论批评已形成了众声喧哗的格局，而女性主义文学批评还未真正出场，这是颇耐人寻味的。”[②]这一观点应引起我们的思考。2006年，林树明发表了《论当前中国文学女性主义文学批评中的问题》[③]一文，指出中国女性主义文学批评理论来自西方，并存在对西方理论进行生搬硬套的现象。一些女性主义文学批评家鼓吹性别对立，把性别文本和政治文本分离开来，存在重视性别文本而忽略政治文本等倾向。屈雅君发表的《女性文学批评本土化过程中的语境差异》[④]指出，中国女性主义文学批评在本土产生之时基本未从根本上颠覆传统理论，而是向一种批评视点的转移。2003年，西慧玲的《西方女性主义与中国女作家批评》[⑤]分析了西方女性主义的产生和发展，指出了西方女性主义在中国的传播及各主要流派对中国女性文学研究的影响。

第四节　中国女性主义文学批评的多元化发展阶段（2005年以后）

西方女性主义文学批评在发展过程中，不同流派、不同场域的女性主义文学批评研究层出不穷，这在中国本土的女性主义文学研究和女性主义文学批评主体之间也有所对应，中国女性主义文学批评呈现出多元化的发展。

首先，对国外女性主义文学批评的学术成果的译介呈现出快速高效的特征。对国外女性主义学术前沿的追踪研究类的课题被纳入国内高校和出版社的规划项目之中；一些海外研究学会参与资助或合作，助力了中国的女性主义研究；国内女性文

① 陈志红．反抗与困境：女性主义文学批评在中国．杭州：中国美术学院出版社，2002.

② 陈志红．反抗与困境：女性主义文学批评在中国．杭州：中国美术学院出版社，2002：25.

③ 林树明．论当前中国女性主义文学批评中的问题．湘潭大学学报，2006（3）：40-45.

④ 屈雅君．女性文学批评本土化过程中的语境差异．妇女研究论丛，2003（2）：40-44+58.

⑤ 西慧玲．西方女性主义与中国女作家批评．上海：上海社会科学院出版社，2003.

学研究者与国外同行的学术交流也进一步强化。这些都使我国对国外女性主义文学批评理论的引入几乎与国外的学术发展同步。引入的女性主义研究的立场、观点和方法等显现出多元特征，如女性主义叙事学、符号学、解构主义女性主义、黑人女性主义等。与女性主义文学批评相关的理论著作有《女权主义理论读本》[①]《西方女性主义文学理论》[②]《西方女性主义文学文化译文集》[③]，等等。

与此同时，一些学者从历史维度梳理了中国新时期女性主义文学批评的演变历程，阐述了西方女性主义的发展过程及其对中国女性主义文学的影响。2005年，杨莉馨的《异域性与本土化：女性主义诗学在中国的流变与影响》[④]介绍了西方女性主义诗学在中国的译介、传播以及流变。将她的著作和林树明的著作进行对比，可以发现杨莉馨的研究焦点是女性主义诗学的"本土化"问题，而林树明则是通过对中国女性主义诗学的四个发展阶段的梳理，论述了本土"女性主义诗学"的发展历程。邓利的《新时期女性主义文学批评的发展轨迹》[⑤]将中国的女性主义文学批评划分为"初创期""发展期""成熟期"，并以"审美批评""男权批判""开放式批评"作为关键词。这些著述虽然资料比较翔实，但更侧重对事实或现象的描述，对其中的问题的论述及反思则较少。

其次，女性主义文学批评的自我反思也在不断加强，学者们在争鸣中更加注重对话和讨论，避免指责和推诿。21世纪的女性主义研究延续了20世纪90年代女性主义的发展势头，在批评实践、思维方法、价值取向和理论成果的译介等各方面呈现出多元化趋势。2005年，张广利的《后现代女权理论与女性发展》[⑥]从历史唯物主义观出发，以社会学的相关理论为指导，运用文献法、历史法、比较法等，对后现代女权主义的产生、理论视角、存在的问题、与现代女权主义的关系及其对当代女性发展的影响进行了分析和探讨。荒林、苏红军编写的"中国女性文学文化学科建设丛书"包括了《中国女性文学读本》《当代中国女性文化批判文选》《西方女性主义文学文化译文选》和《西方"后学"语境中的女权主义》。徐艳蕊的《当代中国女性主义文学批评二十年》以"女性经验"为线索，把二十年来中国女性主义批评实践概括为四个主题，即女性意识、女性主体性、女性文学传统和身体写作。

众多女性主义文学批评研究论著的问世，标志着中国女性主义文学批评实践

---

① 麦克拉肯，艾晓明，柯倩婷．女权主义理论读本．桂林：广西师范大学出版社，2007.

② 柏棣．西方女性主义文学理论．桂林：广西师范大学出版社，2007.

③ 马元曦．西方女性主义文学文化译文集．桂林：广西师范大学出版社，2008.

④ 杨莉馨．异域性与本土化：女性主义诗学在中国的流变与影响．北京：北京大学出版社，2005.

⑤ 邓利．新时期女性主义文学批评的发展轨迹．北京：中国社会科学出版社，2007.

⑥ 张广利．后现代女权理论与女性发展．天津：天津人民出版社，2005.

形成了多维度、多视角和多元化的发展格局，主要体现如下：一是批评主体的多元化，具体表现为越来越多的男性学者加入中国女性主义文学批评实践中，并在对女性主义文学创作和女性文化现象进行研究时，客观、公正地借鉴和评估女性主义文学批评理论，自觉运用性别视角，参与到与女性主义文学批评主体的对话中。如林树明、叶舒宪等人讨论了“性别诗学”的构建，徐岱、阎德纯等人研究了女性作家的作品，陶东风、王光明等人分析探讨了女性写作。男性学者的加入，使女性主义文学批评主体之间的对话也越来越多，如荒林和王光明的《两性对话：20世纪中国女性与文学》①、李小江的《文学、艺术与性别》②、任一鸣的《两性之间理解与沟通的呼唤》③、吕颖的《女性文学批评的几个关键问题思考：从“对话与参与”的角度谈起》④等，都是很好的例子。二是多种批评方法的运用。随着女性主义文学批评研究视野的不断开阔，文化研究、符号学分析、叙事学分析等研究方法成为中国女性主义文学批评经常使用的批评方法，如樊星和李雪的《当代女性文学与传统文化》⑤、王慧的《走向后现代女性主义诗学——试析解析符号学与生态女性主义的内在关联》⑥、孙桂荣的《从新时期到新世纪：女性小说叙事形式的社会性别研究》⑦。三是女性主义文学批评主体体现自我、寻求差异的不同声音逐渐释放出来，这一点主要表现在对已有成果的质疑和反思，戴锦华、刘慧英、李小江等是主要代表人物。四是女性主义文学批评的范围进一步拓展，内涵进一步深化。

① 荒林，王光明 . 两性对话：20 世纪中国女性与文学 . 北京：中国文联出版社，2001.

② 李小江 . 文学、艺术与性别 . 南京：江苏人民出版社，2002.

③ 任一鸣 . 两性之间理解与沟通的呼唤 . 昌吉学院学报 . 2006（2）：1-4.

④ 吕颖 . 女性文学批评的几个关键问题思考：从“对话与参与”的角度谈起 . 北京行政学院学报，2011（6）：119-123.

⑤ 樊星，李雪 . 当代女性文学与传统文化 . 文艺评论，2012（3）：29-35.

⑥ 王慧 . 走向后现代女性主义诗学：试析解析符号学与生态女性主义的内在关联 . 作家，2015（18）：165-168.

⑦ 孙桂荣 . 从新时期到新世纪：女性小说叙事形式的社会性别研究 . 济南：山东大学出版社，2022.

第四章

中国新时期女性主义文学批评发展的社会历史文化语境

第一节　中国新时期女性主义文学批评的转型

一、从“女性文学”到“女性主义文学”的转向

从某种意义上说，人类历史就是一部性别歧视的历史，是男性压制女性和女性进行反抗的历史。晚清时期，西方的妇女解放思想传入中国，促使中国本土的女性意识觉醒，男女平等意识得到提倡，促成了中国近代的妇女解放运动。男女平权、禁止女性缠足、让女性接受教育是那个时代最强烈的呼声。五四运动以后，“妇女解放问题”成为知识界关注的热点话题，女性走出家庭、走向社会、拥有独立的人格等主张得到了提倡。妇女文学史是中国文学史上发展得比较早的一个类别，但相关研究一直相对较少，主要作品只有谢无量的《中国妇女文学史》①、梁乙真的《清代妇女文学史》②、谭正璧的《中国女性的文学生活》③等。这三部著作在中国文学史、文学及性别研究领域是不可或缺的。《中国妇女文学史》具有民国初年的鲜明时代特色，其作者主张男女平权，认为古代女性求学困难，这导致了女性文学不能发展，因此他大力提倡女性就学。《清代妇女文学史》以诗文为主，不涉及小说、戏曲等作品。《中国女性的文学生活》则以时代文学为主，介绍了中国历史上的女诗人、女词人和女文学家的创作经历。谭正璧曾遇到过“为什么不另编男性文学史”的质问。文学也会有性别区分吗？人可以分为“男性”和“女性”，作家也可

① 谢无量．中国妇女文学史．上海：中华书局，1916.
② 梁乙真．清代妇女文学史．上海：中华书局，1927.
③ 谭正璧．中国女性的文学生活．上海：光明书局，1930.

以区分“性别”，文学能够划分成“男性文学”和“女性文学”吗？诸如此类的问题，都质疑了“女性文学”的概念。

1922年，梁启超先生于清华学堂讲授国史课时，在演讲《中国韵文里头所表现的情感》[①]中首次提出“女性文学”这个概念。1935年，谭正璧将《中国女性的文学生活》易名为《中国女性文学史》[②]，第一次提出“女性文学史”这个词。他认为，“女性文学”与“妇女文学”相比，具有更加鲜明的性别意识，更强调女性独立。谭正璧指出，真正意义上的女性文学是女性自己写的女性文学。女性可以去描写男性，不过立场和经验应该是女性，这正是“女性文学”的内涵所在。

继20世纪30年代后，“女性文学”的概念在80年代初期再次出现。20世纪80年代初期，吴黛英在《新时期“女性文学”漫谈》[③]中提出“女性文学”的概念。吴黛英的另一篇文章《从新时期女作家的创作看“女性文学”的若干特征》[④]，通过对新时期的女性作家创作的作品进行分析和研究，探讨了女性文学的几个特征。吴黛英通过《女性世界和女性文学——致张抗抗信》[⑤]一文，以书信方式和张抗抗进行探讨，对妇女问题和女性文学发表了独特的见解。到了20世纪80年代中期，伴随着女性作家作品的大量涌现和“女性文学”概念的再次出现，围绕“什么是女性文学”的问题出现了激烈的讨论。很多学者认为文学就是文学，不应该区分“性别”。一些女作家也反对将自己的作品赋予“女性文学”的标识。丁玲曾说：“我卖稿子，但不卖‘女’字。”[⑥]张洁在不同场合说过她不是女权主义作家。当年张抗抗也有一个重要的发言：“我首先是一个作家，其次才是一个女作家。”[⑦]但是，假设女性文学不存在，那么女性主义文学也就无从谈起。如果性别不能成为文学创作的一种立场，它也就无法成为一种批评的立场。这一分歧在文学批评家与作家和读者之间都时有发生。文学作家不能接受批评家对自己作品的批评和阐释、对文学批评家的阐释表示不满的现象也时有发生。因此，一方面，“女性文学”开创了在一定历史条件下的现代文学的一种新的文学类别，也创造了在困境下浮出历史地表的属于女性的文学言说方式；另一方面，它掩盖了新的文学类别的历史性和现代人

① 梁启超．中国韵文里头所表现的情感 // 夏晓虹．梁启超文选：全 2 卷．福州：福建教育出版社，2020：3921-3954.

② 谭正璧．中国女性文学史．天津：百花文艺出版社，2001.

③ 吴黛英．新时期“女性文学”漫谈．当代文艺思潮，1983（4）：35-41.

④ 吴黛英．从新时期女作家的创作看“女性文学”的若干特征．文艺评论，1985（4）：4-10.

⑤ 吴黛英．女性世界和女性文学：致张抗抗信．文艺评论，1986（1）：61-65+1.

⑥ 王周生．丁玲：飞蛾扑火．上海：上海教育出版社，1999：86.

⑦ 张莉．女性文学绕不过去的作家．(2023-03-08) [2023-05-28]. http://k.sina.com.cn/article_1233447787_4984eb6b02701drk7.html.

文性，容易使人认为这只不过是一种以性别分类的文学罢了。谢玉娥编纂的《女性文学研究教学参考资料》指出，20世纪80年代中期后，“女性文学”的界定有几种：第一种认为，女性创作的文学就是女性文学，男性创作的文学就是男性文学；第二种认为，女性文学是由女性创作的描写女性生活，并体现了女性风格面貌的文学；第三种认为，女性文学是女性创作并体现女性意识的文学；第四种认为，虽然为男性创作，但描写的是女性意识的文学，也应划入女性文学范围。刘思谦在《女性文学这个概念》[①]一文中指出，谢玉娥提出的女性文学概念的第一种界定，即把女性文学仅仅看作一种按性别分类的文学，忽略了女性文学这个概念的历史性与现代性。女性文学是在人类由母系氏族制度过渡到父系氏族制度，再到近代封建父权统治社会向现代自由民主社会转型的过程中，才逐渐出现的。这也是女性作为主体，在文学的历史发展中，从长期缺席到渐渐出席，再到占有一定地位的过程。她认为，应把女性的主体性作为女性文学的基本内涵，并将五四运动中女性作家群体的出现视为我国女性文学的开始，将从晚明开始到晚清和民国初期产生的具有朦胧人文主义色彩的觉醒的女性诗人们的文学创作视为中国女性文学的序幕。因而，刘思谦把“女性文学”定义为：“女性文学是诞生于一定历史条件下的以五四新文化运动为开端的具有现代人文精神内涵的以女性为言说主体、经验主体、思维主体、审美主体的文学。”[②]任一鸣在《女性文学与女性主义文学及其批评之辨析》中指出：

> 女性文学应该是一个开放的、动态的发展，而不是封闭的、完全静止的系统。广义的女性文学是指女性作家创作的所有文学，它是女性作家或以强化的女性意识，或以超性别意识，或以女性无意识、潜意识所表现的，包括女性生活在内的和超越女性的全人类生活的所有意义上的文学。而狭义的女性文学是女性作家创作的，体现女性意识的文本，是女性作家以其特有的女性视角关注女性生活、女性生存处境、女性感情、女性命运，从而对女性、女性人生、女性生命、女性人性有更多的寻找和发现。[③]

任一鸣对“女性文学”的内涵和外延进行了清晰的界定。在此基础上，她又对“女性主义文学”进行了界定。她认为，女性主义文学是女性作家从性别立场出发，以对传统性别进行反抗、对男权中心文化进行解构为目的，建构以女性主体、女性

① 刘思谦．女性文学这个概念．南开学报，2005（2）：1-6.
② 刘思谦．女性文学这个概念．南开学报，2005（2）：4.
③ 任一鸣．女性文学与女性主义文学及其批评之辨析．昌吉学院学报，2003（2）：7.

文化和女性诗学为价值的文学；女性主义文学是文本中凸显女性主义思想、文化意识和美学的文学。她认为，女性文学与女性主义文学是既有联系又有区别的两个概念。“女性文学”是相对于“男性文学”而言的；而“女性主义文学”是相对于“男权中心文化”而言的。女性主义文学强调的，一是创作主体的女性性别特征；二是创作主体的女性意识；三是创作客体既有女性生活，又存在超越女性的全人类生活；四是叙事方式是意识形态下的核心话语的表现，而不是边缘化。尽管女性文学与女性主义文学存在着创作主体性别立场的相似性和差异性，也存在着创作主体对创作客体审美观照的相近性和差异性，但是就创作主体同为女性而言，女性主义文学体现了文学世界中的深层文化意义层面和美学意义层面的内涵。

二、从“女权主义文学批评”到“女性主义文学批评”的转向

20世纪80年代，中国出现了专门介绍西方女权主义批评的论著，如王逢振的《关于女权主义批评的思索》[①]、黎慧的《谈西方女权主义文学批评》[②]以及朱虹的《“女权主义”批评一瞥》等。受这些文章的影响，20世纪80年代末期，国内文学批评界在本土女性文学的研究中开始引用“女权主义文学批评”的概念。1988年,《外国文学》设立了“妇女文学”专栏。1989年《上海文学》第2期的“女权主义批评专辑”发表的文章将西方女性主义文学批评理论和批评方法运用于中国女性文学的批评实践上。那个时期，很多被评论的女作家否认自己的“女权主义者”身份。因此，中国是否存在“女权主义批评”也遭到了进一步质疑。20世纪80年代末期至90年代初期的批评界出现了一场关于中国是否存在“女权主义文学批评”以及它以什么样的状态存在的争论。持否定态度者认为中国并不存在真正意义上的女权主义文学批评，因为中国不具备女权主义思想。西方女权主义思想是后工业社会发展的产物，而刚摆脱封建传统的中国妇女还不可能提出“女权主义”的概念，也谈不上“女权主义批评”。西方的“feminism”经过了女性职业化的发展过程，大工业生产需要吸收大量的女性劳动力，而女性在工业文明中获得经济独立能够使她们去争取与其他社会阶层平等的社会地位。林树明在《评当代我国的女权主义文学批评》[③]中列举了中国女权主义批评产生的条件。他认为，改革开放带来的女性的思想解放激发了她们的参政意识和竞争意识。改革开放引发的一系列新问题也使中国

① 王逢振．关于女权主义批评的思索．外国文学动态，1986（3）：18-23.

② 黎慧．谈西方女权主义文学批评．文学自由谈，1987（6）：77-81.

③ 林树明．评当代我国的女权主义文学批评．文学评论，1990（4）：36-43.

女性对女权主义自身发展的历史过程和现实条件进行了深刻的反思。

新时期以来，中国出现了大量的女性作家作品，这些作品中蕴含了强烈的女性主义意识，加深了女性对自身的认识，也促进了她们对男权统治的反抗，她们的内心深处呼唤一种新的文学批评形式的诞生。随着结构主义向解构主义文学批评的转化，国外女权主义文学批评思想的引入促进了新时期中国女性主义批评的兴起和繁荣。随着中国新民主主义革命的全面胜利，中国的广大女性在政治和经济上都获得了独立和解放。然而这种解放对大多数女性来说是社会革命带来的，并不是女性独立抗争的结果。中国的妇女解放一直存在于国家和民族解放之中，没有经历过独立的女权主义运动。因此，张京媛将“feminism”一词译为“女性主义”，而非“女权主义”，更符合中国的具体情况。从女性文学的特点和发展规律来说，“女权主义”代表了西方早期的为争取男女平等而进行斗争的女性运动，侧重政治性；“女性主义”受西方后结构主义的影响，关注文学性和文化特征。张京媛的这种译法得到了学界的广泛认可。“女性主义”的称谓不仅纠正了之前对女性主义文学批评方法的某些偏见，也体现了人们对“性别差异”上的批评方法由认识到接受的一个转向过程。在“女性主义文学批评”的说法中，强权色彩不太明显。与西方相比较，中国女性更希望在相对温和的气氛下完成两性的共同解放。因此，这一说法能被广泛接受。

刘婧在《从“女权”到“女性”：女性主义文学批评发展的内在逻辑》[①]中提出，“女权主义”和“女性主义”对应的是女性主义文学批评理论不同的发展阶段，从“女权主义”到“女性主义”，说明了历史语境的变迁、社会文化的转向及女性理论使命的变化，这也表现了女性主义文学批评理论在不同阶段的目标和任务。从“女权”到“女性”概念的变化意味着女性主义理论发展被赋予了新的内涵。为此，中国理论界也应明确“女权”与“女性”概念的区分，不应将同层次的概念混用，避免概念模糊和混淆。同时，这也有利于促进中国女性主义文学批评理论建构纵深发展。20世纪90年代以后，“女性主义文学批评”也表现出更为理性的反思精神与自省倾向，从某种程度上超越了性别视角的限制，其研究和阐释开始向纵深化发展。中国的女性主义文学批评不仅体现了对女性独立精神的弘扬与认同，还表现出对女性本质的更加理性的审视。

---

① 刘婧 . 从“女权”到“女性”：女性主义文学批评发展的内在逻辑 . 邢台学院学报，2009（2）：24-25.

三、从“女性意识”到“社会性别”的转向

“社会性别”是国际妇女运动中的一个比较重要的概念。20世纪60年代末期，美国女性主义者以“社会性别”（gender）一词取代“性别”（sex）一词，之后将其运用到女性学的研究之中，以表明造成性别差异的主要原因不是生理上的因素，而是社会文化。如今，“社会性别”成为西方女性主义批评的核心概念。“社会性别”是指社会对男女两性及男女两性关系的期待、要求及评价，注重影响性别发展的非生物因素，尤其关注“社会对性别”的建构过程。人的“社会性别”是后天形成的，男女两性在性别层面的差异是生物学差异，而在“社会性别”层面上的差异是男女两性的生物差别经过社会制度化力量的作用而显示出来的行为规范和社会角色上的差别，以及性别层次上的不平等。

20世纪80年代，为了驳斥“男人与女人都一样”的“无性”思想，反对“防止男生女性化”的观点，中国女性主义文学批评使用具有“性别本质论”的“女性意识”概念对女性的本质进行充分阐释。“女性意识”被更多人理解为“自然性别差异的意识”。在这种阐释下，女性与男性的区别的生理属性得到了关注，而社会主体意识被忽视，使很多人对性别差异性产生误解。男性与女性之间的性别差异应被表述为生理和心理两方面的区别。

在20世纪80年代的女性文学及其批评中，对女性自然性别的倡导与对男性与女性性别差异的关注，对纠正中国历史上错误的性别观念起到了重要作用，对中国女性文学及其批评产生了较大影响。90年代，“女性意识”针对“身体写作”的批判日趋减弱，“身体写作”对女性文学的创作与批评的不利影响导致“女性意识”被当作商业卖点炒作，女性的性别形象成为商业时代可出售的商品，成为欲望的对象，也成为符号性的能指；女性受到的不公平对待被合理化，导致男女性别差异的历史原因被掩饰，因此也使“女性意识”在理论上产生了争议。在商业利益的作用下，在以男权为中心的文化语境中，女性意识所包含的女性的自我意识、女性哲学意识、女性审美意识，以及女性开拓意识等都被消解。有些人认为女性意识好像只包含女性性别意识，并被理解为女性身体经验，甚至被误解为“性”。21世纪初期，由于存在“女性意识”被误读的现象，对“女性文学”进行女性主义解读时，其理论困境越来越凸显，成为阻碍中国女性主义文学批评向纵深发展的主要原因。

任一鸣的《“女性意识”与“社会性别”的理论辨析》[①]认为，在对女性主义文

---

① 任一鸣．“女性意识”与“社会性别”的理论辨析．新疆师范大学学报，2005（1）：158-160.

学批评性别观念进行纠正的过程中，“女性意识”的提出具有一定的理论贡献，但也存在局限性。她指出，“社会性别”理论是西方女性主义文学批评的重要理论，代表着西方女性主义者的理论自觉。20世纪90年代中期以后，西方女性主义的核心概念“社会性别”被译介到中国来，对中国女性主义文学批评理论的构建和实践来说有重要的借鉴意义。因此，从历史视角重新解读“女性意识”显得尤为重要。90年代中期，“社会性别”取代了“女性意识”，并被运用到中国的女性主义研究中，为学界所认可与接受。以“社会性别”替代“女性意识”给女性主义批评带来更为宽广的研究空间，对中国女性主义批评理论的拓展具有重要的作用。

王丽在《女性、女性意识与社会性别》①一文中指出，女性、妇女等概念不是单一的、无时间性的，在不同的历史时期，“女性”“妇女”等词有着不同的表达方式和不同的意义，“女性意识”也是特定历史时期的社会性别观念。进入21世纪以后，“女性意识”作为一个核心概念，其局限性越来越明显，有必要借鉴西方女性主义理论的核心概念“社会性别”来对其进行解释。

“社会性别论”促使中国女性主义文学批评对20世纪80年代以来的“性别本质论”进行了总结和反思。“自然性别”是生理性别，而“社会性别”则是后天形成的、由男权中心的社会意识形态引起的文化设定，这就为女性受到歧视找到了根源，为男权中心文本的解读和批评提供了比较合理的依据，也为女性主义文学批评对男权中心的社会意识形态的解构给出了理论上的可靠依据。为帮助女性文学作品的研究破除“只因女性而论女性”的困境，应将其与男性文学作品进行比较研究。作为社会重要表意形式的文学作品中的女性形象，无论是在男性作家还是女性作家的作品中，都应将“社会性别”纳入一个谱系进行考察，从而检验社会性别多元的文化象征意义。

四、从“女性主义文学批评”到“性别诗学”的转向

“女性主义文学批评”与“女性主义”有着内在的必然联系。“女性主义”是针对女性性别意识或性别立场的阐释，而“女性主义文学批评”与其他学科有着密切的联系，是一种跨学科研究方法。

在西方，女性主义的含义包括三方面：一是政治层面，二是理论层面，三是实践层面。从政治层面上说，女性主义是意识形态上的革命，是为了提高女性政治地

① 王丽．女性、女性意识与社会性别．中国文化研究，2000（3）：134-138.

位而进行的斗争；从理论层面上说，女性主义是强调性别平等并对女性进行肯定的思想观念和学说，是一种认识论；从实践层面上说，女性主义是为争取妇女解放而进行的社会运动。在中国，女性主义可以被视为一种女性立场，它强调男女平等，反对对女性的性别歧视，批判男权制和男性中心文化。它既是一种文化思潮，也是一种社会实践，目的是改变女性被视为弱势群体的思想观念和性别秩序。女性主义文学批评则是指在文学批评中从“女性主义”视角进行文学批评的理论与方法。中国新时期的“女性主义文学批评”以女性为主体，以女性主义立场作为文本阐释的基础，从文本的语言、情节和叙事等方面着手，对现代、当代女性作品进行批评实践。女性主义文学批评的出现给中国新时期的文学批评注入了活力。女性主义文学批评以其独有的视角和批判话语，与传统的批评方法相区别。但是，进入21世纪以后，中国的女性主义文学批评渐渐失去了冲击力，而陷入了某种“困境”。女性主义文学批评由于过度强调“性别差异”和过分关注“女性身体”，虽然吸引了公众的注意，但也容易使女性成为话语主体的“他者”，成为“被看”的客体。如果停留在“看”与“被看”的双重身份位置上，女性主义文学批评很难走出困境。

另外，女性主义文学批评家在对男性文学文本进行取舍时还陷入了“说”或“不说”的两难选择：“说”则使女性主义文学批评的研究对象过于宽泛，削减其独特性和政治性；“不说”又会使女性主义文学批评处于边缘化地步，陷入自说自话的境地。“说”与“不说”的两难选择也是女性主义文学批评面临的困境。女性主义文学批评在经历了二十年的发展后，走向如何？还会走多远？

面对这种“困境”，越来越多的女性主义文学批评家对其进行研究和分析，并提出了摆脱困境的设想，“性别诗学”在这种情境下应运而生。叶舒宪在其著作《性别诗学》中指出：“如果说以往的文学理论和文学研究早已充分考虑到文学的阶级性、党性、民族性等政治维度，那么生物性别和社会性别的维度则不可回避地要成为未来文学研究的重要维度。”①其实，“性别诗学”不只是在已有的各种思考维度之上增加一种“性别维度”，还对已有的文学理论和文学史框架进行了反思、重估及重构，对批评话语进行了更新。对此，万莲子在《性别：一种可能的审美维度——全球化视域里的中国性别诗学研究导论（1985—2005大陆）（上）》②中指出，“性别诗学”是指一种从性别角度来审视文学活动的具有动态生成能力的知识体系与结构，主要包括女性主义文学的基本原理、范畴及标准等，也不排除与性别有关

① 叶舒宪．性别诗学．北京：社会科学文献出版社，1999：导论3.

② 万莲子．性别：一种可能的审美维度：全球化视域里的中国性别诗学研究导论（1985—2005大陆）（上）．湘潭大学学报，2005（6）：41-45.

的非女性主义文学部分。她强调，中国的“性别诗学”研究不把女性当作社会少数群体进行“特殊化”分析，而是强调女性和男性一样。“性别诗学”成为国内外女性主义研究的新方向以及女性主义文学批评的新领域，是对既往女性主义文学批评理论的一种升华。中国对“性别诗学”的研究目前尚处在起始阶段，构建理论化、系统化和学科化的“性别诗学”已成为未来的发展方向。

王春荣、吴玉杰在《反思、调整与超越：21世纪初的女性文学批评》①一文中则对“性别诗学”的构建进行了反思。“性别诗学”在构建过程中存在几个亟待解决的问题：一是“性别诗学”的定义和内涵是什么；二是“性别诗学”的理论目标是什么；三是“性别诗学”依托的理论资源有哪些；四是“性别诗学”的理论形态和结构框架是如何构建的。关于这些问题，女性主义文学批评家们还没有进行深入的探讨。按照女性主义研究的观点，“性别”与社会、“性别”与政治、“性别”与文化有着密不可分的关系。基于这种关系，“性别诗学”也是一种“社会诗学”“政治诗学”和“文化诗学”。为此，“性别诗学”的学科合理性受到质疑：它的研究范围的界限太模糊了。原因可能是“性别诗学”的提倡者们认为这一理论具有普遍适用性，却忽略了最想解决的问题：当性别问题被还原为社会、政治和文化问题时，对性别的强调又有何意义呢？当女性主义文学批评失去界限感时，它又有何存在价值呢？所以，“性别诗学”的发展完善仍是女性主义文学批评家们关注的主要话题。

第二节 中国新时期女性主义文学批评与特定历史文化的关系

一、中国女性主义文学批评发展的社会历史自觉到文学发现

从女性主义文学批评的发展过程来看，西方女性主义研究是从社会活动延伸到文学活动的，是对女性的社会身份及女性身份的自觉反思。它对女性的关注体现在文学批评的各方面的不断拓展的历史过程中。而中国女性主义文学批评的发展则在时间的沉淀下，着重关注女性主义的“文学性”问题。中国的女性主义文

① 王春荣，吴玉杰. 反思、调整与超越：21 世纪初的女性文学批评. 文学评论，2008（6）：23-27.

学的产生与西方的女权主义运动是密不可分的。西方自文艺复兴以来，自由、平等、博爱等观念对人类产生了较深的影响，并迅速传播到整个世界。19世纪末20世纪初，中国出现了对西方资产阶级学说进行介绍的热潮。1902年，英国社会学家赫伯特·斯宾塞（Herbert Spencer）的《女权篇》传入中国，西方资产阶级的女权主义理论被引入中国，并为中国的妇女解放提供了思想基础。五四运动和新文化运动也带来了“女性的发现”，对女性作家的女性意识觉醒和文学创作的热情激发起到了促进作用。

西方妇女解放运动开始时直指社会政治以及经济方面对妇女的歧视，这对妇女获得社会话语权具有一定的积极意义。西方女性主义文学批评发展初期就是以此作为理论与实践的依据，注重挖掘性别歧视在政治、经济、文化等社会各领域的根源。西方女性主义文学批评从一开始对男性中心主义的批判到争取女性在社会和家庭生活等各个方面与男性平等的权利，从积极反对性别歧视到挑战错误的男权传统思维，从对女性文学发展历史的重新评价到向女性特有的表达方式的研究转变（比如对文学语言、人物形象、作品题材、故事情节、叙述语境等要素的探究），再到提倡女性的自觉阅读，直到强调性与性别之间关系的实质，促使西方女性主义学者对性别差异进行比较研究，实现了由对性别的具体研究到对性别理论的抽象概括，体现了女性主义思想的发展脉络。

与西方女性主义文学批评相比，中国女性主义文学批评由社会历史自觉到文学发现的过程比较短，也在重复西方女性主义文学批评在文学研究方面的历程。通过不断给予文学以性别视角的反思，性别介入的研究方式激发了女性主义文学批评实践的发展。女性主义文学批评实践从女性的思想观点和意识形态出发，对文学作品中的女性形象进行了分析，并对男权主义进行解构。

在新民主主义革命时期，许多女性作家开始关注中华民族的命运，这丰富了女性作家文学创作的精神内涵，但战争并没有影响作品中女性特有的视角。比如，丁玲在延安时期创作的小说《泪眼模糊中之信念》[①]描写了被日寇侮辱的女性形象，也表现了丁玲对女性命运及女性自我意识的关注，突出了女性自我拯救的写作主题。丁玲把女性作为作品中观察、思考和行为话语的主体，打破了女性的沉默，由女性意识的觉醒走向了女性意识的张扬。同时期的另一位女性作家张爱玲则从抗日救国的主流话语转向了婚姻、爱情、家庭等充满女性气息的世界。其小说集《传奇》[②]刻

① 该小说在收入短篇集《我在霞村的时候》时，改题为《新的信念》。参见：丁玲．新的信念 // 丁玲．我在霞村的时候．北京：生活·读书·新知三联书店，1950：117-148.

② 张爱玲．传奇．上海：上海杂志社，1944.

画了一群生存于男权文化之下的女性形象。她对经济和精神上不能独立自主的女性表达了深切的同情，通过对一系列女性悲惨命运的描写，揭示了男权社会制度、传统文化习俗对女性的精神摧残。她深入女性的内心世界，对女性的人格弱点进行剖析和批判，开启了女性主义的文学批判。谢冰莹的《从军日记》[①]及《一个女兵的自传》[②]也反映了女性主义意识的觉醒。这一时期的女性作家的崛起，体现了被长期压抑的女性群体对命运的抗争和对生命意义的探索。

从新中国成立初到20世纪70年代末期，中国女性的地位得到大幅度提高。受到政治环境的影响，女性解放被看作无产阶级解放运动的一部分，但女性的特质没有得到足够重视。这一时期的女性文学创作缺少个性的体现，性别意识被埋没在当时的社会大环境之中，文学作品中“女性意识”的缺失也就成为自然。女性作品中女性特征的表现不明显，“男性化”和“中性化”现象较多，只有茹志鹃的《百合花》[③]及宗璞的《红豆》[④]等少数作品中所表现出的女性情怀，展现了较强的女性意识。这个时期的女性主义文学理论研究没有新的发展，女性主义文学批评的模式也仍然停留在新中国成立之前的状态。女性主义文学批评更加重视社会责任、历史责任及思想道德，缺乏性别意识和个性区别。

到了20世纪80年代，出现了新启蒙主义思潮，中国涌现了刘慧英、林丹娅、李小江、盛英等较为活跃的女性文学作家。此时的研究大多关注女性文学背后的复杂社会历史原因，开始从女性尊严和女性意识的角度对女性作家创作的文本内涵进行解读和分析，对女性自我意识的觉醒和女性的精神诉求等进行剖析，涉及社会历史、人物形象、作品主题、叙事风格等方面的分析，运用社会历史学方法和女性主义视角进行研究。女性意识的觉醒和女性主体意识的构建，形成了这一时期女性文学创作的特色，这也是女性主义文学批评家努力探究的问题。比如，1990年，冰心在为《妇女研究》杂志题词时指出：“一个人要先想到自己是一个人，然后想到自己是个女人或男人。”[⑤]由此可见，中国新时期女性主义文学批评将“人性的自觉”及“女性的自觉”作为理论构建前提和基础，这也是女性主义文学批评的目标。

自20世纪90年代以来，后殖民主义使女性文学的研究开始关注全球性地域文化与知识的建构。随着全球化的发展，重构地域性知识成为中国现代化发展与文化

① 谢冰莹．从军日记．上海：春潮书店，1928.

② 谢冰莹．一个女兵的自传．上海：上海良友图书印刷公司，1936.

③ 茹志鹃．百合花．北京：人民文学出版社，1978.

④ 宗璞．红豆．广州：花城出版社，2010.

⑤ 转引自：于文秀．新时期以来女性文学研究范式与批评实践审思．天津社会科学，2020（7）：116.

认同中的新视点。比如王安忆的小说《我爱比尔》[①]，将性别意识与种族意识相融合，在东方女性对西方男性在情感上迷恋的表象下，体现了东方对西方的理想化想象。此类文学作品从宏观角度来思考性别与种族的关系，在更大的范围下把女性的性别经验扩大为种族心理体验。

21世纪的女性文学不再是文学研究的热点，女性文学创作和女性主义文学研究步入了平稳期，杰出成果并不多见。女性主义文学批评的态势不如从前，女性文学创作及女性主义文学理论研究被边缘化。中国的女性主义理论与批评一直在封闭的环境下自说自话，学术成果没有推陈出新，男性理论家对女性主义文学批评一直不太关注。

综上所述，新时期以来，中国女性文学批评的理论范式的演变与中国的历史文化语境的发展相辅相成，表现出从简单到丰富的趋势，研究逐步由单纯的文学领域向社会学、哲学、政治学等方面不断拓展，反映了文学研究的发展规律。但其范式的转变也出现了一定的偏向，即强调了文化政治学，而忽视了文学中的语言学、美学等要素。同时，西方女性主义文学批评理论与中国的女性文学实践之间并没有有机地结合起来，出现了生搬硬套的现象，女性主义文学批评偏离了中国的实际，并没有有效地实现西方理论的本土化重构。中国女性解放的历程与西方不同，中国女性解放具有一定的不彻底性。中国需要摆脱以西方女性主义理论阐释中国女性文学的习惯，实现女性主义文学批评理论的本土建构。因此，中国女性主义文学批评理论的构建应根据中国社会历史进程、时代背景和文化传统，对中国女性主义文学批评实践进行理论的抽象概括，实现女性主义文学批评由实践到理论再到实践的本土化构建。

二、中国女性意识的觉醒和超越男女性别的平等对话

随着女性主义话题的发展，女性意识也受到社会关注。女性意识是对“性别不平等状态是必然的和不可改变”之说法的否定。本书的女性意识的觉醒是指女性所具有的反对将女性与男性、女性特征与男性特征对立起来的思想意识。女性意识是女性追求独立自主、发挥其主观能动性的内在因素，是女性全面发展的关键所在。关于女性意识的阐释主要涉及女性自然意识与社会意识之间的关系。其实，女性意识与人类社会的发展是密不可分的，受女性所处的社会政治与经济环境的影响。对

① 王安忆.我爱比尔.海口：南海出版公司，2000.

女性意识的探讨主要从女性自我意识的产生、自然女性意识的回归、自觉女性意识的唤醒、自主女性意识的建立等内容出发，重点是女性对自我价值的确定及对女性独立意识的建构。

在我国传统文化中，女性始终是不被重视的群体。在男权社会中，她们的社会地位较低，没有自主权，无法改变自己的人生命运，甚至不能决定自己的婚姻。她们缺乏女性的自我认同感，把自己当作男性的附属品，没有独立的人格和女性意识。女性存在的意义很大程度上只在于作为人口数量的统计数据和生儿育女的工具，与男性主导的政治、经济、文化、历史等没有任何关系。五四运动和新文化运动唤醒了沉寂的女性意识。在马列主义引导下的中国共产党认识到，妇女是争取革命胜利的重要力量，争取男女平等是革命的重要部分。因此，中国共产党把解放妇女作为民族解放的重要内容，而女性意识也在革命中形成。这一时期，女性意识的觉醒表现在女性自觉投入自身的解放运动中，并将女性解放与民族革命联系起来。她们参军参政，以主人翁精神自觉地投入革命，担负起社会责任，她们的女性主体意识得到了有效提升。但是数千年的男尊女卑的传统思想使女性仍处于从属地位。在这种境况下，一方面是中国女性意识逐步觉醒，另一方面是传统思想的禁锢影响了女性争取平等地位。女性意识的觉醒也因此陷入了“传统”与“现代”的矛盾之中，觉醒之路并非一帆风顺。在新中国成立以后，虽然男女平等的思想已经被广为接受，但即使在进入了互联网时代的今天，男女也没有实现真正的平等。现代社会男女社会地位已经在逐渐走向平等，但是女性意识的觉醒之路还很漫长。女性意识在中国受到传统男权中心文化的挤压，面临着发展瓶颈，但这并不代表女性意识在中国没有发展空间。在当今中国的社会主义制度下，女性意识的进一步发展是可以实现的。

中国新时期的女性肩负着社会和家庭双重责任，但是女性仍然受到不公平的对待，男女不平等的现象仍然存在，对女性的暴力行为也屡见不鲜，实现男女平等和女性安全还需要社会各方面的共同努力。

女性意识的觉醒是中国新时期女性主义文学批评的主旋律。女性主义文学批评家为促进女性意识觉醒，把矛头指向中国几千年来的男权社会制度。20世纪三四十年代出现了一批女性文学批评家，出版了许多研究女性生活及女性文学创作的著作，比如，谭正璧的《中国女性的文学生活》对中国女性文学进行一分为二的评论，他歌颂了女性的文学天赋，既赞美了女性的生命，也赞扬了女性的才情，同时又剖析了男权社会制度阻碍女性发挥文学天赋的根本原因。女性主义文学批评家虽然重视女性文学与外部社会生活的关系，却忽视了女性文学的内在构成机制，没有升华到自觉的女性主义批评，没有将女性文学创作作为具有独特价值和特色的体系进行研究。

戴锦华与孟悦于1989年出版的《浮出历史地表》围绕女性体验与女性话语这个中心话题展开了讨论，重构了中国新时期女性作家的文学创作风格，剖析了中国女性受压迫的历史根源，指出了男权社会对女性的要求，认为女性的个性塑造与文化有着密切的关系，妇女解放与女性个性的张扬与五四时期科学、民主的氛围相一致。正像李小江①所说的，中国的妇女解放与西方女权运动不同，她们不是向社会、向政权，也不是向男性、向家庭索要权力，而是要与封建传统的约束决裂。

在中国新时期女性主义文学批评的发展过程中，一些女性主义文学批评家对女性创作与政治的关系进行了认真的思考。陈顺馨在《中国当代文学的叙事与性别》②中，分析了中国小说中女性个人意识的缺失或出现的隐蔽表现，指出部分女性作家对男性话语的认同，比如杨沫的《青春之歌》③叙述的就是林道静作为女性不断为江华所代表的男性所拯救和引导，并最终走向成熟。以林道静为代表的很多女性形象，都是在男女平等和妇女解放的境况下，隐含着对女性的无性别、非性别塑造。王侃的《当代二十世纪中国女性文学研究批判》④也提到，女性写作的政治和性别文本是中国女性主义文学的双刃剑，而中国的女性主义文学批评家对政治文本的重视程度不够，并试图将其排除出女性主义批评的范围，将女性化文学书写标记上普遍意义和永恒价值，这体现出当代女性主义文学批评在女性主体地位和女性意识的再认识上的方向迷失。

同时，中国新时期女性主义文学批评的关键词也由“女性”转为“性别”，构建起一种超越男女二元对立的“性别诗学”。这种“性别诗学”试图以性别研究的新思路和新角度来打破性别的等级秩序，倡导男女两性的和谐关系。著名女性作家铁凝虽没有明确提出“超性别”的概念，但也一直希望能从一种超越男女两性对立的“双向视角”来思考问题。她曾提到，在面对女性题材时，她一直希望摆脱纯粹的女性视角，渴望用一种男女两性的双向视角或“第三性”视角来体现女性的生存状态。她也试图用超越性别的思考方式诠释女性的命运。⑤王安忆的《香港的情与

① 李小江．谈谈“女性/性别研究”的基础理论问题：对“女性本质主义”批判的批判．山西师大学报(社会科学版)，2020，47（4）：1-7.

② 陈顺馨．中国当代文学的叙事与性别．北京：北京大学出版社，1995.

③ 杨沫．青春之歌．北京：中国青年出版社，2013.

④ 王侃．当代二十世纪中国女性文学研究批判．社会科学战线，1997（3）：156-163.

⑤ 郭冰茹．当代女性写作中的性别意识．文艺报，2020-03-06（3）.

爱》[①]对女性人生的反思也超越了纯粹的女性视角，在对女性现实生活和人生价值观的叙述中，对女性命运进行了深刻的思考。作者的思考所涉及的方面具有人类的共性，通常超越了性别范畴。作品中男女主人公之间渐生情愫，但还是按照既定的计划走下去，以此隐喻男女两性的“超性别”境界必须面对的残酷现实。在作品中，作者表现出的超性别倾向并不是依照男性为中心的视角来叙述，因为作者并未消隐女性独特的视角；但作者也并未坚持女权主义，因为女权主义的目的是解构和颠覆以男性为中心的社会秩序与价值观，将男女两性置于对立的位置。折中的创作方式表现了作者在作品中试图调和男女两性的矛盾对立因素，目的是对性别进行全面、准确的把握，这也是一种超越性别的创作方式。作者抛弃了男女两性二元对立的视角，努力超越性别视域的局限，关注男女两性的和谐，进而体现出“超性别”的立场。作者以脱离男权话语和女权话语的全新视角，从一种客观的角度去思考问题，主张男女携手，共同面对困境。可见，中国新时期女性作家的创作经历了一个从不自觉到自觉的“超性别”过程，创作视野也更加开阔。

第三节　后现代文化语境下中国新时期女性主义文学批评

20世纪后半期，女性主义由对女性的外在权利的争取转向对女性自身经历的重视，由现代向后现代语境转化。在后现代主义文化语境下，后女性主义思潮开始引领女性主义的发展。后现代女性主义也逐步被引入中国，为中国的女性主义文学批评提供了新的思维方式。“男女平等”作为一种思想观念被女性主义提出，又被后现代话语所消解。虽然当代中国的女性主义者已经开始认识到后现代主义文化语境对“女性”的新型压迫，开始反抗这种现象，但如何突破女性主义理论的局限性，构建真正的“女性”话语，仍然是一个难题。后现代文化语境和女性主义的结合似乎本身就充满矛盾。

后现代文化语境下的女性主义对传统的女性主义理论持一种反叛与挑战的态度，不仅批判传统的思维模式及话语范畴，解构男女性别对立的二元论，而且质疑文化霸权论。关于“社会制度造成男女不平等”的论述也可能被质疑。男女两性天生具有生物性别，再受他们所处的社会、文化、地域等因素的影响而形成社会性别。男性与女性的性别是自然的，但他们的社会性别则是后天形成和塑造的。因

① 王安忆 . 香港的情与爱 . 北京：作家出版社，1996.

此，男权至上的性别不平等，究其原因是由封建社会制度下的父系家长制造成的。只有推翻封建的父系家长制，改变女性成长的“文化环境”，才可能实现男女平等。后现代女性主义认为，性别平等涉及政治、经济、文化等方面，因此，应转变单一的传统思维模式，树立“包容差异性、承认特殊性”的多元辩证的女性主义观，这超越了传统的女性主义观的局限性。在“后现代主义”语境下，人成了某种符号的所指，人的社会性别特征也变得非绝对了，没有绝对的男人和女人，只有在不同社会场合和社会文化下的“人”，性别符号也实现了不同的指向。由于女性在争取平等地位的过程中，要不断消解“逆来顺受”的性别特征，在追求性别解放时出现了女性男性化及男性女性化的现象。比如，女孩被培养成刚毅果敢的具有“男性特征”的人，男孩被培养成敏感柔和的具有“女性气质”的人。后现代文化语境下的男性与女性，不仅是一种社会化的性别认识，也是一种个体的自我认知。有些人对自己的自然性别不认同，也有些人对自己的社会性别并不认同。在后现代文化语境下，人们越来越包容这种对传统社会性别进行否定和挑战的现象，但这种转变也使女性感到困惑，不知道如何认识“自我”，这也影响了女性的健康发展。后现代女性主义者想要在后现代语境下用后现代主义理论构建女性的主体性地位，形成一种和谐平等的两性关系，并用性别多元化视角而不是男性统治下的女性视角来看待男女两性的性别关系。在后现代语境下，女性主义的多元化发展不仅承认自然性别的差异，而且力求在社会性别差异上实现突破，而不是一味地强调在社会性别上的男女平等。男女两性和谐共处，确立女性自身价值和社会地位，使男女两性在理性中获得平等权利，促进性别发展和社会进步，是多元化的新女性主义的追求目标，也是后现代文化语境下中国女性主义发展的主流方向。

20世纪80年代前期，后现代女性主义理论被译介到中国之时并未引起主流理论批评家的关注，很多学者还在聚焦于西方“现代性”问题的讨论。后现代女性主义在中国的传播十分有限，基本局限在对西方的后现代主义理论的介绍，用后现代女性主义理论来解决中国女性的实际问题则更加有限。对中国来说，如果后现代女性主义理论不与中国的社会现实相结合来解决实际问题，即使中国学者对后现代女性主义的理论研究再多，也是毫无用处的。

林树明在《后女性主义文学批评及其启示》[①]一文中，论述了后女性主义文学批评的特点：一是对男权中心主义批判的弱化，强调女性在既定性别秩序内的权利；二是在女性主义文学批评上缺少深刻而缜密的理论建树，但对那些偏激的女性主义文学批评具有一定的警示意义。在后现代主义文化语境下，女性作为“他者”

① 林树明．后女性主义文学批评及其启示．贵州师范大学学报，2009（1）：82-85.

被放到了一个整体范畴中，处于边缘地位或遭受压迫的社会群体都可以被放到这个整体范畴中，内部的差异性并不明显，男女的性别差异也不能体现出来，性别只是与阶级、种族等概念相等同的一个符号而已。可见，后现代主义只是打破了男性的霸权，但它又重新建立了关于“他者”的新的话语霸权。这种新的霸权无处不在，抹杀了女性主义对男权中心主义的批判。很多女性主义者的最终目的是创造女性话语，凸显女性身份，这在某种程度上也与后现代主义文化语境相冲突，因为在后现代主义文化语境下，似乎不应有“女性”这一概念。“女性”概念或“女性”话语原本是建构起来的，而以英国作家克里斯托弗·巴特勒（Christopher Butler）为首的后现代女性主义者则对“女性”概念的所指进行解构，导致一些新的关于“女性”含义的论述不断产生。在后现代文化语境下，中国女性应勇敢地突破未知的发展前景，不断摆脱传统的影响，从迷茫转向醒悟，解构形式上的女性主体地位，重构实质上的女性主体地位。

第五章

中国新时期女性主义文学作品的繁荣与理论建设的低迷

20世纪90年代后，中国女性主义文学作品发展迅速，成果丰硕。各种女性主义文学论著层出不穷，女性主义文学研究学术活动频繁举行。女性主义文学及性别研究成为文学研究领域的热点话题。一些女性主义作家以激进的方式对男权中心文化秩序进行了颠覆，张扬前卫的女性主义思想，使女性主义文学和性别文化受到了关注；还有一些女作家以多元的文学叙述方式拓展了女性主义文学的空间。他们将女性写作与本土经验相结合，营造出中国新时期女性主义文学的创作高峰，女性主义文学批评理论研究也随之得到了空前的发展，显示了女性主义文学研究的极大活力和影响力。但是，繁荣背后也存在着一些问题。进入21世纪后，思想前卫的“身体写作”逐步消退，本土化的女性写作逐渐兴起，形成了女性主义文学创作的转型。但这种转型并不意味着放弃女性意识和女性立场，而是张扬了本土化的女性意识和女性立场，因而使女性写作进入了更为广阔的领域。进入21世纪后，虽然学界对中国女性主义文学的研究不断深入，但女性主义文学理论的建设还比较滞后，因此，如何构建女性主义文学批评理论、如何为女性群体发声等问题还需要深思。

第一节　中国新时期女性主义文学作品的繁荣

一、女性自我价值追求

在中国女性主义文学的发展过程中，女性的理想化形象是一些女性作家对女性出路的思考和女性作家自身追求的目标。在女性主义作品文本的表现内容上，女性的理想化形象反映了时代浪潮中女性的自我价值取向，因此，女性的理想化形象成为中国女性主义文学中一种特殊的文化符号。随着中国现代文学的发展，中国女性作家创作的女性主义文学开始被人们所关注，关于中国女性自我价值的探讨逐渐形成中国新时期文学中独特的景观——中国女性对理想、事业、爱情、家庭的追求也被展现出来，对女性意识的觉醒以及女性自我价值体现的描写成为一种自觉。乔以钢在《中国当代女性文学的文化探析》[①]中指出，新时期女性作家试图摆脱“启蒙话语”的覆盖，还原日常生活经验。事实上，中国新时期女性写作不只还原了日常生活经验，还开启了日常生活的价值启蒙。

新时期以来，女性作家的这种“自觉”和“价值追求”使她们不断寻找属于女性自身的生存意识和价值发现，体现出我国现代女性主义研究和探索的不断深入。真正的女性解放，应立足于女性生存和自我发展，追求女性作为“人”所需的一切，而不是局限于某一领域的价值获取。

20世纪80年代是中国女性主义文学发展的重要时期，这个时期，女性作家开始重视女性自我价值的追求。她们摆脱了传统观念，从女性的自身立场出发，把女性命运放置在宏大的社会背景中，不仅能够正视女性所面对的社会问题和女性的复杂心理，也能够将女性的痛苦与欢乐置于家庭与社会的整体氛围中进行描述。这个时期，女性主义文学的话语权取得了一定程度的发展，女性主义文学思潮也在不断进步，女性意识得到了进一步提升。因此，重估20世纪80年代中后期以来的女性主义文学，对重新认识新时期女性主义文学的流变具有重要意义。自80年代中后期以来，中国女性主义文学对女性自身价值的追求，主要表现在对生活本相的还原，这是一种对女性生命中本能欲望的还原，展现了女性的私人生活。如王安忆、铁凝、张洁、张辛欣等作家，她们成了80年代女性文学的代表人物。她们以自己的作品展现了女性坎坷的成长历程及真实的生存体验，也揭示了女性内心深处的心理之痛，同时反映了造成女性悲惨命运的社会历史背景。一些女性作家以独具特色的个性话语来描写女性个体的生存现状。如陈染、林白、卫慧、棉棉等女性作家，她们试图采取极端的文学创作形式来瓦解男权秩序，以纯粹的女性视角来观察周围的世界，表现了强烈的女性意识。她们把个人体验从社会历史文化背景中剥离出来。她们执着于对生命的真实描写，用女性话语重塑女性形象，以激烈的方式实现了对传统的男权统治的反叛和决裂，以女性特有的话语方式来表现她们对女性命运的终极关怀。20世纪90年代末期的女性主义文学则具有女性的自省意识，是继女

① 乔以钢．中国当代女性文学的文化探析．北京：北京大学出版社，2006.

性对自身价值认识之后的又一次飞跃。这一阶段也是中国新时期女性主义文学不断成熟的重要时期。

新时期以来，随着中国女性文化水平的提高，女性的社会观念不断更新，对女性的评判标准也越来越多元化，女性主义文学作品也给予女性自身价值更多的发展空间。从女性主义的视角来看，提倡男女平等和女性独立，追求女性自我价值的作品呈现出繁荣的景象。事实上，新时期女性作家作为女性代言人，展现了中国女性在复杂现实环境中寻求女性价值的努力。女性作家们主张女性应与男性拥有平等的地位，为女性争取话语权。比如，舒婷的《致橡树》创作于1977年3月，是“文革”过后最早发表的爱情诗。舒婷思考的是女性与男性在人格上的平等，体现了女性的自我价值追求，也反映了女性解放不只是一个文化问题，还变成了一个社会问题。谌容于1979年创作的《人到中年》[①]，客观而真实地展现了知识女性的生存困境，塑造了集中国女性传统美德与新时期知识女性品质于一身的女性形象，展示了新时期女性的坚毅果敢及自我价值追求。张洁的作品《爱，是不能忘记的》[②]用第一人称“我”述说了母亲的情爱故事，讲述了中年知识女性对于理想爱情的向往，反映了女性追求婚姻自主时所面对的社会问题。作品的创作内容突破了中国社会长期以来的情爱禁区，打破了那个年代的禁忌，因此在当时引起了争议。张洁的另一部作品《方舟》[③]对女性知识分子的内心世界进行了探讨，小说既有理想主义的张扬，又有对现实的思考，还有女性意识的深化。《方舟》是张洁文学创作转向的象征，她的创作从伟大的女性解放理想，走入了严峻的女性生存现实，对女性的爱情、婚姻进行了深刻的思考。这种转向也是国家、民族、女性“群体”转型之时的象征。在陆星儿的作品《啊，青鸟》[④]中，女主人公发掘自身价值，表达了女性对于独立人格和自身生存价值的追求。从这部作品中不难发现，新时期的女性主义文学与传统女性文学在女性形象塑造上具有很大的差异。新时期的女性主义文学更加注重女性自身是否得到了尊重，更加重视女性在爱情和婚姻中的地位，也表达了新时期女性追求自身幸福的美好愿望。张辛欣的《在同一地平线上》[⑤]直击女性内心深处，被称为改革开放以后第一部描述女性新价值观的女性小说。她把亲身经历和感受真实地叙述出来，在追寻自我价值的同时，又留恋爱情的美好，认为女性和男性应有平等的发展机会。作品将新时期女性在面对生活现实与自我价值追求时的矛盾心态刻

① 谌容．人到中年 //《收获》编辑部．赞歌（谌容中短篇小说集）．成都：四川人民出版社，1983：217-316.

② 张洁．爱，是不能忘记的 // 张洁．爱是不能忘记的还有勇气吗．北京：作家出版社，1997：369-385.

③ 张洁．方舟．北京：北京出版社，1981.

④ 陆星儿．啊，青鸟．北京：北京十月文艺出版社，1984.

⑤ 张辛欣．在同一地平线上．台北：三民书局，1988.

画得非常透彻。作品体现了中国知识女性在改革开放以后，敢于承担振兴国家的使命，但当她们需要通过竞争来实现自我价值的时候，却可能会遭遇两性冲突。在这种境况下，性别斗争被提上议事日程。亦舒的小说《我的前半生》[1]反映了当代女性面对社会多元竞争时表现出的无奈，强调了女性作为独立个体应多关注自身需要，而不是受传统责任义务的影响而失去自我。亦舒站在女性主义的立场，提倡男女平等，主张女性独立，追求自我的存在价值。张抗抗的《北极光》[2]为我们展现了女性与社会及与他人的矛盾冲突，充满了女性对命运的反抗、对自由的向往及对性别的深入思考，具有女性主义色彩。

新时期的女性主义文学作品比“五四”时期的女性文学作品多了一些审慎与冷静，尽管在女性价值的追寻中仍存在迷茫，但多了一些自信和义无反顾。从女性自觉到深挖女性的自身价值，新时期女性主义文学对女性心理进一步审视，并借助人文主义思潮，表现了女性的社会价值。但事实证明，当女性作品中女性形象的理想化成为中国新时期女性主义文学的价值取向时，由于视角的片面性，一些女性作家在创作时将女性解放与女性自身区分开，虽然作品弘扬了崇高美好的女性品质和女性价值，但体现的已不再是纯粹的女性意识的自我觉醒及女性的自我价值追求。因此，在女性主义文学作品中，揭示女性解放与社会现实之间的矛盾关系可能会唤醒更深层次的女性觉醒。

王宇在《女性主义写作：寻求身份的意义与困惑》[3]一文中提出了20世纪八九十年代女性写作的女性主体性身份的建构问题，这反映了关于女性文学研究的重要理论和实践问题。她在文中提到，当我们论及这个问题时，比较侧重对男权意识和男权文化的批判，却忽视了对女性自我身份的主体性建构与寻找女性新的性别文化身份等问题。她还提出，女性写作应超越性别身份。事实上，女性主义文学发展到今天，出现了女性在人格独立上的迷失现象，一些女性对男性和对社会的依附还比较严重。在女性不断地进行自我完善、提升对自身价值的认知上，女性主义文学作品使我们有了很多可供参考的女性形象，逐渐地改变了人们的性别认知，强化了女性的话语权，不仅表达了对女性命运的关怀，也体现了女性对自身价值的思考及对社会现实的反思。

---

① 亦舒．我的前半生．哈尔滨：北方文艺出版社，1988.

② 张抗抗．北极光．郑州：河南文艺出版社，2020.

③ 王宇．女性主义写作：寻求身份的意义与困惑．宁德师专学报，2000（4）：49-51.

二、女性主义文学的个性化表现

随着改革开放的不断深入，20世纪90年代的中国，文化环境更加宽松，人们的价值观也更加多元化，这拓宽了中国新时期女性主义文学的发展空间。在西苏的“身体写作”理论的影响下，自1990年以来，“身体写作”的文学作品层出不穷，并成为90年代“个性化写作”的表现形式。在当时的多元化社会背景下，女性主义文学的内容、体裁及叙述形式都呈现出多样化的状态。这一时期的女性作家代表有陈染、林白、卫慧、棉棉、徐小斌等。她们在小说创作中采用个人独有的叙事方式。她们的写作方式也被称为“新状态文学”“晚生代文学”或“个人化写作”。这种个性化写作是一种前卫的文学写作方式，成为90年代女性文学的热点，并被认为是女性作者生命的自然延伸。作品中的人物与作者本人在一种自由状态下融合在一起。

我们可以把个性化写作的特征概括为以下几个方面：

一是突出女性的性别立场。“身体写作”不同于以往女性作家刻意掩饰性别符号的创作形式，在这些作家那里，“性别立场”是她们与历史和当下进行对话的出发点，她们的写作方式被重新加以审视。

二是表现女性的私人经验。从写作内容上说，“身体写作”表达的是一种私人经验。从某种意义来说，这是一种隐蔽的私人化的表达，是与社会公德与社会伦理相悖的私人经验，而不是一种公共经验或意识。在身体写作中，女性作家既是女性话语的书写者，又是被书写和审视的对象。对女性自我生存经验的挖掘成为“身体写作”的中心内容，体现了一种个性化写作方式。

三是使用“新传记”叙述。从写作方式上说，“身体写作”大多采用了新的写作方式，比如陈染的《私人生活》①、卫慧的《上海宝贝》②、徐小斌的《双鱼星座》③、棉棉的《糖》④、林白的《一个人的战争》⑤都是以个人经历为叙述的基本框架。从写作方式上来说，“身体写作”采用了对个人独特的生活经历、心理感受和情感欲望进行描述的写作方式。

四是凸显作者的私人角色。每个“身体写作”都是私人的。进行私人化写作的作者是私人的代言人，而不是公众的代言人。作者是私人欲望的表述者，而不是公

① 陈染 . 私人生活 . 北京：作家出版社，2001.

② 卫慧 . 上海宝贝 . 沈阳：春风文艺出版社，1999.

③ 徐小斌 . 双鱼星座 . 天津：百花文艺出版社，1999.

④ 棉棉 . 糖 . 北京：中国戏剧出版社，2000.

⑤ 林白 . 一个人的战争 . 北京：北京十月文艺出版社，2004.

众生活的引领者。“身体写作”的动机是私人需求，而非拯救社会。

20世纪90年代的“身体写作”把女性文学变成自我表现的场所，也成为一种商业化行为。这些女性作家的作品反映了自己的生存现状和人生经历，大胆地向男权挑战，颠覆了男性权威，表现了女性的私生活、情感失落及心理忧郁等内容。可以说，她们挑战男权的初衷是营造不被男性侵犯的女性个人空间。贺桂梅的《当代女性文学批评的一个历史轮廓》[①]对90年代的女性文学热潮形成的历史原因，以及这一热潮中出现的“个人化写作”展开了讨论。她认为“个人化写作”成为90年代社会热潮的原因之一是“个人化写作”对私人空间的建构和想象，虽然没有为叛逆的女性主体开辟新的天空，却不自觉地参与了中国社会以中产阶级为主体想象的新主流秩序的构建。而著名作家白先勇则对“身体写作”进行了批评。他指出，将文学化为商品的诱惑很大，但是文学的艺术精神会被一点点地侵蚀。[②]在2004年举行的“‘身体写作’与消费时代的文化症状”学术研讨会上，钱中文、童庆炳、朱大可、叶舒宪等50多位学者从各个角度对“身体写作”现象进行了分析和讨论。一些学者认为女性文学作品中的身体描写有深刻的文化意味，但有的作品只是一种散发着腐烂气息的时尚。还有一些评论家对“身体写作”表示焦虑与担忧，认为这是现代社会精神颓废的象征，也是文学的堕落。[③]女性文学的个性化写作在90年代是一种特殊的文学现象。因为改革开放以后，女性在经济上获得独立，个人创作拥有相对自由的空间。再者，西方文学理论的传入也在一定程度上对“身体写作”产生了影响，促使90年代个性化写作风格的形成。这一时期的女性作家注重对女性自身的自我感知，积极挖掘个人心理，以女性的视角表达自己的内心感受，以女性特有的敏锐性表现女性自身的生存现状和情感体验，形成了强烈的个人化特征。她们的写作方式逃避宏大叙事，深入女性自身的内心世界，转向女性个人生活的琐碎叙事和情绪释放，以细致的情感书写自我的生存体验，以赤裸的情感和欲望的表达向读者传递感性的冲击。女性作家用“身体写作”解构男权统治，形成了女性自己的话语和书写方式。但是在“身体写作”繁荣的背后，我们也应看到“身体写作”存在的困境。反抗男权统治，建构女性意识，是女性主义文学长期的任务，而非仅通过“身体写作”就可以实现。女性实现自我觉醒、摆脱男权统治、建立女性自己的话语权、实现“双性和谐”，仍然任重而道远。

---

① 贺桂梅．当代女性文学批评的一个历史轮廓．解放军艺术学院学报，2009（2）：17-28.

② 金秋．著名作家白先勇批评“以身体写作”是将文学贱卖．（2003-12-15）[2023-04-28]. http://www.chinanews.com.cn/n/2003-12-15/26/381106.html.

③ 何字温．近年文坛“身体写作”研究概观．海南师范学院学报，2005（3）：89-92.

三、女性主义文学的意象批评

意象是中外文学理论的重要范畴。意象是指客观物象经过创作主体的思想、情感、审美的融入而表现出来的具有特殊含义和文学意味的艺术形象。也就是说，意象是用来寄托创作者主观情感的客观物象，是主观的“意”和客观的“象”的结合，是借物抒情的一种方法。意象这个概念的内涵和外延都比较模糊，美国著名学者M. H.艾布拉姆斯（M. H. Abrams）指出，意象是现代文学批评中最含糊的术语。①意象主要包括四种含义：心理意象、内心意象、泛化意象、观念意象及其高级形态。意象理论强调含蓄，反对直白，使用暗示及象征手法来进行表达，这种表现手法蕴含了深刻的艺术形象，激发了读者的心理活动。

文学意象是作者运用事物概念的象征意义进行想象而描写出来的符合作者主观愿望的形象。自20世纪80年代以来，意象批评逐渐成为文学研究中的热点之一。在女性文学批评视域下，从意象的视角进行女性作品的文本分析，揭示女性话语的艺术特色，还是一个比较新的课题。在中国的女性文学中，女性作家在进行意象创造时，将某种物象提炼为自然意象，因为作者需要这种自然意象来构建感知点，实现从创造意象到接受意象的对话过程。

中国新时期女性主义文学批评中常见的意象包括自然景观类、植物类、动物类、人造物象类、行为类等。在文学创作中，常用的意象有“服饰”“镜子”“灯光”“琴瑟”“梧桐”“夏娃”“娜拉”等。这些意象表现了女性主义文学批评家的内心世界和感情寄托，这种意象的运用有时是无意识的，有时则是自觉的。这些意象的运用对我们了解中国新时期女性主义文学批评家的精神世界以及理解女性话语的本质具有积极的作用。比如，一些女作家使用“镜子”的意象来表达对自我身份的认同。林白的作品中多次提到“镜子”。在《致命的飞翔》②中，北诺在“镜子”前审视自己。在《守望空心岁月》③的结局中，“我”也被带进一个充满“镜子”的房间。《一个人的战争》以女性的自我凝视和“镜子”意象开始叙述，又以女性的揽镜自照而结束。“镜子”的意象在女性文学作品中以各种形式被表述，比如镜子、河水、玻璃等具有“镜子”特征的实物。隐喻性的“镜子”也随处可见，形成了女性文学作品中的镜像关系，这体现了现实与虚构的两面性。真实存在的照出女性身体的“镜子”与虚构的镜像隐喻构成女性文学作品中女性实现自我认知和自我觉醒

---

① 艾布拉姆斯．简明外国文学词典．曾忠禄，译．长沙：湖南人民出版社，1987.

② 林白．致命的飞翔．武汉：长江文艺出版社，1996.

③ 林白．守望空心岁月．广州：花城出版社，1996.

的形式。通过对“镜子”里面的自己的审视，女性能够进一步证明自我的存在。林白作品中的女性通过“镜子”中的影像确认了自己是主体性而非客体性的存在，使女性建构起不被男性打扰的私人生活空间，建立起属于女性自身的叙述方式。林白在作品中用花开花落的“沙街”来描述女性青春不再之后的困境。“沙街”这一意象进一步唤起女性的女性意识。爱情是林白小说的永恒主题，林白作品中的女性人物经常陷入爱情而不能自拔，被爱情冲昏了头脑。林白用“火”的意象表达爱情与情欲以及绝望与沉沦，比如在《飘散》[①]等作品中爱情、死亡和火的意象融为一体。

徐小斌在她的作品中也用同一色彩去描绘不同意象，同一意象色彩也不尽相同，如“月亮”这一意象的色彩可以是灰黑色的、银光闪闪的，也可以是蓝幽幽的。在《世纪回眸：生命的色彩》[②]和《逃离意识与我的创作》[③]中，作者就形象地用不同色彩的意象来象征自己的人生经历。旅奥女性作家方丽娜的小说集《夜蝴蝶》[④]中，由《蝴蝶飞过的村庄》《夜蝴蝶》《蝴蝶坊》组成的“蝴蝶三部曲”，用“蝴蝶”的意象影射女性追求爱与美的灵魂。“蝴蝶”意象的飘忽莫测的特征，化作女性思想的翅膀，在多元文化之上随风起舞，并在自己的土壤中生根发芽，表现了女性既不失去自我，又能实现自我的升华。

“房间”的意象也大量出现在一些中国新时期的女性主义文学作品中。“房间”的意象与女性的内在世界有密切的关系。不同的“房间”意象包含的文化意蕴都是女性生存、女性抗争的象征，表现出新时期以来女性对社会文化和历史传统的反思。比如残雪的小说《奇异的木板房》[⑤]中建构了一座寒冷逼人、奇异破旧的木板房的意象，隐喻那些腐朽僵化、失去生命力和创造力的旧事物，表达了女性渴望精神自由、希望破除限制自由的旧思想的强烈愿望。黄蓓佳在《玫瑰房间》[⑥]中也使用“玫瑰房间”的意象象征新时期女性对浪漫、美好的爱情生活的憧憬。柳营的《阁楼》[⑦]中的“阁楼”意象也是隐秘的象征，意指女性个人内心世界的精神来源。在现实生活中，每个人的心中或许都存在这样一个小阁楼。无论是残雪的“奇异的木板房”，还是黄蓓佳的“玫瑰房间”，或柳营的“阁楼”，都是80年代以来的女性作家向往自由、美好的生活，追求幸福的一种愿望。

新时期以来的女性作家在创作时还将“黑夜”的意象与女性的潜意识联系起

---

① 林白．飘散．花城，1993（5）：106-177.
② 徐小斌．世纪回眸：生命的色彩 // 徐小斌．徐小斌散文．北京：华夏出版社，1999：1-19.
③ 徐小斌．逃离意识与我的创作 // 徐小斌．徐小斌散文．北京：华夏出版社，1999：20-32.
④ 方丽娜．夜蝴蝶．北京：作家出版社，2019.
⑤ 残雪．奇异的木板房．昆明：云南人民出版社，2000.
⑥ 黄蓓佳．玫瑰房间．石家庄：河北教育出版社，1995.
⑦ 柳营．阁楼．杭州：浙江大学出版社，2010.

来。女性作家对“黑夜”意象的构建，创设了不同于男性话语的具有女性创作特色的语言符号。这种符号从语言学的角度对作品进行阐述，突出了女性文学文本的符号性特征。女性作家在对“黑夜”意象的使用中，刻画了女性的苦难、“救世”情怀及女性欲望，建构了反抗男权的话语空间，通过“黑夜”意象表现了对人和世界本质的思考，比如有关死亡、人性等方面的感悟。诗人唐亚平、翟永明和作家残雪的作品中的“黑夜”意象比较丰富。她们习惯了“黑夜”甚至钟爱“黑夜”。唐亚平的《黑色沙漠》用“黑夜”意象对女性的生存现状进行了描写，比如其中的《黑夜（序诗）》中写道，“我的眼睛不由自主地流出黑夜/流出黑夜使我无家可归……我走进庞大的夜”①。翟永明的诗则更为集中地表达“黑夜”的意象，比如《独白》中说道：“渴望一个冬天，一个巨大的黑夜。”②无论是前期的《山上的小屋》③还是21世纪后的若干中长篇，“黑夜”意象的书写都是残雪小说的重点，幻觉、梦魇时常出现在她的小说中。残雪作品中的“黑夜”意象表现了无法实现的理想、无可奈何的抗争，展示了生存的焦灼与绝望。

“镜子”“火”“色彩”“蝴蝶”“房间”“黑夜”等意象传达出女性主体丰富的人生体验和心理感受，这些语言符号表现出女性作家所具有的性别意识，反映了女性作家的创作特色和艺术审美。意象的运用体现出女性文学创作是对感性世界的一种补充，对进一步解读女性文学作品，展示女性文学世界具有积极的作用。意象是女性主义文学的重要部分。对意象的使用表达了作者的情绪宣泄和情感寄托，以及对人生的思考。

四、女性主义文学作品中镜像的运用

镜子是日常生活用品。在中国和西方的文化语境中，镜子具有丰富的内涵。女性和镜子有着天然的关系，女性文学中女性的内心世界通过镜子折射出来，成为有别于男性文学的创作手段。在中国新时期的女性主义文学中，镜子作为一个性别化的意象开始流行，并成为女性意识、女性经验、女性心理及女性审美的载体。女性主义文学作品中的镜像，指通过文本创造出的具有社会文化内涵和历史阶段性特征的女性视觉意象。人们通过镜像看世界，可是并没有意识到这面无形的镜子。法国精神分析学家拉康的镜像理论认为，自我的建构离不开自己本身，也离不开自身的

① 唐亚平 . 黑色沙漠 . 沈阳：春风文艺出版社，1997：79.
② 翟永明 . 独白 // 翟永明 . 女人 . 桂林：漓江出版社，1988：19.
③ 残雪 . 山上的小屋 . 人民文学，1985（8）：67-69.

对应物，也就是镜中的自我影像，并通过对这个影像的认同而建构自我。镜像阶段是一个由虚幻的影像引起的自恋过程，是想象性思维的起始。女性主义文学创作受镜像理论的影响，通过自身与镜子影像的交互和投射实现一定的艺术效果。

中国新时期的女性主义文学作品，特别是90年代的女性小说中出现了大量的镜像书写方式，以林白与陈染为代表。林白的小说中有很多镜子意象，镜子意象是小说中女主人公展现自我的工具。在小说《回廊之椅》[①]中，镜子这一意象虽然没有直接出现，但是林白却通过其他方式展现了随处可见的镜像世界。林白通过镜像世界的创造证明了自我，这并非偶然的行为，镜子已成为贯穿小说中人物成长历程的一种意象。伴随着人物的生存体验和主体建构，镜像在小说中频繁出现，既有通过真实的镜子所形成的镜像，也有通过人物的互相照应而形成的镜像。她巧妙地为读者构建了一个个镜像世界，每一种镜像都蕴含着作者丰富的女性意识，生活在其中的女性借助这些镜像寻找自我，开始了不断地认知自我的旅程，表现了对男权社会的反击以及对女性性别的认同。林白在《一个人的战争》中写道："喜欢镜子，喜欢看隐秘的地方。亚热带，漫长的夏天，在单独的洗澡间冲凉，长久地看自己。"[②]林白让女性人物在镜像前坦白自己的欲望，这种镜像书写作为"舶来品"体现了一种"身体写作"的方式。镜像书写通过小说中女性人物对镜自照的场景描写表现了小说中女性人物的心理投射及期待。女性作品中的镜像世界不包含在男权社会之中，是更为接近女性主体而产生的对男权社会的抗拒。比如，林白的《说吧，房间》[③]中就表现了这种二元对立的意象。

王安忆的小说也经常出现女性人物照镜子的场景，如《锦绣谷之恋》[④]等作品中都有类似的描述，其中隐含了一种自恋的倾向，这种强烈的镜像化自恋此前很少出现。王安忆在《长恨歌》[⑤]中也向读者展示了上海三小姐的人物镜像，同时也推出了一幅上海的城市镜像，显示了王安忆塑造上海城市新形象的欲望。上海的形象作为作品中所构建的第二个镜像，象征着人们对花花世界的沉醉与向往，以及对现实生活的不满和超越意图。将"女人"的镜像与"城市"镜像联系起来，就会发现王安忆的小说在塑造"上海形象"时的独创性。《长恨歌》对上海这座镜像之城的描述令读者泛起一种沧桑之感。

海男的《我的情人们》也经常运用镜像来进行创作，比如，"我究竟是在什么

① 林白．回廊之椅．昆明：云南人民出版社，1995.
② 林白．一个人的战争．北京：北京十月文艺出版社，2004：10.
③ 林白．说吧，房间．南京：江苏文艺出版社，1997.
④ 王安忆．锦绣谷之恋．北京：中国电影出版社，2004.
⑤ 王安忆．长恨歌．海口：南海出版公司，2003.

时候开始每天每夜离不开镜子，镶嵌在乳白色墙壁中的大镜子使我脱去一层层的衣服，这是我的腰和腹部……”①这种通过对女性人物使用镜子来孤芳自赏的描写也体现了一种自恋倾向。陈染的小说中也经常有描述女性照镜子的场景，如《饥饿的口袋》中这样描述：“她常常伫立镜前，整理她洁净的衣衫。两只寂寞的乳房如花期正旺的木兰花，透过薄而透的裙裾，散发着幽幽的香气。”②旅英女作家虹影的作品中也经常出现镜子的意象，在小说叙事中，女性人物对镜自恋的场景时隐时现地贯穿于小说情节的始终。如小说《在人群之上》③通过反复出现的镜子意象，描述了女性人物的自恋情结及自虐的心态。英国性心理学家、思想家、作家和文艺评论家哈夫洛克·霭理士（Havelock Ellis）的《性心理学》在重视人性的前提下，通过科学研究分析，探究了性冲动、恋爱、婚姻等问题。他指出：“影恋或‘奈煞西施现象’（narcissism）最好是看作自动恋的一种，而在各种之中，实际上也是最极端与发展得最精到的一种。”④从某种程度上说，女性通过镜子进行的自恋更接近于影恋的现代内涵。镜像化自恋或影恋是一种病态的自我囚禁，这是人物内心世界的空虚造成的。正如美籍德裔犹太人、人本主义哲学家和精神分析心理学家埃里希·弗洛姆（Erich Fromm）所描述的那样：“那喀索斯在凝视自己映在湖面上的美丽身影时坠落湖中，人会像他那样淹死在镜子中吗？”⑤这也是女作家们陷入镜像化自恋时应面对的问题。正如波伏娃在《第二性》中所指出的那样，只有女人才会去捕捉她的影像而成为银色镜子的俘虏。她爱自己的身体，通过爱慕和欲望，她将生命赋予自己所看到的影像。她认为，“一个女人之为女人，与其说是‘天生’，不如说是‘形成’的”⑥。波伏娃也提到，女性人物选择镜子当作自恋的工具，因为镜子可以让女人表达美的欲望。而自恋是女性对自我的爱恋，镜子可以从女性主体复制出一个“拟我”，即镜像化的自我。对一些女性作家来说，镜像化的自我是对自己的简单复制，缺乏深邃的自省。

事实证明，女性文学作品中的镜像书写可以理解为对自己或他人的想象或幻想，这种镜像经过转化，会成为心像，然后进一步转化成人物主体，也就是说，我们在看他人时，不仅仅是在看他人，也会在这个过程中建构自己。镜子在中国新时期的女性文学中的频繁出现反映了在女性的生存空间中，将男性排除在外，也就是

① 海男．我的情人们．北京：中国文联出版公司，1994：45-46.
② 陈染．饥饿的口袋 // 王庆生．中国当代文学作品选．武汉：华中师范大学出版社，2001：461.
③ 虹影．在人群之上 // 虹影．你照亮了我的世界．成都：四川文艺出版社，2016：1-14.
④ 霭理士．性心理学．潘光旦，译．北京：生活·读书·新知三联书店，1987：164-165.
⑤ 弗洛姆．弗洛姆著作精选：人性·社会·拯救．黄颂杰，译．上海：上海人民出版社，1989：697-698.
⑥ 波伏娃．第二性．陶铁柱，译．北京：中国书籍出版社，1998：27.

说在这些作品中，女性作家们将男性观照全部排除在外，创造了真正属于女性的私密空间。

五、女性主义文学中的自恋情结

自恋是将过剩的精力和兴趣放在自己身上，是对自我价值感的夸大以及缺少对他人的公感性。20世纪90年代的中国女性小说中出现了大量的自恋情结，这种个人自恋情结弥漫在时代的空间里。时代的多元化特征也不断推动女性主义文学自恋情结的发展。女性主义文学作品中的自恋情结与男性文学相比更加复杂。自恋情结是女性作家寻求自我价值、发掘自我意识、表现内心世界的一种书写自我成长的创作方式。自恋主义文化是以自我为中心、以内心生活为表现，带有利己态度的文化倾向。自恋情结来自人们精神世界的心灵观照，常常随着自我意识的增长而增强。具有个人意识的女性作家运用各种创作形式，通过人物形象将内心的自我情绪体现在文本中，表达女性作家自身的精神向往。

自恋情结以各种表现形式存在于20世纪90年代以后的女性小说中，如虹影的《在人群之上》，周洁茹的《到常州去》[①]，徐小斌的《双鱼星座》《迷幻花园》[②]，卫慧的《上海宝贝》，林白的《日午》[③]、《瓶中之水》[④]、《一个人的战争》，陈染的《与往事干杯》[⑤]、《私人生活》、《无处告别》[⑥]，等等。女性文学作品中的自恋情结是指女性对自己的身体、嗜好、习惯、情感、个性等的迷恋和偏爱。在林白的《一个人的战争》中，有很多人物身上都有自恋情结，比如五岁的“多米”已经开始对自己的身体进行凝视，表现出一种自我迷恋。《一个人的战争》讲述了一个女人自己嫁给自己的故事。陈染的作品也用女性身体来书写自恋情结，比如《与往事干杯》中的肖蒙，以及《私人生活》中的倪拗拗都对自己的身体有着比较强烈的自恋情结。陈染在作品中通过对女性内心复杂情感的描写，体现了主人公渴望挣脱禁锢的愿望，也剖析了人们心灵深处的困惑。

在王安忆的《乌托邦诗篇》中，女主人公对男人的怀念也表现出了一种自恋情结。小说中有这样一句话：“怀念一个人使我陶醉，我发现怀念是这样完美的一种

---

① 周洁茹．到常州去 // 周洁茹．周洁茹作品集．北岳文艺出版社，2000：502-517.
② 徐小斌．迷幻花园．北京：作家出版社，2012.
③ 林白．日午．长春：时代文艺出版社，2001.
④ 林白．瓶中之水．沈阳：春风文艺出版社，2007.
⑤ 陈染．与往事干杯．武汉：湖北辞书出版社，1993.
⑥ 陈染．无处告别．南京：江苏文艺出版社，2005.

幸福。”① 卫慧与周洁茹两位女性作家都将性变成了自恋的工具。在卫慧的《说吧说吧》② 中，美丽的女性通过男人的眼光来欣赏自己的身体。周洁茹的《到常州去》描写了唐小宛通过吸引与拒绝，控制了男人的欲望，以此获得自己的满足。在卫慧与周洁茹的小说中，女人自身是欲望的主体，而欲望的客体依然是女人自身。她们叙述的故事依然是自恋情结。其实，自恋不仅是一种自信，也是女性对自我价值的感受。

海男在文学创作中喜欢用白日梦编织虚幻的女性之网，她始终沉睡在梦境之中，不能自拔。她的白日梦促成了她强烈的自恋情结。她的作品既书写了她的梦境，也表现了她的自恋情结。爱情是海男自恋情结的重要载体。海男作品中的女性似乎生来就在等待爱情，好像始终处于情和性的准备状态。《人间消息》③、《我的情人们》、《疯狂的石榴树》④ 和《私奔者》⑤ 中都有对自己的魅力极度痴迷的自恋情结。

中国新时期女性主义文学创作上的自恋情结已成为一个突出的问题，女性的自尊、自爱被自恋情结取代，进而形成一种文化症候。20世纪90年代是女性主义文学创作张扬个性的年代。这个时期的女性作品既体现了女性作家的个人特征，也体现了这个时期的文学特征。这个时期的多元文化促成了女性作家创作中的自恋情结。自恋情结具有一定的社会意义和文学意义，但无论是从自恋情结的理论层面，还是从女性主义的理论层面及文学创作的实践层面来分析，自恋情结都存在一种悖论和局限性。因此，女性作家应加强自省意识，在肯定自身个体性的基础上，对自恋情结进行有效的反思与超越，不断完善自我和追求真理。

六、女性文学中的自传体形式

自传体是传记文学的一种，是由作者根据自身经历创作的一种传记体小说。这种传记体小说是在作者真实生活体验的基础上，运用文学艺术方法和表达技巧虚构加工而成。自传体小说与一般的自传和回忆录不同，是作者对自己的成长经历和社会阅历的述说，“主人公”即作者自己，虽然小说的内容、人物、事件是虚构的，但大多是以作者的自身经历为原型。小说中作者从家庭和社会视角出

---

① 王安忆 . 乌托邦诗篇 . 上海：华东师范大学出版社，2011：25.

② 卫慧 . 说吧说吧 // 卫慧 . 卫慧作品全编 . 桂林：漓江出版社，2000：502-511.

③ 海男 . 人间消息 . 钟山，1989（4）：60-87.

④ 海男 . 疯狂的石榴树 . 昆明：云南人民出版社，1995.

⑤ 海男 . 私奔者 . 武汉：长江文艺出版社，2001.

发，进行自我认定。这些女性作家高举女性写作的旗帜，展示了个人成长的历程和遭遇。女性意识的觉醒使女性作家表现出强烈的自我欲望。但是这个时期的女性主义创作还缺乏一种自觉的文体选择，女作家面临选择什么样的文体、从何种角度来反映社会和家庭问题的困境。与西方女性作家写作的初始情况相似，刚从“边缘”走向“中心”的女性作家们还不善于表现自己，因此女性作家在文学创作中以实录形式从经历和身边事实中取材来追寻回忆中的自己，其创作表现出一种自传体形式。这种自传体小说使读者情感靠近叙事者，拉近了两者的距离。但是，如果自传体小说只展示作者自身的故事而没有具体实效，将很难有更大的拓展，因而在“展示”的基础上进行“叙述”是十分必要的。叙述应侧重女性自传体小说中的表达层，以较少的细节展现和较多的叙述调节为特征。叙述话语构成典型的讲述。

中国早期的女性作家选择了虚构与真实并存的自传体小说来记录“五四”之后女性知识分子心目中的中国社会状况和女性真实的生存环境。比如，丁玲的《母亲》[①]，白薇的《悲剧生涯》[②]，谢冰莹的《一个女兵的自传》，萧红的《呼兰河传》[③]，梅娘的《蟹》[④]，苏青的《结婚十年》[⑤]，张爱玲的《倾城之恋》[⑥]、《沉香屑》[⑦]，凌叔华的《古韵》[⑧]等是中国早期女性自传体小说的代表。苏青的自传作品《结婚十年》对女性地位等问题进行了深入的思考，描述了女性独立人格的形成过程以及遭受的艰辛，反映了现代女性不愿处于家庭的附庸地位而有所追求时，需要付出加倍的代价的现象。如果没有自我生存体验，没有女性主义思想和价值追求，作家就不可能获得这样的认识。张爱玲的《倾城之恋》《沉香屑》等作品也隐藏着张爱玲生活的影子。在张爱玲的自传性程度不同的作品中，她以自身的体验展现了对金钱地位、人格、感情三者之间的关系的看法。《小团圆》是张爱玲于1975年创作的另一部自传体小说。小说主要叙述了女主人公九莉与有妇之夫邵之雍的一段爱情故事，是张爱玲的自述性小说，她用自传给自己疗伤。在《小团圆》里，张爱玲记录了她前半生的生活经历。小说中的每一个情节，都是作者记忆的闪回。而这些记忆的闪回编织

① 丁玲．母亲．上海：上海良友图书印刷公司，1933.
② 白薇．悲剧生涯．上海：文学出版社，1936.
③ 萧红．呼兰河传．桂林：上海杂志公司，1941.
④ 梅娘．蟹．北京：武德报社，1944.
⑤ 苏青．结婚十年．上海：上海天地出版社，1944.
⑥ 张爱玲．倾城之恋 // 张爱玲．倾城之恋．北京：北京十月文艺出版社，2012：160-201.
⑦ 张爱玲．沉香屑 // 张爱玲．张爱玲作品集．北京：作家出版社，2005：384-523.
⑧ 凌叔华．古韵．付光明，译．天津：天津人民出版社，2011.

成了《小团圆》。丁玲的《丁玲自传》[1]叙述了她从悲惨的童年走向革命道路的经历，记录了她历尽坎坷的传奇人生。

进入新时期以后，一批女性作家创作了以个人生活为素材加上虚构的内容而构成的自传体小说。多数女性自传体小说都存在对同一故事重复叙述的创作模式。王安忆的《69届初中生》[2]是一部长篇自传体小说。小说通过69届初中生雯雯的眼睛，写出了她自己幼年、童年、少年、青年不同成长阶段的生活经历和心理感受。王安忆的童年体验和成长经历是其创作的源泉，她将小说中人物的成长经历与自身的经历相结合，不难发现，王安忆的小说对少女精神成长的描写带有强烈自传体色彩。王安忆的《小说与我》[3]则分享了她自身的创作体验。当她说起自己的一些写作经验，并叙述自己的写作历程时，提到每一个作者都会遭遇无素材可写，不知道要写些什么的情况，当自身素材枯竭时，她便开始撰写与自身经历有些不同的故事。徐小斌在《个人化写作与外部世界》一文中指出，如果作家只是写自己，那么即使她的经历再丰富，也会有素材枯竭的时候，也会产生个人化写作危机。自我封闭和自恋倾向使女性自传体写作陷入重复的境地，因为创作素材的局限，女性作家无法突破自身经历，渐渐失去了先锋的光芒。因此，徐小斌指出，“个人化写作的出路应是找到一个使作者的心灵与外部世界对接的方式，这样才能够使写作获得激情与张力，而避免其退化和消弭”[4]。20世纪80年代以来最有影响力的女性作家戴厚英的作品也受到了广大读者的喜爱，成为文学界的一道风景线。戴厚英的自传《性格—命运—我的故事》[5]回忆了自己的成长经历，是她对自我的重新建构和认同的一种表达。作者通过社会对自己的影响，表现了自身与社会环境的关系及自身个性的发展。在自身经历的叙述中，作者根据自我认知将人生经历叙述为个性发展的故事，实现了叙述的连续性和统一性。

旅英华人女作家虹影在《饥饿的女儿》[6]这部自传体小说中，用第一人称讲述自己经历的苦难，并将自己的经历融入时代背景中。她的出生是“三年困难时期”的一个奇迹，饥饿一直伴随着她；在18岁生日时，她才知道自己是私生女，这也使她对自己的身份不断探寻和认定。虹影写这部著作的目的是表现养父对自己的恩情，表达自己对母亲和养父的愧疚。作者在这本自传体小说中真实地描述了自己的

① 丁玲．丁玲自传．南京：江苏文艺出版社，1996.

② 王安忆．69届初中生．北京：中国青年出版社，1986.

③ 王安忆．小说与我．桂林：广西师范大学出版社，2017.

④ 徐小斌．个人化写作与外部世界．中国女性文化，2001（2）：63.

⑤ 戴厚英．性格—命运—我的故事．西安：太白文艺出版社，1994.

⑥ 虹影．饥饿的女儿．北京：中国妇女出版社，2008.

成长环境、家庭成员及自己小时候的一些想法。

陈染也善于运用自传体的叙述方式进行创作。她的作品中的主人公是虚构的，但是其行为和思想是陈染自身体验的真实再现。自传体文本使作品更接近读者的心理。自传体的写作方式一方面回溯以往的经验，一方面构建未来的方向。陈染小时候受的创伤在对以往经历的梳理中渐渐愈合。陈染用自传体的形式把自己的生存体验展现出来。在小说《私人生活》中，陈染使用第一人称“我”的叙事手法，记录了“我”的成长历程，形成了作者自身特殊的生存体验和自我意识的叙述。这对于女性冲破男权禁锢，创建属于女性自己的精神家园具有一定的促进作用。

林白的小说采用“琐碎”的自传性叙述，也带有自传性的特点。林白通过对自身生活的感悟，把目光切入自己的内心深处。这种对自我体验的反复解读和透视，使作品内容拓展到更加广泛的“自我”身上。林白的小说一般使用“回忆”的形式，具有怀旧的情调，同时带有一种另类的色彩。林白在《一个人的战争》中描述的女主人公的童年生活经历与林白有着很多相似之处。林白童年的记忆沉淀在她的生命之中，成为她作品的底色。林白虽然想逃避这些，但最终还是发现它们是终生不变、并不断被重新演绎的。林白的许多作品都有她自己的影子，她的创作实践说明童年经历在人生体验的形成中具有很大的影响。

残雪的《趋光运动》[①]也是一部自传体散文集。残雪用独特的创作风格描绘了她童年的内心世界和童年生活的各个方面。残雪在写作的思辨中回忆童年时光的画面。我们体会到残雪童年的性格直接影响到她成年后的创作。这部精神自传成为残雪通往文学世界之路的桥梁。

女性自传体小说在纪实与虚构的交融中为女性作家个性话语的言说开辟了创作路径，但是女性作家多次使用同一故事，造成了女性自传体写作话语权的滥用。虽然中国新时期女性作家的创作思想与时代发展是同步的，但是这些女作家的自传性创作不能简单地以自我感受的人生内涵和理想化的爱情故事来阐释。从这些女作家的自传体作品来看，反对封建礼教、张扬个性是其核心内容，也是这个时期女作家创作的主题和目标。

七、残疾女性的写作

当中国新时期女性主义文学批评不断对女性进行关注的时候，残疾女性作为

① 残雪 . 趋光运动 . 长沙：湖南文艺出版社，2017.

社会弱势、底层和边缘化群体也在发展。残疾虽然是一种身体缺陷，但也会在心灵上留下创伤。残疾女性的创作涉及自己因生理缺陷而受到的限制，也涉及她们的生存环境和社会伦理。残疾女性作品中对社会现象和文化现象的折射，确立了残疾女性书写在中国新时期文学发展中的地位与作用。越来越多的残疾女性投身于文学创作，用手中的笔歌颂人间真情，颂扬时代精神，揭示人生价值，讴歌自强自立。她们创作了传记、小说、散文、诗歌等体裁的女性文学作品。

残疾女性作家的作品呈现出群体性特征，促进了我国新时期的女性主义文学发展。她们创作了大量具有思想性和艺术性的文学作品，已成为新时期女性主义文学领域不可或缺的创作群体。她们塑造了一大批命运坎坷、内涵丰富的残疾女性形象。张海迪、刘爱玲、卢玲、宋雅静、李玉洁、赖雨、余秀华等一批有影响力的残疾女作家的作品的主体形象都是残疾女性。

张海迪5岁被确诊为患有脊髓血管瘤，在经历了三次大手术后，最终的结果是高位截瘫。她于1983年开始进行文学创作，先后翻译了数十万字的英语小说，创作了《轮椅上的梦》[①]等作品，《轮椅上的梦》还在日本和韩国出版。自传体小说《轮椅上的梦》的主人公是一个双腿瘫痪的残疾少女。她的心灵世界在人们的印象里是狭小的、黯淡的、封闭的。她在艰难的岁月里不断磨炼自己，并不断成长，面对生活的不幸和挫折，没有放弃自己的理想和目标，反映了作者身残志坚的奋斗精神。

卢玲先天性双腿瘫痪，无法上学。她跟着磁带学习，并将自己的故事写成文字，完成了自传体小说《当幸福逆袭》[②]。《当幸福逆袭》以作者真实的经历表现了一个先天性双腿瘫痪的女孩不向命运低头，追求更加完美的人生的奋斗历程。

宋雅静17岁时遭遇车祸，下半身瘫痪。面对不幸，她没有自暴自弃，经过7年康复训练，开始借助拐杖走路。她的《万分之一的奇迹——无腿妈妈宋雅静的传奇故事》[③]真实记录了自己遭遇的苦难。她依靠顽强的毅力有尊严地活着，收获了爱情、事业和幸福的家庭，反映了残疾人自强不息、向命运抗争的优良品格。

一些残疾女性作家经受了常人难以想象的苦难，残疾给她们造成了生活的困扰。面对嘲笑，她们没有低头，反而写出了优秀的文学作品。如李玉洁7岁患类风湿，14岁瘫痪辍学，但是却用三年时间写出了25万字的自传体小说《梦想在110厘米之上》[④]。她通过自己的笔讲述了一个从健康变残疾的女孩始终坚持梦想的故事，

---

① 张海迪 . 轮椅上的梦 . 北京：中国青年出版社，1991.

② 卢玲 . 当幸福逆袭 . 北京：人民出版社，2015.

③ 宋雅静 . 万分之一的奇迹：无腿妈妈宋雅静的传奇故事 . 太原：山西人民出版社，2013.

④ 李玉洁 . 梦想在 110 厘米之上 . 北京：人民出版社，2015.

女孩通过对学习的热爱和执着改变了自己的命运，带给人们一种奋发向上的力量。

残疾女性作家在与病魔进行斗争的同时，常常独自静思默想，也正是在这种状态下，她们基于自身的生命体验，更多地思考生存、死亡等问题，并提出怎样生存的问题。如陈媛从小就患先天性小脑偏瘫，在经历了颓废、绝望、重燃希望等一系列改变后，她用一根手指敲出了两部自传体小说《云上的奶奶》[①]及《半边翅膀》[②]。《云上的奶奶》没有华丽的语言和复杂的叙事，用朴实的语言描述了一位坚强的老人抚养患有先天性脑瘫孙女的故事。故事具有震撼人心的力量，让读者感动落泪，并深受鼓舞。陈媛的另一部作品《半边翅膀》的主人公因脑瘫导致痉挛抽搐，写字对她来说是一件非常困难的事情。在战胜了颓废和绝望之后，她用一根手指在电脑上打出并发表了作品。陈媛坚信文字的独特魅力会给自己的人生涂上亮丽的色彩。

残疾女性作家通过写作来表达内心情感。她们借助文学创作倾吐内心的苦闷和孤独，从而获得安慰和内心的平静。残疾女性的写作是在身体与精神的融合下对女性自我认识和精神自由的寻找，点燃了残疾女性的希望和理想，表现了残疾女性丰富细腻的感情，反映了残疾女性的精神风貌。刘爱玲（雨雁）和她的母亲都是残疾人，她在3岁时因患脊髓灰质炎导致双下肢残疾。童年的不幸和悲惨使她十分坚强。她用两年时间完成了自传体长篇小说《把天堂带回家》[③]，小说内容真实生动，具有浓厚的生活气息，从残疾人的视角表现了社会不同层面的人的生活状态，留给读者许多的思考和启迪。该小说获全国第三届“奋发文明进步奖”。2003年，她荣膺全国自强模范称号，受到党和国家领导人的亲切接见。此外，刘爱玲还出版了多部小说，如《米家村九号》[④]《西去玉门镇》[⑤]《上王村的马六》[⑥]等，《上王村的马六》还获得第三届“柳青文学奖”。

赖雨因从小患有严重的脊髓灰质炎，颈部以下基本瘫痪，一直瘫卧在床。就是这样一个重度残疾的女性，竟然凭借唇舌舔阅了万卷书。赖雨总是如此自问：“我的轮椅，能不能在泥泞中，碾出属于我自己的人生轨迹？”[⑦]这位身高不到1米的女作家在《四川日报》《蜀南文学》等报刊上发表几十篇作品，1998年出版了诗集《群山之上》[⑧]。只可惜赖雨因车祸后的手术并发症，于2010年去世。

---

① 陈媛．云上的奶奶．北京：北京时代华文书局，2014.

② 陈媛．半边翅膀．北京：华夏出版社，2021.

③ 刘爱玲．把天堂带回家．北京：华夏出版社，2002.

④ 刘爱玲．米家村九号．西安：太白文艺出版社，2012.

⑤ 刘爱玲．西去玉门镇．西安：太白文艺出版社，2012.

⑥ 刘爱玲．上王村的马六 // 刘爱玲．西去玉门镇．西安：太白文艺出版社，2012：136-157.

⑦ 赖雨．群山之上．（2010-03-12）[2024-03-24]. https://www.douban.com/note/63157345/?_i=1238921B1cVgrR.

⑧ 赖雨．群山之上．成都：四川大学出版社，1998.

余秀华出生时因缺氧而造成脑瘫，连说话都口齿不清，但她有着深邃的灵魂和清醒的认知。面对严重的脑瘫残疾，她顽强地与命运进行抗争，一直在思考，从没有放弃对生活的热爱。就是这样一个出生在农村的脑瘫女人，却影响了整个现代诗坛，并获得了“第三届农民文学奖特别奖”“湖北文学奖”等荣誉。余秀华从2014年11月开始在《诗刊》发表其诗作，后又出版了诗集《月光落在左手上》①《摇摇晃晃的人间》②、传记体小说《且在人间》③、散文集《无端欢喜》④。《穿过大半个中国去睡你》⑤是她于2014年10月所作的一首爱情诗。余秀华的这首成名诗被翻译成了英语版本，在国际上影响很大。余秀华创作的诗歌是一种纯粹的诗歌，是生命的诗歌，深深地打动了读者的心，被称为中国的艾米莉·狄金森。

残疾女性作家通过文学创作宣泄自己的情感，她们的作品比较关注自己的内心世界，属于内倾型的叙事方式，但这种创作风格并不代表她们与社会现实脱节。她们将对社会现实的感悟埋在内心深处，并敏锐地表现了这种社会现实。残疾女性作家在文学创作中对心理的描写丰富而细致。她们的书写改写了个体残疾与社会观念之间的隐喻方式。她们的作品是她们由身体病痛而导致精神病痛的外在表现，文学写作是她们展现自身生存体验的一种言说方式。

在人类社会的发展历程中，残疾群体是客观存在的。残疾群体的文学创作也成为中国新时期文学的热门话题。残疾女性作家成为具有独特价值的创作群体，她们的文学作品丰富了我国新时期的文学世界。尽管残疾女性作家的创作还不够成熟，但她们的作品无论从文学成果还是社会反响上都应引起人们的关注，以期更好地引导和支持残疾女性作家群体的发展。对中国新时期残疾女性书写的多角度审视，可以为中国新时期女性文学的研究提供参考，为消除歧视、提倡公平、推进社会主义精神文明建设提供有力的支撑。

八、女性主义文学批评的情感性文本呈现

中国女性主义文学批评的情感性文本呈现是指在女性文学作品中对人的情感进行激发、表达和交流的创作体验。文学是一种与认识活动性质不同的情感活动，是

① 余秀华．月光落在左手上．桂林：广西师范大学出版社出版，2015.
② 余秀华．摇摇晃晃的人间．长沙：湖南文艺出版社，2015.
③ 余秀华．且在人间．长沙：湖南文艺出版社，2019.
④ 余秀华．无端欢喜．北京：新星出版社，2018.
⑤ 余秀华．穿过大半个中国去睡你．（2015-01-17）[2023-05-21]. http://www.360doc.com/content/15/0126/00/5545056443704818.shtml.

人们认识活动中表现出的创作主体对外部世界的情感、态度、评价及倾向的表达。文学的创作过程就是创作主体情感流露的过程，是他们对以往情感的重新体验。情感是文学创作的灵魂和动力。一部被读者广泛认可的文学作品，应该含有作者丰富的情感，也包含着他人的情感。情感是文学研究的重要对象和文学作品的主要内容之一。在文学创作中，作家把情感植入描写对象中，赋予他们以鲜活的生命，使其具有一定的个性化、情趣化特征，从而使文学作品能够以情感打动人，发挥它的艺术感染力和社会作用。我国有一些批评家也提出过，文学是以人性的刻画为基础的，而人性则是人们情感的来源。如果形象性是文学创作的外在表现，情感性就是文学创作的内在特征。在女性主义文学作品中，女性作家把自己体验过的情感赋予她们的作品。读者通过阅读这些作品，体验到作品文本中蕴含的感情，以达到作家与读者、读者与文本的共鸣。

“五四”以前，中国的女性主义文学作品由于受到传统封建礼教的束缚，极少出现“情感”特征。五四运动以后，传统的封建礼教受到了新思想的冲击，人们的观念发生了改变，整个社会都在追求思想解放、提倡个性自由，这成为当时很多女性作家及知识女性的自觉意识。受到五四运动的影响，家庭包办婚姻、旧的封建习俗也被自由恋爱意识所取代。张恨水的《金粉世家》和《啼笑因缘》两部作品分别在1927年《世界日报》的副刊《明珠》和1930年上海《新闻报》的副刊《快活林》上连载，受到了人们的热捧，两部作品都表现了反封建意识。《金粉世家》表现了女性自然而率真的情感，《啼笑因缘》宣扬了恋爱至上主义。而女性作家张爱玲的作品《倾城之恋》叙述了女主人公白流苏经历了一段失败的婚姻后的故事。离婚后的女人在旧社会没有地位，因此白流苏遭到娘家人的排挤。她的故事围绕着三个方面展开，即和女性身份认同相关的三个核心问题：“我是谁”“我是从哪里来的”“我要到哪里去”。白流苏借助对自我的认识和自我的身份认同，最终得到了她想要的生活和婚姻。全书带着一种淡淡的哀伤与压抑的情感，表现了苍凉的人情冷暖。她晚年的作品《小团圆》也体现了以真实需求为中心的情感价值取向。作品中的情感世界充分体现了作者作为女性的价值体验和价值取向，引发了读者对作品中的女性意识和价值观的深思。

女性作家在文学作品中通过对情感的描写，把自己对情感的体验通过文本呈现给读者，而读者也通过文本阅读，体验到作家的感情，与作家产生共鸣。进入新时期以后，女性文学领域的情感话语逐渐变得明朗，并且被大众所接受，以情感作为主题的文学作品也在文学领域中占有了重要的地位。在这一背景下，《北京文学》

1979年第11期发表了张洁的《爱，是不能忘记的》，戴厚英的《诗人之死》[①]也于1982年出版。她们对人性、人情、人的价值与尊严进行了不同层面的反思。张洁是中国新时期文学的代表作家，她曾两次获得茅盾文学奖。张洁的作品呼唤真情实感，关注国家和民族命运，不断深入人性和文学的本质。20世纪80年代初期，张洁就完成了小说《沉重的翅膀》[②]，引发了广泛的影响。张洁的情感小说《爱，是不能忘记的》，以含蓄的写作风格及伤感的笔触，以第一人称从主人公的女儿珊珊的视角出发，讲述了母亲钟雨和一位领导干部之间的刻骨铭心的爱情悲剧。作者欲借此小说表达在婚姻生活里，除了责任和义务之外，还有人世间最重要的东西——爱情。戴厚英以丰富的创作经验，独特的艺术形式和坎坷的人生经历，成为新时期女性作家的代表，特别是她的《诗人之死》，内容深刻，笔触犀利，直接反映了作家的感情生活经历，表现了刻骨铭心的爱情。

20世纪80年代，将性爱描写视为禁区的现象比较普遍。当时，《收获》杂志发表了男性作家张贤亮的小说《男人的一半是女人》[③]，是新时期首次把性上升到人性的制高点的作品，此后的文学作品才开始把性作为文化现象来讨论和探究。小说《男人的一半是女人》描写了在劳改队相识的男女主人公的爱情故事，内容涉及了许多“性禁区”和敏感话题。时隔不久，王安忆开启了女性作家触及敏感话题的先河，她的“三恋”（《小城之恋》[④]《荒山之恋》[⑤]《锦绣谷之恋》）及《岗上的世纪》[⑥]以爱情为主题，反复描写人在自然本能的驱使下的性心理、性冲动和性行为，反映了人的生命在原始冲动下的躁动不安。作家剥离了男女性爱下的其他社会因素，使人的本能回归自然。此后性爱描写开始取代了单纯的爱情描写并成为情感创作的主流。

20世纪80年代末期，女性主义文学中对爱情的描写逐渐从对理想的追寻转向对现实的确认。90年代开始重视情感与身体叙事，由对伦理道德的探讨，到对性爱情感的发微，再到对性心理、性行为的剖析，形成了一股身体写作的热潮。在新时期女性文学作品对情感的描写中，出现了人物个性的扭曲，比如尹丽川的诗歌《玫瑰与痒》中写道：“我死的时候满床鲜花，人们在我的身下，而不是身上铺满玫瑰。至于我的身体，暴露在光天化日之下却无关紧要。”[⑦]

---

① 戴厚英．诗人之死．福州：福建人民出版社，1982.

② 张洁．沉重的翅膀．北京：人民文学出版社，1981.

③ 张贤亮．男人的一半是女人．收获，1985（5）：4-102.

④ 王安忆．小城之恋 // 中国作家协会创研室．小城之恋．长春：时代文艺出版社，1986：176-250.

⑤ 王安忆．荒山之恋．北京：中国电影出版社，2004.

⑥ 王安忆．岗上的世纪．北京：中国电影出版社，2004.

⑦ 尹丽川．尹丽川诗选．（2021-08-24）[2023-06-08]. http://zhongguohaoshi.com/h-nd-1468.html.

20世纪90年代末期的女性主义文学作品中，女性在情感上、思想上、社会上都是独立的“人”。在不依靠男性的情况下，她们对命运做出自主选择。在一些女性作家正为如何寻求女性情感独立而感到困惑时，卫慧大胆地给出了答案，但其解决方式过于绝对。卫慧在她的《上海宝贝》中描绘了中产阶级的感情生活，叙述了女主人公情感和生理的对立，体现了放纵、颓废的生活观念。

在文学发展历程中，有些作家无法跨越他所处的那个历史时期，而有些思想解放的作家则能够与时俱进。女性作家池莉就能够适应社会的变化，以平民化的视角，着力描写世俗男女的生活情感，吸引读者。池莉擅长创作情感性小说，对爱情有独特的认识及理解。她的情感性作品直面现实生活，如其代表作《来来往往》[①]讲述了三位女主人公段丽娜、林珠、时雨蓬情感纠葛的故事。小说在20世纪90年代具有一定的代表性，反映了当时普通人的婚姻和爱情生活。作家从段丽娜、林珠、时雨蓬三位女性形象入手，相继展开对女性爱情和婚姻的重点描写，并围绕主人公的感情经历阐述了人生感情的飘忽不定。小说的魅力在于揭示了一个人的真实情感历程。读者可以通过小说了解当代中国女性意识的觉醒和作家独特的创作视角。在20世纪90年代末期，人们的世界观、人生观、价值观、爱情观都发生了较大的变化，这对家庭及个人既有的生活模式产生了很大的影响，并冲击着家庭的稳定及和谐。为此，作家池莉希望通过对人们的真实生活和社会状态的描写，还原人们的生活现状，具有重要的现实意义。

新世纪初期，中国文学领域人道主义思潮兴起，并引起了一场大讨论。女性作家张抗抗的散文集《回忆找到我》[②]用她独有的笔触讲述了亲情、爱情、婚姻、家庭等情感故事，表现出了中国女性文人的优雅情怀。张抗抗回忆了她在北大荒漂泊的青春岁月和人生经历，这段经历为她的文学创作提供了丰富的素材，在她的其他作品中也能感受到当时的历史环境。张抗抗谈到，北大荒的经历成为激励这一代人的源泉，离开故乡后，我们才会产生思恋之情，才会回忆起过去的美好。经过岁月的沉淀，很多事情被遗忘了，但忘不掉的是对生活和战斗过的地方的情感。

赵燕飞是一位善于用小说表现现实生活的女性作家。她善于在生活的细节中捕捉创作素材，营造女性的情感空间。她的小说集《等待阿尔法》[③]收录了6个中短篇作品，以精湛的笔触描写了人们生活的现实状况，并用真情实感触及了现代人的精神困境。从她的作品中，我们能够感知她对生活的独特领悟及给读者带来的情感悲

① 池莉．来来往往．北京：作家出版社，1998.

② 张抗抗．回忆找到我．武汉：长江文艺出版社，2017.

③ 赵燕飞．等待阿尔法．长沙：湖南文艺出版社，2021.

喜与生命从容。她对日常生活的个体经验的延展及独特的情感描写，使作品具有迷人的魅力。

蒋韵的创作一直围绕女性文学的母题来进行书写，如女性、爱情、成长、人性等方面。她的“暖伤”写作风格和张爱玲的“苍凉”的创作风格形成对比，给读者带来一种力量。长篇小说《你好，安娜》[①]书写了爱的情怀。这种情怀从女性对男性的爱中体现出来。小说围绕三个家庭的女性人物展开叙述，描写了女性在时代中的际遇，突出了情感性特征，揭示了罪感与爱的神性情怀的关系，给读者带来女性对爱的思考。现代女性的爱与传统女性的爱有着不同的内涵。现代女性的爱不仅局限于男女之间的情爱，也包括女性对亲人、朋友及其他事物的爱。蒋韵的作品表达了对女性的深切关怀，既具有古典浪漫的爱情审美，又具有现代先锋的思想特质。

女性作家李美皆的情感题材小说《结婚年》[②]描写了青年女性吴小莉在恋爱、婚姻、寡居三个阶段的人生故事，表现了吴小莉在不同时期的复杂情感，剖析了女性的情感世界随着人生阶段的不同而改变的状态。李美皆在作品中表达了自己对爱情和命运的感悟。她以敏锐的视角捕捉男女间怦然心动的情感细节，表现了夫妻平淡生活下的情感悸动。她对女性内心情感的把握和描写给读者留下了深刻印象。

女性作家张欣深入城市内部进行观察和体验生活，对从事各种职业的女性的情感进行了描述。张欣笔下的男性大多充满功利心理，他们庸俗、自私、怯懦、肤浅、好色，同时又大男子主义，对女性颐指气使，这样的男人很难吸引女性，特别是那些有思想的优秀女性。她认为，只有“姐妹情谊”才是可以信赖的，姐妹之情可以超越爱情。张欣笔下的女主人公会牺牲爱情来维护姐妹情谊，这也体现在以下作品中：《冬至》[③]中，女主人公爱宛在家庭婚姻生活出现问题时，总是跑到姐妹可馨那里求得理解与支持；《爱又如何》[④]中，佳希由衷地欣赏海之，并坦言这世界上不能没有海之这个姐妹，与男人说不清的话，只能说给她，并且总能得到心灵的净化；《亲情六处》[⑤]中，“宁静的港湾”已不再是由异性构成的“家”的指称，它已变成“姐妹圈”的象征，我们也因此理解了林子放弃男友而选择姐妹情谊的做法；《永远的徘徊》[⑥]中，“姐妹情谊”已成为女性守住最后的阵地、解救自身于苦海的稻草。

---

① 蒋韵．你好，安娜．广州：花城出版社，2019.

② 李美皆．结婚年．北京：作家出版社，2022.

③ 张欣．冬至 // 张欣．张欣作品精选．武汉：长江文艺出版社，2007：1-37.

④ 张欣．爱又如何．天津：百花文艺出版社，1998.

⑤ 张欣．亲情六处 // 张欣．岁月无敌．武汉：长江文艺出版社，1996：230-282.

⑥ 张欣．永远的徘徊 // 张欣．城市情人．北京：华艺出版社，1995：352-410.

80后女作家张悦然创作的特点就是对爱的歌颂以及对亲情的不舍。一般情况下女性作家喜欢用“亲情”“友情”“爱情”来创作，对“情”的叙述都比较细腻和唯美。张悦然在坚持这种写作风格时，更多地融入新的元素、新的观点和新的认知。张悦然笔下的“情感”干净、明朗，表现出“独立”与“自我”的风格，其文本流露的情感张力个性十足，看似细腻琐碎却触动人心中柔软之处。作为80后女作家，张悦然对情感的描写具有独特的创作特点，表现出与众不同的特色。如，在《这些那些》①中，作者用女性特有的心灵感悟表达她们向往的爱情模式，折射出少女内心的真实情感。《葵花走失在1890》②将爱与善有效地结合起来，让读者站在一定的高度来思考。小说细腻的情感叙述，加上作者淡淡的哀伤，将一个少女的故事娓娓道来，让我们感受到少女在成长中的疼痛，以及内心对美好情感的渴望。在《樱桃之远》③中作者以唯美的意境、个性化的叙述以及忧伤的笔调感受生命的痛苦，触摸青涩的爱情，聆听深沉的呼唤。作品体现了人与人之间的爱，人与自然之间的和谐。作者将理性与感性统一起来，把亲情与友情演绎得比较完美。《十爱》④中，张悦然让读者感受到她对人性的思考。她用寓言式的故事给读者讲述了刻骨铭心的爱，这些寓言式故事贴近梦境和欲望，凭吊不安的感伤，展现了作者丰富的才情和诗意的美感。

在女性主义文学中，用情感性文本来体现情感价值，是一个曲折的过程。一部优秀的文学作品应该包含作者本人丰富的情感色彩，这种情感应是深沉、丰富的，也是一种审美价值的表现。读者通过阅读文学作品，体验这些感情，与作者产生共鸣。在情感文学的发展过程中，情感性和思想性融合在一起，通过对具体形象的感知而表现出来，实现情感性、思想性与形象性的统一，使文学作品具有感染力。女性作家们在描写人物的情感与不幸时，也会寻找造成不幸的原因，探寻获得幸福的方式。但是很多作品更多的是呈现造成痛苦的原因，而没有说明解决的办法。文学作品给读者带来的反思可以引起“疗救”的关注。

女性主义文学文本的情感性呈现从禁忌到爆发，再到被质疑，最后到被接受的过程，发展十分艰难。情感价值的表达从作为一种素材运用到文学作品中，再到当今作为文学作品的主题，经历了从为人诟病到被广泛应用的过程，这也是女性主义文学的多元化发展过程。

情感价值是女性主义文学作品比较重要的元素和内容，作品之中的情感表达应

① 张悦然 . 这些那些 // 张悦然 . 张悦然作品集 . 南宁：接力出版社，2003：231-244.

② 张悦然 . 葵花走失在 1890. 北京：作家出版社，2003.

③ 张悦然 . 樱桃之远 . 沈阳：春风文艺出版社，2004.

④ 张悦然 . 十爱 . 北京：人民文学出版社，2018.

自然真实地传达出个体的情感体验及心灵感悟。如果情感价值不能被正确表述，文学的作用也会出现偏失。我们既不能完全否定和批判文学的情感价值，也不能不顾历史和时代背景，不加批判地草率继承已有的结论。对于新时期女性主义文学作品中情感价值展示的失范现象，我们应辩证地思考。尽管我国新时期的女性主义文学批评在文学作品的情感价值失范问题的分析上积累了一定的经验，但是在实际的分析过程中，许多问题依然存在，这也需要我们进行深入思考。

第二节　中国新时期女性主义文学批评理论建设的低迷

西方女性主义文学批评理论经过长时间的建构与发展，已形成系统性强、覆盖面广的理论体系，而中国的女性主义文学批评研究一直缺少产生批评理论的背景，所以中国的女性主义文学批评一直借鉴西方的理论体系和概念。正如女性主义批评者陈晓兰在《女性主义批评与文学诠释》[①]一书中所指出的那样，对于从事女性主义文学研究的人来讲，如果不了解西方女性主义批评，或不从西方女性主义批评的视角及立场来对待女性研究和解释作品，那就说明研究传统落后、没有新意和深度。因此，中国一些女性主义文学批评家在研究成果中，经常以西方女性主义文学批评家的观点、名言为开篇语，或概述西方女性主义文学批评理论的要点，这成为他们研究必不可少的环节。

由于中国女性主义文学批评理论建设的滞后，女性主义文学和女性主义文学批评之间存在一些矛盾和分歧。主要表现在以下几个方面：

一是绝大多数女性作者不愿被定位为“女性”作家，更不愿意被贴上“女性主义”作家的标签。比如，80后女作家文珍曾说过，自己不希望仅被界定成“女作家”。一些女性作家甚至不希望自己的作品被称为“女性主义文学”，[②]还有一些女性作家并不认同自己的作品是女性主义文学作品。最为突出的是被一些女性主义批评者视为女性主义创作典型的陈染，她曾宣称自己的写作只是“超性别写作”，这很明显是针对她的“性别写作”标签的评价。林白也曾说过，把她定位成女性主义作者是极大的窄化。她认为，自己的写作并不是从女性性别出发的，她没有强烈的使

① 陈晓兰 . 女性主义批评与文学诠释 . 兰州：敦煌文艺出版社，1999.

② 文珍访谈：我不希望仅仅只被界定成“女作家”.（2018-02-24）[2023-04-29]. https://www.sohu.com/a/ 223774389_182884.

命感。[①]在女性主义文学批评领域，一些批评家尽管从事女性主义文学批评研究，却也不愿意承认自己是女性主义者。女性主义研究领域的领军人物李小江就声称自己不是女性主义者。她在出版的访谈集《女性？主义——文化冲突与身份认同》[②]中设问的就是一个身份及立场的认同问题。大多数人不愿承认自己是女性主义者，因为这有时会招致非议。中国的许多女性主义批评家及作家虽然在批评和创作上广泛使用女性主义理论，但却很少有学者对自己是否认同女性主义表态，只有个别批评家公然宣称自己是女性主义者，如戴锦华[③]介绍了自己怎样成为一名女性主义者，以及从《简・爱》中体会到的女性主体意识。戴锦华宣称，性别议题是她高度内在的立场，并鼓舞无数女性选择、争取、参与到女性历史的创造过程中。

二是性别意识的表达和性别问题的反映并不是女性写作的强制主题。在女性写作这个问题上，大部分女作家会认为自己的写作不是女性写作，或者认为自己没有那么强的女性主义意识。被女性作家普遍认可的观点是，女性作家首先是作家，作家的写作不应局限于性别。张莉对女性写作观进行的调查显示，绝大多数女性作家认为，写作要面向人类的总体命运和普遍存在。她们还认为，就算性别写作不是反文学，也是对文学的窄化。[④]其实，对女性作家作品的阐释可以有多个视角，性别视角也只是其中的一个角度，单纯的性别视角无法阐释女性文本的多重意义，女性主义文学批评也取代不了其他的阐释方式。张莉在谈到中国女性作家为什么不愿意承认自己的写作是女性写作时说："其实当一些女性作家说她们的写作不是女性写作时，也非怯懦，这与我们对女性写作的理解有关系。"[⑤]20世纪八九十年代，随着个人化写作的出现，"美女写作"与"身体写作"也进入人们的视线。女性作家排斥的是那种被贴上标签的"女性写作"，真正意义上的"女性写作"应该是对日常生活中那种隐匿的性别关系或性别权利的描写。两性之间的关系应取决于民族、阶级、经济和文化等方面的差异。"女性写作"的意义在于其具有一种发现的能力，具有艺术性和先锋性，而并非那种表演性、控诉性以及受害者的思维方式。"女性写作"应注重性别问题的复杂性，对男性和女性之间的关系及性别意识有深刻的认知，这才是真正的"女性写作"。

三是女性主义文学批评理论对作品或作家的评价，在引导创作层面，是否有利

---

① 专访 | 林白：把我定位成女性主义写作者，是极大的窄化 . (2018-07-09)[2023-04-29]. https://baijiahao.baidu.com/s?id=1605482144720640614&wfr=spider&for=pc.

② 李小江等 . 女性？主义：文化冲突与身份认同 . 南京：江苏人民出版社，2000.

③ 戴锦华 . 戴锦华：我为何变成女性主义者 . (2017-03-08)[2023-05-07]. https://www.guancha.cn/DaiJinHua/2017_03_08_397685.shtml.

④ 张莉 . 当代六十七位新锐女作家的女性写作观调查 . 南方文坛，2019（2）：109-127.

⑤ 蒋肖斌 . 莎士比亚的妹妹无法成为作家，但"她们"在 2020 年写作 . 中国青年报，2021-03-23（11）.

于作家对文学创作的认识。对于女性文学场域中出现的潮流性现象，女性主义文学批评理论发挥何种引导作用？女性主义文学批评的初心应是在讲真话的基础之上正确引导女性创作、打造女性文学精品、提高女性审美意识。一些女性主义文学批评家认为，自己并不从事文学创作，只要按照文学批评的路径去评论作品就可以。其实，女性主义文学批评家首先是读者，通过自己对作品的真实感受进行判断，对文学作品、文学现象及文学思潮进行细致观察，才能开展有效的批评。如果文学批评家与文学创作者都自说自话，缺少有效的沟通和交流，就会对文学评论和文学创作产生消极的影响。女性主义文学批评本身就是一种创作行为，但这种创作是以丰富的文学作品为基础的。所以，女性主义文学批评家除了批评理论的修炼实践，也要认真研读文学作品，否则，就不会对女性文学创作起到行之有效的引导作用。

四是女性主义文学批评作为一种理论形态，与其他理论一样，都必须建立在实践的基础之上。它随着女性文学的产生而出现，并随着女性文学作品的繁荣而发展。一些女性主义文学批评不是建立在对作家作品和文学现象的批评实践的基础之上的，也就不能很好地引领读者正确地理解和认识文学作品。

五是批评观念先行，批评视角和方法比较单一，没有重视文学作品内部所有的复杂因素，批评的“文学性”不够。女性主义文学批评同质化的平庸文章较多，主要表现在批评的视角、路径、思想、标准、方法及风格相似，没有提出尖锐的问题，也没有做出新颖的评价。批评的出发点无可厚非，但很多批评的审美精神却是片面的，审美的多样性没有体现出来，更没有创新精神。中国的女性主义文学批评一直强调文学作品内容的真实性，但一些批评视角和标准比较单一。在强调女性主义文学要体现女性人生的同时，一些批评家将文学作品中女性人物所表现的价值取向等同于作家的性别价值取向，简单地将人物的某些缺陷归于作者思想上的局限性。正确的学术批评应当是针对文学作品就事论事，而非针对作家本人的攻击。

六是批评内容重复，批评范式陈旧。一些批评家对新理论认识不足，出现“新瓶装旧酒”的现象，把一些早已存在的观点视为新观点。中国学者林树明在1995年出版的《女性主义批评在中国》[①]中提出“性别诗学”的构想。但有批评家却提到“性别诗学”是在21世纪才有所见。女性主义文学批评不是凝固僵化的，也不是机械教条的，更不是枯燥乏味的说教。它随着社会的发展而发展，随着文学创作的繁荣而繁荣，是一门不断完善、动态变化的科学。

中国新时期的女性主义文学批评在文学批评体系的发展中占据重要地位，但是对于女性主义文学批评理论，我们应冷静地思考，尤其是在对性别概念的阐述上，

① 林树明．女性主义批评在中国．北京：中国社会科学出版社，1995.

如波伏娃在《第二性》一书中提出，“女人不是天生的，而是后天形成的”[①]。她的论述被国内女性主义文学批评家们过度关注，在各种女性主义文学批评中随处可见。这种过度的使用值得我们反思。西方女性主义文学批评理论强调的女性意识及女性主义立场导致中国女性主义文学批评界对性别身份的空前热衷。而且在对男权统治的批判上，中国女性主义文学批评界普遍认同西方女性主义批评理论。现有的理论体系都是借用西方的理论，中国女性主义文学批评在理论构建方面，在一定程度上暴露了不足。这也印证了张岩冰在《女权主义文论》[②]中所指出的，因为缺少独立的女权运动这个产生女权主义文学理论的历史背景，中国很难产生以妇女权利为中心的女性主义文学批评理论，女权主义文学理论在中国的出现，是中国译介西方女权主义理论的结果。如果女性主义文学批评的理论构建适合中国本土女性主义文学的发展，对女性主义文学作品的阐释科学合理，是不会遭到质疑的。但是中国女性主义文学批评在借鉴、吸收和引用西方女性主义理论时，一直存在本土化过程中的理论适用性问题。一些中国的女性主义文学批评家不仅完全认同了西方女性主义理论，而且还轻视中国本土男性批评家对女性主义文学批评的质疑，导致对西方女性主义理论的盲从。因此，中国女性主义文学批评理论的构建应解构西方女性主义批评理论，无须照搬西方模式来评判中国女性主义文本。

其实，虽然中国不具备像西方女性主义那样系统的性别理论，但不代表在我国悠久的历史文化传统中就没有对性别问题的深度思考或者没有相关的理论阐释。乔以钢[③]认为，与西方的女性主义文学批评相比，中国的女性主义文学批评兴起较晚，开始时还缺少系统的理论体系。可是在大量成功的女性作品出现以后，女性主义文学批评家们的女性意识开始觉醒，他们比较重视对女性作家写作成就的宣扬，形成了独特的批评风格。刘思谦、李子云、吴黛英、盛英、李小江、林丹娅、戴锦华、乔以钢、朱虹、王友琴、吴宗蕙等新时期女性主义文学批评研究者取得了很大的成就，对中国女性文学创作和女性主义文学批评的发展起到了引领作用，他们的批评注重中国女性文学的发展实际，具有一定的影响力。比如谌容的《人到中年》、张洁的《爱，是不能忘记的》、茹志鹃的《儿女情》[④]、戴厚英的《人啊，人!》[⑤]、张抗

① 波伏娃．第二性．陶铁柱，译．北京：中国书籍出版社，1998：1.

② 张岩冰．女权主义文论．济南：山东教育出版社，1998.

③ 乔以钢．漫谈女性文学研究的若干问题．扬子江评论，2008（1）：64-71.

④ 茹志鹃．儿女情．上海：文汇出版社，1996.

⑤ 戴厚英．人啊，人！．广州：花城出版社，1980.

抗的《夏》①、铁凝的《哦，香雪》②、张辛欣的《我们这个年纪的梦》③、王安忆的《小鲍庄》④、陆星儿的《留给世纪的吻》⑤等女性作家的作品都获得了肯定的阐释和评价，并形成了新时期初期的女性文学"乌托邦式诗篇"，成为那个时期女性文学的一道独特的风景线。这些女性作家不一定认同20世纪90年代女性写作的新观念和新意识，但她们却发出女性内心的真切呼唤，以她们觉醒的女性意识启示着女性主义文学创作。她们的作品中对爱情和婚姻问题的表现显示了女性对被占有、被抛弃的命运进行反抗的精神。李子云是中国较早把关注点放在女性作家及其作品的女性文学批评家之一，她为女性文学呕心沥血。从1980年到1982年，她追逐着每一位女作家的创作脚步，对这个时期的女性作家作品进行了重读和评论，并在1984年出版了《净化人的心灵》⑥，该书的出版在文学界引起了不小的轰动。该书对茹志鹃、张洁、王安忆等多位女性作家的作品进行了评论，揭示了这些女性作家的艺术创作风格，为女性主义文学批评开拓了道路。

新时期中国女性主义文学批评虽然取得了一些成果，但是也存在一些问题。一些女性主义文学批评家认为，20世纪80年代初大量译介的女性主义文学批评理论都属于理论建设，中国的女性主义文学批评理论建设不能用"低迷"来形容。其实，"文本解读"与"理论建设"是两个不同的概念。文本解读是指以女性主义批评方法对中国的女性文学作品进行解读，而理论建设是指中国自身的女性主义文学理论的构建。这种构建不排除借鉴西方女性主义文学理论，但是大量的女性主义文学批评仍然是以西方的女性主义理论进行文本解读，导致本土的理论建设的缺乏。国内的女性主义文学批评存在的一种现象是很多文学批评都是预先找好理论，然后再从文本中寻求相应的佐证材料，一篇文学批评变成了对某种理论的重复，或者只是对这种理论字面意思的演示。西方女性主义文学批评理论对中国女性主义文学批评具有较大的影响，但人们却忽视了本土文化语境对中国女性主义文学批评理论潜在的影响。中国传统文化思想成为整个中华民族的集体无意识，这种思想引入女性文学领域便形成了温和的女性文学特质。因此，中国女性主义文学批评的低迷现象，一方面是由于女性主义文学批评本身产生于国家、民族、社会等宏大的历史革命背景下，中国没有像西方那种独立的女权主义运动；另一方面，则是由于受长

① 张抗抗．夏．哈尔滨：黑龙江人民出版社，1981.
② 铁凝．哦，香雪 // 铁凝．哦，香雪．郑州：中原农民出版社，1987：137-146.
③ 张辛欣．我们这个年纪的梦．成都：四川文艺出版社，1985.
④ 王安忆．小鲍庄．上海：上海文艺出版社，1986.
⑤ 陆星儿．留给世纪的吻．北京：北京十月文艺出版社，1988.
⑥ 李子云．净化人的心灵．北京：生活·读书·新知三联书店，1984.

期传统文化思想的影响而形成的温和的女性文学特质，没有类似西方的彻底的反叛精神。

在构建中国女性主义文学批评理论的过程中，只靠借鉴西方的女性主义理论是行不通的，重要的是以扎实的理论构建和深入的理论思考为基础，逐步确立中国女性主义文学批评的理论体系及理论地位，必须在中国的社会现实和文化语境下了解中国女性的解放之路，深入阐释中国的女性文学作品。正像王富仁[①]所说的，没有中国化的西方化只是起到使西方神圣化的作用，而不是起到促进中国文化和中国社会发展的作用。所以，在借鉴西方女性主义理论时，应结合中国本土的特点与需求，考虑中国的国情。

不管怎样，新时期以来，中国女性主义文学批评的确取得了一定的成绩。但是，在女性主义文学批评发展过程中也积累了一些问题。面对社会转型时期商品经济和消费市场等因素对女性主义文学猝不及防的冲击，女性主义文学批评陷入无奈的困境之中。20世纪90年代，商品经济和文学消费催生了媚俗文学，“身体写作”“私人写作”出现在人们的视线中，这种创作方法困扰了女性主义文学批评家们，使他们不能从美学视角上评判棉棉、卫慧、陈染、林白等女性作品的一般价值，致使女性主义文学批评失去应有的价值。对于“身体写作”“私人写作”，女性主义文学批评理论的发展呈现出滞后性，最终导致女性主义文学批评理论的低迷状态的出现。

中国新时期的女性主义文学批评理论该如何面对日益多元化的女性文学，如何构建起适合本土语境和女性文学发展趋势的性别理论，这是女性主义文学批评家必须面对的实际问题。女性主义文学批评家应立足于女性主义文学研究本身，具备跨学科思维，从哲学、社会学、文化学、人类学、生态学、美学等视角对历史与现实情境中的女性存在与女性体验给予全面的审视，不断开阔理论视野，用女性主义文学批评理论联系女性主义文学创作实践，推动女性主义文学批评的深入发展，为中国女性主义文学的创作指明方向。

① 王富仁 . 从本质主义的走向发生学的：女性文学研究之我见 . 南开学报，2010（2）：1-8.

第六章

中西方女性主义文学批评比较

中西方女性主义文学批评存在诸多差异，主要体现在以下四个方面：一是中西方妇女解放运动所处历史背景的差异；二是中西方女性主义文学批评文化语境的异质性；三是中西方女性主义文学批评在功能和意义上的不同；四是中西方女性主义文学批评的个体性与集体性差异。

第一节　中西方妇女解放运动所处历史背景的差异

西方女权主义运动起源于法国大革命和启蒙运动时期，当时许多女性参加到各种社会革命活动中。在和男性一起争取平等权利的过程中，一些女性意识到她们所争取的平等权利只是男性的权利，女性并没有赢得相应的权利。1791年，法国近代女权主义和废奴主义者奥兰普·德古热（Olympe de Gouges）的《女权宣言》（也称《女权与女公民权宣言》）共提出了17条要求。这部宣言参照《人权宣言》中的“天赋人权”精神，力争妇女生来就是自由人，享有与男人平等的权利。《女权宣言》是世界历史上第一份诉求妇女权利的宣言。德古热表现出了独特的、完整的女权思想。她主张女性应该同男性一样享有各种权利。虽然当时德古热提出的妇女平等权利只限于婚姻、家庭、生育等方面，但却在妇女解放方面起到了促进作用。1792年，英国的沃斯通克拉夫特发表了《为女权辩护》，提出女性应与男性同样拥有受教育的权利，从而使女性与男性在社会生活、工作就业等方面实现真正平等。她指出，传统的女性教育是培养女性取悦男人，女性并没有被教授真正的知识和真理，女性只是被培养成男性的附属品。西方女性主义文学批评家在对文学史进行重新审视时，认为以前的文学史是男权制话语体系，是男尊女卑的思想体系。而女性已经意识到了自身的价值，任何对她们的偏见和歧视都会激起她们的反抗。基于拉康的精神分析理论，朱丽叶·米切尔（Juliet Mitchell）指出，女性小说家的贡献在于她们既塑造了妇女应有的形象，又通过自身的写作，成为对压迫进行反抗的女性。她们用她们的作品来抵制男权制度。

现代意义上的西方女权主义运动是指19世纪中叶以来的两次比较大的妇女解放运动浪潮。第一次妇女解放运动浪潮是19世纪下半叶到20世纪初在英国、美国、法国等国家掀起的妇女解放运动。这一时期的妇女解放运动提倡改变妇女在政治、教育、就业和家庭中与男性不平等的处境。第二次妇女解放运动浪潮是在20世纪60年代以美国的废奴运动、反战运动和学生运动为契机而发展起来的。

西方女性主义文学批评是伴随着西方两次女权主义运动的产生而萌芽的。伍尔夫的《一间自己的屋子》为女性努力追求男女平等，获得女性权利提供了典范。西方的妇女解放运动的特点是妇女自发组织，为争取妇女的权利而进行斗争，目的是使女性获得自由平等的权利，具有“女权”特点。

中国在历史进程中，没有过真正意义上的独立的妇女解放运动。拥有几千年历史的中国对女性的社会地位早有定位。在封建社会中，“君权”“父权”“夫权”至上，女性生儿育女传宗接代是她们在男权中心社会中的角色和任务，“君为臣纲，父为子纲，夫为妻纲”是封建社会对男性和女性的定位，而女性则被给予了“在家从父，出嫁从夫，夫死从子”的社会地位和角色。她们处在社会的最底层。中国的妇女解放运动是由具有启蒙思想的男性发起的，这使中国的妇女解放运动由男女协同进行，并且与民族解放和国家兴亡交织在一起。

19世纪60年代初到19世纪末，一些受西方先进思想影响的知识男性，如康有为、梁启超、谭嗣同、李大钊等，借鉴了西方的民主价值观，对中国妇女所处的社会地位进行思考，他们认识到，只有进行民主改革才能解放妇女，并将妇女解放纳入向封建社会礼教进行反抗的行动中，将男女平等融入政治经济、社会教育、婚姻家庭等各方面，为中国妇女的思想解放做出了很多积极的工作。中国妇女的解放和五四运动及民族解放运动也密切相关。中国的妇女解放运动是全民族共同参与的，也是与国家的存亡融合在一起的。随着中华民族革命进程的不断推进，中国的妇女解放运动也得到发展，妇女的各种权利也得到了法律保障。新中国成立后，1950年颁布的《中华人民共和国婚姻法》废除包办婚姻，禁止重婚行为，实行一夫一妻制和男女权利平等的婚姻政策，保护了广大妇女的权益。1954年颁布的第一部宪法明确规定，妇女在政治、经济、文化等各方面拥有与男性平等的权利。20世纪50年代后，在“妇女能顶半边天”的口号下，中国妇女逐步走向社会，参加社会生产。

改革开放以后，中国女性的地位得到了进一步提高。女性在教育和就业等方面的状况都得到了改善。女性可以接受高等教育，可以自由选择职业，她们的权利得到了一定保障。面对西方女权主义带有一些贵族倾向的特点，中国大多数女性很难理解这一点，出现了一些中国女性作家不愿承认自己是女性主义者的现象。中国几千年来的封建传统文化对中国的女性主义文学批评有着深远的影响，历史发展和现实情况呈现出的特性也决定了中国女性对西方女性主义激进理论和主张表现出温和的一面。她们没有站在男性的对立面，而是和男性共同探讨寻求妇女解放的道路，这也是中国的女性主义批评比较独特的地方，与西方的女性主义批评存在一定的差异。中国的女性主义文学批评走上了一条特别的道路，中国新时期的女性主义文学批评家在吸收西方女性主义文学观念的同时，着力构建中国的女性主义文学批评独立的话语体系，加快了中国女性主义文学批评的本土化建构进程。

杨剑龙等指出，中西女性主义文学批评最本质的差异是：

> 与西方女性主义文学批评缘于妇女解放运动不同，中国的女性主义文学批评并不在意于通过文学批评为争取女权的政治运动提供思想武器，中国的女性主义文学批评与其说是对男权意识、男权政治的颠覆，倒不如说是意在对女性意识、女性文学的强调、推崇与展示，中国女性主义文学批评也始终基本囿于文学的范畴之内，并未走向文化学、政治学的视阈之中，在“双性同体”“躯体写作”“性别政治”等话语运用中，却也常常潜在地、不自觉地陷入了男性的视阈与价值体系的规范之中。①

中国的女性主义文学批评在对西方女性主义学说的吸收与理解中，建立了中国女性主义文学研究的理论体系和研究方法，使中国女性主义文学批评的研究在关注女性意识和女性文本时体现出中国特色。在继承中国传统文学批评中的诗学理论的同时，中国的女性主义文学批评既关注对女性的社会地位和社会角色的社会性别研究，也关注女性主义文学批评的文学性研究。

① 杨剑龙，乔以钢，丁帆，张凌江．“女性主义文学批评的现状与开拓”笔谈．海南师范学院学报，2003（1）：47.

第二节　中西方女性主义文学批评文化语境的异质性

西方女性主义文学批评一直以来受西方基督教的影响，西方历史上的一些著名的哲学家对女性的态度也带有某些偏见或者歧视。亚里士多德曾说："女性之为女性是由于某种优良品质的缺失。"[①]这与柏拉图的观点比较一致。西方轻视女性的哲学，对西方社会和其女性历史具有很深的影响。柏拉图和亚里士多德认为，男性是完美人性的体现，他们具有天生的优越感，在智力和体力上都优于女性，男性是世界的主宰，女性则应服从男性，这是自然规律和秩序。因此，在西方女性主义文学批评中，以男性视角来塑造女性形象，决定女性命运的论述较多。第一个在理论上界定生理性别与社会性别的波伏娃在《第二性》开篇中就指出："女人是逐渐形成的。从生理、心理或是经济因素，没有任何的既定的命运可以决定人类中的女性在社会中所表现的形象。"[②]

波伏娃对认为"他者"的女性气质是身体结构与生物激素的产物的观点进行了猛烈的抨击。她认为，女性气质是受所处社会环境文化的影响而后天形成的。这一观点，促成了西方当代女性主义关于性别的社会建构论的产生。按照波伏娃的观点，既然女人气质不是天生的，而是后天形成的，那男人应该也是一样的。如果按此理解，将关注点从性别差异上转向差异是如何构建起来的，重点强调影响性别的非生物因素，就形成了"社会性别"这一核心概念。

西方第一次女权运动的主要目的是为妇女争取权利，包括财产权和选举权等。第一次女权运动为第二次女权运动奠定了良好的基础。随着第二次女权运动的开展，女权思想产生，对以男权为中心的文化进行了反思与质疑。第二次女权运动的开展在西方文学界产生了较大影响，催生了女性主义文学批评及其理论的构建。

在中国的文化传统下，儒家、道家和佛家三种思想体系对女性的认识并不完全一致。例如，儒家学派的孔子认为天尊地卑、男尊女卑；而道家的老子则认为，宇宙万物包括人与人之间的关系如"阴""阳"二气，此消彼长，不断变化和更替，阴阳之间相互交融，不是完全对立和排斥。此外，中国的文化传统在行为规范方面对女性的要求也颇多，体现在不让她们接受教育、不让她们外出，目的是让她们远离知识、脱离社会，提倡"女子无才便是德"，反对女性抛头露面，对女性身体的

① 波伏娃．第二性．陶铁柱，译．北京：中国书籍出版社，1998：10.

② 波伏娃．第二性．陶铁柱，译．北京：中国书籍出版社，1998：309.

束缚也越来越严格，还出现了让妇女“缠足”的现象。明代作品《牡丹亭》[①]中的女主角杜丽娘，被要求不准走出自己的私家花园。这种对女性身体的禁锢使中国古代妇女很难与社会接触。

西方的女性主义文学批评来源于西方的思想和意识形态，而中国的女性主义文学批评则更侧重女性的行为规范以及社会制度对女性的束缚。

在争取妇女权利方面，中国也有男女平权的呼声，甚至成为某个时代的中心话题。太平天国曾提倡妇女参政，也表现出男女平等的思想。戊戌维新运动则主张女性“不缠足”，并大兴“女学”，康有为、谭嗣同、梁启超等进步人士是其中的号召者。在辛亥革命期间，明确提出了“男性、女性要平权”的思想。康有为在《大同书》中提出，男性与女性同为一个国家的国民，应该尽享平等的权利，没有任何差异。他指出，封建社会对女性约束得太多，并提出“救女子乎，实为今日第一要救”[②]。秋瑾、李闻、康同薇等知名女性就是这个时期有名的女性活动家。当时的妇女刊物还积极宣传欧美国家女权运动的思潮，一些进步刊物也肯定了欧美国家的女权运动。但是，在这些争取男女平权的运动中，无论是男性还是女性，都是怀着救国、强民的愿望来倡导女性权利的。

中西方女性主义文学批评文化语境的异质性也表现为政治背景的差异性。西方女性主义批评受到欧美轰轰烈烈的女权主义运动的影响，从政治领域渗透到学术领域。中国女性主义批评则起源于学术领域内部的跨文化交流，没有独立的女权运动政治背景。西方女性主义批评是西方女性对自身处境进行的文化反思。两次女权运动为西方女性主义批评提供了思想基础，尤其是第二次女权运动促成了女性主义文论的兴起。这些都使西方女性主义文学批评具有明确的政治目的和价值判断，注重历史及现实的文学批评话语，以女性主义为思想理论基础，并以性别差异为起点，以“从边缘走向中心”为实践纲领，对女性在社会、历史、文学中的从属地位的根源进行剖析，分析性别与文学作品文本之间的关系，基于文学视角批判对女性的歧视现象，探究女性话语、分析女性文学文本、重构女性文学理论。女性主义文学批评涵盖了社会性别、性行为、性别特征、身体欲望、作家身份、家庭母性、种族阶级、经典书目、再现角度、阅读主观性等各要素，并且以不同的方法、角度、理论来对这些主题进行研究，唤醒女性主体意识，使女性在意识形态中占据一席之地。英国、美国和法国在这方面的研究比较突出。

西方女性主义批评的特征是把性别和文学文本政治化，而中国女性主义批评

① 汤显祖．牡丹亭．北京：人民文学出版社，2005.

② 康有为．大同书．郑州：中州古籍出版社，1998：203.

的历史文化语境不如西方那么厚重。历史语境缺失是中国女性主义文学批评的背景。与西方女权运动反对男权制的鲜明政治立场相比较，中国没有轰轰烈烈的女权运动，“女性的觉醒”一开始就依附在民族独立的梦想中，没有得到过独立的释放。中国的五四运动时期，一些知识分子把女性问题当作“人的觉醒”的一部分，认为“女性解放运动”是和整个社会变革分不开的。20世纪80年代以前的中国的女性解放一直作为一种媒介，被各种社会思潮利用。女性独立在国家、阶级等意识形态的约束下，成为不起眼的话题。当“救亡”“解放”和“发展”等重要主题被提出来以后，女性解放就只能排在后面，并在后来被搁置起来。刘思谦在《“娜拉”言说：中国现代女作家心路纪程》一书中指出：“我国有史以来从未发生过自发的、独立的妇女解放运动。妇女的解放从来都是从属于民族的、阶级的、文化的社会革命运动。”①所以，无论我们是否承认，中国女性主义文学批评其实始终都在“主流批评”之外徘徊。正如波伏娃的《第二性》的书名一样，可以将中国女性文学批评描述为“第二批评”，因为中国女性文学批评是来自西方的舶来品。

20世纪80年代以后，中国女性主义文学批评逐步向中国语境靠近，强调女性的独立性。女性主义文学批评作为一种边缘话语的激进立场也被重视起来，女性主义文学批评对主流文化的颠覆与解构作用也表现出来。中国的女性主义在定位上、形态上和功能上，前后形成了鲜明的对比。这种差异性实质上是传统的“妇女解放”思想与西方女性主义的引入而形成的差异。随着“女权运动”而产生的西方女性主义和随着“非女权运动”而产生的中国女性主义之间比较明显的差异就在于前者的政治性和后者的非政治性。当然西方女性主义批评也存在发展阶段，也有不同民族国家之差异。英美女性主义突出的是“压迫”，而法国女性主义注重的则是“压抑”；英美女性主义希望提高认识，而法国女性主义则是着重探索潜意识；英美女性主义讨论权利，而法国女性主义则讨论满足；英美女性主义以人道主义和经验主义作为方法论，而法国女性主义则建立在文本理论的论证和阐释上。中国的女性主义批评虽然欣赏英美在文化领域强有力的革命式的批评，实际上则更接近法国关于女性创造力和文本的实践性，因此中国的女性主义批评不可能像英美女性主义那样坚决与激进，在创作上更倾向于淡化政治诉求，而侧重自身的反思。

20世纪80年代中后期，许多中国女性作家吸收了西方女性主义文学批评理论，创作了一批具有中国特色的女性主义文学批评作品，表现出了女性的主体意识，挣脱了以男权为中心的文化束缚。随着西方女性主义文学批评理论和文学作品的译介和传播，如英国女作家夏洛蒂·勃朗特在《简·爱》中表达的女性意识，以及伍尔

① 刘思谦．“娜拉”言说：中国现代女作家心路纪程．开封：河南大学出版社，2007：18.

夫在《一间自己的屋子》所表现的女性的自省意识，对中国20世纪80年代中后期的女性作家的创作产生了重要的影响，如王安忆的“三恋”致力于对人性、对人的生存状况的探究。而铁凝的《玫瑰门》[①]则围绕女性身体展开叙事，是一部女性进行自我审视的文学作品，通过对女性人物的命运描述，表现了在以男权为中心的文化和社会制度下，女性的真实生存状态，使女性文学批评对女性本质的透视上升到前所未有的高度。

女性文学作品中的意识形态，与政治有着十分密切的关系。西方女性主义文学批评关注非文学本位的批评，体现在政治话语方面，而中国的女性主义文学批评属于一种文学本位的批评，是一种纯粹的文学话语。西方女性主义文学批评是西方女权运动的产物，也是女性主义活动的重要组成部分。其理论来源是该运动派生的“妇女研究”，这也是西方女权运动话语体系的重要组成部分。中国女性主义文学批评缺少这种背景。如果说，西方女性主义文学批评始于女权运动，以攻击男权中心为传统，致力于文化批判的话，中国的女性主义文学批评首先是将文学方面作为切入点，指向女性主义文学，基本与新时期文学的“向内转”同步开展，也与“女性写作”存在着互动关系。

第三节　中西方女性主义文学批评在功能和意义上的不同

由于激进的妇女解放运动和政治理论背景，西方女性主义批评表现出激烈的革命性和对抗性，大多数情况下是非中性化立场；中国的女性主义批评因为中国本土的社会历史发展历程不同，一般情况下持一种审慎和冷静的保守观点，很少出现极端地攻击和反抗男权中心文化的情况，希望构建一种男女共存的“双性和谐”的女性诗学。

西方女性主义批评在追求男女平等的过程中带有一种对立和敌视的态度，情绪激昂。她们否定先验的女性气质，注重探究女性特征的社会原因。被誉为“女性主义宝典”的《第二性》直接指出，不存在所谓的先验的“女性气质”，男女两性之间没有绝对的差异。她基于存在主义视角，对女性进行生物学和心理学观察，认为男女两性之间的差异，并不比两个个体之间的差异大，一个人之所以成为女人，说是“天生”的，还不如说是后天“形成”的。没有任何生理上、心理上或经济上的

① 铁凝. 玫瑰门. 北京：作家出版社，1989.

定命能决定女人在社会中的地位，而是人类文化的整体，打造出了这居于男性与无性间的所谓“女性”。在这基础之上，米利特撰写的女性主义著作《性政治》则从多方面对男权社会进行考察，并以无可争辩的事实和文本证明了男性与女性无论是在心理气质还是在社会角色和地位上的不同都不是先天形成的，而是后天社会文化作用的结果。

20世纪60年代，当女性主义作为一种政治力量在西方崛起时，我们已经见证了很多女性主义者的风采。到了七八十年代，当肖瓦尔特、吉尔伯特、古芭以摧枯拉朽的气势对传统文学进行浩大的女性主义清理时，女性主义的风采又得到了加强。法国女性作家西苏提出反理性的女性“身体写作”。法国女性主义理论家伊利格瑞始终关注性别差异，积极探索和再现“女人”的可能性与不可能性，她的一些理论成为女性主义文论的重要参考。她的著作有《他者女人的窥镜》《此性非一》[①]《性差异的伦理学》[②]等。

在1985年的国际女作家大会上，中国女性作家张抗抗做了题目为《我们需要两个世界》的发言。在发言中，她提出：“我们必须公正地揭示和描绘妇女所面对的外部和内部的两个世界。所以，如果能够把女作家所写的关于女人和男人以及整个社会生活的作品，统称为妇女文学，它的内涵和外延就会更加广泛和深刻。”[③]国内的一些女性主义学者也认为，女性作家写作应该与男性作家写作有界限的划分，女性作家必须建立属于自己的写作方式。在他们看来，从古至今大多数文学作品中的话语权被男性控制，写作方式都是男权模式，男性主体主导文本和话语的方向，因此女性必须争夺自己的话语权，而不是臣服在男性话语权之下进行写作。

其实，在长期的发展过程中，中国的女性主义批评表现出认同本民族文化的观念，寻求民族传统文化与新时代发展的契合点。中国的女性保留了中华民族的传统美德，虽然她们也追求女性解放，但是她们的态度更加温和。中国的女性主义批评刚中带柔，是一种具有中国特色的中庸之态——在承认两性差异的同时，强调女性应拥有自己的特征。由于中国传统文化的观念影响，中国女性在实现自我价值的过程中呈现出与西方女性不同的特点。中国女性对男权社会并没有进行针锋相对的抗争，因为中国传统文化具有一种平和的文化心理。中国的女性主义缺乏激烈的“抗争背景”，导致了中国的女性主义批评一直是温和的。中国的女性主义者在进行文学批评时没有对男性进行激烈的抨击。她们认为，没有男性学者参与的女性主义

---

① 伊利格瑞．此性非一．李金梅，译．台北：桂冠图书，2005.

② 伊利格瑞．性差异的伦理学．张念，译．南京：南京大学出版社，2022.

③ 张抗抗．我们需要两个世界．文艺评论，1986（1）：60.

文学批评，在中国的本土发展不会一帆风顺。女性主义批评家在对女性文学的研究过程中，常常强调为妇女争取权利的政治立场，她们不自觉地把男性看作是女性的对立面，因此引起一些男性学者对女性主义批评者的不满。尽管许多女性主义批评家声明女性主义批评不仅仅是为女性争取权利，也不是为了抨击男性，但男性学者的冷淡态度的确应引起女性主义批评家的思考。20世纪90年代早期，女性主义文学批评家积极倡导两性和谐。刘慧英[①]不赞成女性对男性依赖，也不赞成两性长期分庭抗礼，她比较赞赏伍尔夫提出的“双性同体”的设想，认为“双性同体”才是完善人类文化的可行道路。伍尔夫的“双性同体”理论正好契合了双性和谐的设想，提倡男女两性和谐相处、同构世界。万莲子[②]也提出，女性主义文学作品的最佳境界是宣扬了“双性和谐”的文化氛围。她认为“双性和谐”应受到关注，成为女性主义文学批评的核心。万莲子指出，中国的女性主义文学批评者希望采用“双性和谐”这种新型的模式来构建两性关系，目的是实现女性的充分解放和社会的和谐发展。中国的双性文化一般关注两性的和谐发展，不提倡消除男性与女性之间差异。荒林、王光明的《两性对话：20世纪中国女性与文学》中也提出要建立“双性和谐”的诗学，并指出，对话应贯穿于文学批评和文化批评的二合一之中，其目的是在文学中建立比较合理的两性关系，塑造较为美好的女性形象。荒林的《中国女性主义》[③]中提出了“微笑的女性主义”的设想，并向男性微笑，表现出女性对男性的“关心”。由此可见，中国女性主义批评家对待男性表现出言辞严肃，但并不咄咄逼人的态度。他们探讨女性问题时，强调男女两性的和谐发展，最终注重的是“人”这个永恒的主题。以荒林为首的女性主义文学批评家对中国的女性主义批评做出了评价，他们批判男性，试图解构以男权为中心的文化，同时又关心男性，不激化男女两性之间的对抗和冲突。不以偏激的批评态度，而是以公正平和的态度出现。因此，我们看到的是一种平权的女性主义批评，而不是激进和霸权的女性主义批评。所以，中国的女性主义文学批评比西方女性主义文学批评更具有包容性和大度性。

---

① 刘慧英．走出男权传统的樊篱：文学中男权意识的批判．北京：生活·读书·新知三联书店，1995.

② 万莲子．掇拾“双性和谐”的文化意义．文学自由谈，1995(4)：119-122.

③ 荒林．中国女性主义．桂林：广西师范大学出版社，2004.

第四节　中西方女性主义文学批评的个体性与集体性差异

不同文化背景下的人们的价值观念是不同的。集体主义与个人主义，作为中西方不同文化的特征，体现了东西方价值观念上的差异。集体主义和个人主义的差异可以解释中西方在社会行为和思想观念上的一些区别。中西方女性主义文学批评的个体性与集体性差异体现在对个人价值的追求上，主要表现为强调实现女性个人价值，注重女性自我认识和自我发现。古希腊和古罗马的城邦文化，都特别强调个体的存在。而西方的文艺复兴时期更是一个张扬人性、个性解放的时代，个性解放成为时代特征。西方的私有制导致了个体独立的倾向。个体价值的追求已经在西方文化中具有悠久的历史，甚至已渗透到西方文化的本体之中，成为西方文化的重要部分。西方社会的价值体系以“个人主义”为基础，主张个人英雄主义，倡导个人利益神圣不受侵犯。这种个人价值的追求在现实中则体现为对个体自由和平等的追求。人们为争取个人的自由和平等，不惜付出任何代价。受个人主义的影响，西方女性主义者站在自我的立场上，自觉地对男权文化的压迫进行反思和反抗。当女性认识到自己与男性地位不平等时，她们发起了轰轰烈烈的妇女解放运动进行反抗，向男权世界争取与男性平等的权利。正如伍尔夫一样的女性主义者，把长久堆积起来的压抑与受到的不公平对待诉诸笔端，向男权制度发起挑战，为女性争取平等权益，这使西方的女性主义文学批评的个体性体现得淋漓尽致。

中国的传统文化是一种集体文化，强调集体的利益，个人利益应服从集体利益，而个人利益和个人价值长期以来都被忽视。家国思想和集体主义思想深深植入中国人的骨髓中，作为一种集体无意识被代代传承下来。在中国的传统文化下，每个人自从出生就被纳入家族伦理当中，个人身份消解在家庭和社会伦理关系中。这种以伦理关系为中心而不是以个体为本位的人生观根本不能让性别成为社会身份的中心。在这样的集体主义文化背景下，中国的女性主义文学批评呈现出与西方截然不同的集体性特征。尽管同样关注女性的生存状态与权益，但中国的女性主义批评更多的是在集体框架内探讨女性问题，强调女性作为群体在社会结构中的位置与角色，而非单纯聚焦于个体的自我实现与自由。

在中国女性主义文学批评中，对女性群体经验的书写与分析占据了重要地位。批评家们倾向于通过文学作品揭示女性在家庭、社会中所承受的集体压迫与不公，探讨这些压迫背后的文化根源和社会机制。这种分析往往与家国情怀紧密相连，将女性的命运视为国家、民族命运的一部分，反映出一种深沉的集体责任感和历史使命感。在这样的批评视角下，女性个体的经历与情感被看作集体经验的缩影，通过个体的故事映射出整个女性群体的生存状态与抗争历程。

此外，中国女性主义文学批评还注重在集体框架内探索女性身份的构建与认同。不同于西方女性主义强调的个体自我认识与自我发现，中国的女性主义批评更多的是在社会性别角色与家庭伦理关系的交织中探讨女性身份的复杂性。批评家们通过分析文学作品中的女性形象，揭示出传统性别角色对女性身份的限制与塑造，同时也在集体话语中寻找女性身份的重构与解放之路。这种探讨不仅关注个体女性的自我意识觉醒，更强调女性群体在集体行动中的力量与可能性。

值得注意的是，随着全球化进程的加速与中国社会的快速发展，中国女性主义文学批评也在不断地吸收与借鉴西方女性主义的理论与方法，试图在个体性与集体性之间找到新的平衡点。一些批评家开始关注女性个体的情感体验与心理需求，探讨个体自由与平等在女性解放运动中的意义与价值。然而，这种个体性的探索并未完全脱离集体主义的土壤，而是在集体框架内寻求个体与集体之间的和谐共生。

综上所述，中西方女性主义文学批评在个体性与集体性上的差异，不仅反映了东西方文化价值观的深刻差异，也体现了不同社会历史背景下女性问题的复杂性与多样性。在中国女性主义文学批评中，集体性特征依然显著，但同时也展现出向个体性探索的趋势，这种趋势为女性主义批评的多元化发展提供了新的可能与空间。

第七章

中国女性主义文学批评的本土建构

第一节　女性主义文学批评理论在中国立足的基础

中国女性主义文学批评的本土化发展过程促进了女性主义文学批评理论的纵深发展。在这个发展过程中，因为缺少真正意义上的妇女运动背景以及艺术形式的审美，女性主义文学批评理论一度形成了单一化的局面。长期以来，中国女性主义文学批评一直被认为深受西方女性主义理论的影响，是对西方女性主义的简单模仿，甚至照搬照套，因而在中国的文化语境中显得水土不服。西方女性主义文学批评理论在中国的译介、传播及本土化发展是一个受到国内学界关注的话题。和其他西方批评理论一样，女性主义批评也是西学东渐的结果，带有鲜明的理论流动痕迹。但是对中国妇女问题的阐释离不开中国的历史语境，而西方的女性主义理论与欧洲原发资本主义的历史、现代性规划相关，与中国的历史发展存在很大差异。

20世纪八九十年代的中国女性主义文学批评确实深受西方女性主义理论的影响，但这种影响并非只是一个简单的影响与接受的过程。中国女性主义文学批评的本土构建大致经历了三个阶段。

第一阶段是女性意识觉醒的20世纪80年代。中国女性文学思潮从20世纪80年代初中国的思想解放开始，女性主义文学批评获得了女性话语觉醒的语境。关于女性主义文学批评在中国本土语境下的发展问题，从1980年到1987年的时间里，虽然女性主义文学批评没有形成较大的规模，但作为一种批评范式，中国女性主义文学批评经历了从借鉴西方女性主义文学批评理论到构建中国女性主义文学批评理论，实际是一个文化过滤的过程，也就是中国的女性主义文学批评根据自身的文化积淀和文化传统，对女性主义文学理论或女性主义文学现象进行有意识的选择、借鉴及重组。1981年，《世界文学》杂志第4期上发表了朱虹的《美国女作家作品选·序》一文，这是中国新时期较早介绍美国具有女性主义特征的女性主义文学。张洁的《方舟》是新时期以来，女性作家第一次站在女性主义立场上进行的自觉书写，反映了女性意识的觉醒。一些女性主义文学批评家也开始运用女性主义视角，使女性文学批评转向女性主义文学批评，如孙绍先①以男权文化对女性的压迫为切入点，分析了中国女性文学发生、发展的历程，指出了男权文化对妇女解放的阻碍是造成女性文学困惑的主要原因。他认为，凡是反映女性对男权文化进行抗争的文学作品，无论作者是何性别，均应被认为是"女性主义文学"。中国本土的女性主义文学批评因为缺少与男性批评家的对话，才造成了对西方女性主义的认同和盲从。就女性主义文学批评来说，如何看待与男性批评家的"对话"以及如何认识"性别身份"，又如何处理西方女性主义与中国女性文学批评的关系，是促进中国女性主义文学批评发展的主要问题。与男性批评家的对话，能够为女性文学批评提供有益的帮助。这种观点打破了性别界限，开阔了女性主义文学对妇女解放问题进行探讨的视野，为女性主义文学批评理论的本土化构建开辟了更为宽广的理论天地。孟悦、戴锦华的《浮出历史地表》是国内第一部运用女性主义立场研究中国现代女性主义文学史的论著。作者借用了精神分析理论及结构主义、后结构主义理论对庐隐、冰心、丁玲、张爱玲等女性作家的作品进行了阐释。这个时期的女性主义批评，主要是以女性立场为出发点，批评文学研究中对女性作者的忽视，以及男性作家对女性形象的歪曲。此阶段真正用性别视角或者用女性主义的观点和方法来研究文学作品的学者还不多。

第二阶段是女性主义文学批评迈向成熟的20世纪90年代。80年代末期，中国的女性主义文学批评进入深化阶段。这一时期，国内的女性主义文学批评家不再局限于对西方女性主义理论的译介，而是积极主动地将女性主义文学批评理论运用到对中国新时期女性作家作品的批判和阐释上，进入批评实践的蓬勃发展时期。这一时期的批评主要从女性主义文学批评的性别视角和女性作品的重读策略出发，中国的女性主义文学批评开始被看作具有独特价值的学术研究对象。与此同时，女性主义文学批评的理论与方法为中国新时期的"女性写作"指明了创作方向，也开阔了中国新时期女性主义文学批评的视野。80年代中后期到90年代中后期的十年时间里，涌现了盛英、朱虹、张京媛、李小江、孟悦、戴锦华、刘思谦、康正果、陈惠芬等女性主义批评学者，开启了中国女性主义批评"自觉"模式。这些学者立足于女性主义立场，运用西方女性主义文学理论中的哲学、心理学、社会学、符号学、美学、结构学、叙事学、解构主义等多元批评方法，对新时期中国女性文学作

① 孙绍先．女性主义文学．沈阳：辽宁大学出版社，1986.

品进行深入解读。如盛英主编的《二十世纪中国女性文学史》[①]一书填补了新时期中国女性主义文学发展史的空白，从文学史的视角为20世纪中国女性文学创作的社会演变过程梳理出清晰的发展脉络，并对各时期女性文学的特征、风格、审美、地位和局限进行了理论阐释和客观评价。刘思谦的《“娜拉”言说：中国现代女作家心路纪程》被称为中国女性主义文学批评的开山之作。她以女性批评家独特的认识和细腻的感知来分析女性作家的创作心理，以翔实的文本细读来剖析女作家的创作历程。乔以钢的《中国女性的文学世界》[②]对古代、近现代及当代的女性文学进行了研究，理清了中国各历史阶段女性文学的发展脉络，并对女作家及其作品进行评价。刘慧英的《走出男权传统的樊篱：文学中男权意识的批判》对文学中的男权中心文化进行了猛烈的批判，将自己理解的女权思想和批评方式引入了文学批评实践之中。

第三阶段是21世纪以后，又有一大批女性主义文学批评家将女性主义原则和方法运用到女性主义文学批评中，一些专家学者对女性主义文学批评的经验及批评方法在中国本土语境中的发展问题进行探索。纵观21世纪以来的女性主义文学批评，其研究在批评实践、思维方式、价值取向及理论成果译介等各方面都形成了多元化的态势。作为21世纪中国女性文学批评的主流，女性主义文学批评随着女性主义文学创作的起伏进入了自我反思阶段。经过四十年的不断发展，女性主义文学批评已经融入了我国的学术领域，并形成了一股鲜明的学术思潮，成为文学批评和文学理论界的不可忽视的力量。比如，罗婷的《女性主义文学批评在西方与中国》[③]运用影响研究、接受美学及比较研究等理论方法，对中西女性主义思想和女性文学进行了比较。徐艳蕊的《当代中国女性主义文学批评二十年》对新时期以来中国的女性主义文学批评进行了较为详细的梳理与分析。该书按照“女性文学”“女性意识”“女性主体性”“女性写作”等关键词在中国本土语境中出现的先后与争议情况，论述了当代中国女性主义文学批评的发展历程，并对这些主题的历史内涵、实践方法及文化冲突等进行了分析。徐艳蕊提出，“女性意识”是当代中国女性主义文学批评的开端，于20世纪80年代中后期开始在当代文学批评中出现，并对我国当代女性文学的创作与研究产生了较大的影响，也为文学研究提供了一种新的批评方式和理论视角。她认为，这种体现了女性意识的、由女性作家创作的文学，便是“女性文学”。以戴锦华、李小江、张抗抗等为代表的学者，以女性主义视角及

---

① 盛英 . 二十世纪中国女性文学史 . 天津：天津人民出版社，1995.

② 乔以钢 . 中国女性的文学世界 . 武汉：湖北教育出版社，1993.

③ 罗婷 . 女性主义文学批评在西方与中国 . 北京：中国社会科学出版社，2004.

批评方法对女性主义文学进行了审视。比如，戴锦华[①]指出，女性主义经验批评方法有利于女性写作主体建立，并展开关于女性写作的文化讨论。女性写作不应只局限于私人写作，而应是一种多元化的写作，是女性主体突破男权秩序并努力实现女性解放的文化探寻。李小江[②]提到：女性写作如果只是写女人的那些小事、那些私事、那些身边的事，能成为典范？这是剥夺一个女作家对重大问题的话语权。张抗抗[③]曾说，女性主义对性别立场的强调太极端了，它总是强调女性意识，用女性主义的标尺去鉴别一切。中国的女性主义文学批评不仅要从性别批评入手，也要跨越性别，形成一个男女作家、批评家共存的跨性别的社会共同体。21世纪重要的女性主义文学批评著作，如陈顺馨的《中国当代文学的叙事与性别》认为，相当多的性别批评本身都是社会性别批评，是文学社会学的批评思路。其实，女性作家并不认同带有偏见的性别批评。如果所有的女性作家都将自己的创作限于批判男性中心的狭窄角落里，放弃与男性共同构建与创造世界的性别共同体，这实际上与反抗男性中心的目标相违背，这种边缘化的思想才是值得女性主义文学批评家反思的问题。

无论如何，新时期以来中国女性主义文学批评所取得的成就是可喜的。随着文学思潮的不断进步，女性自我主体意识和性别意识也得到进一步提升。女性主义文学批评的理论基础和理论意义在于：一是在对西方女性主义文学批评理论的译介中，对于女性主义文学批评的概念、内涵及特征等有了更深入的理解和研究，促进了中国女性主义文学批评理论的基础性建设，并奠定了中国女性主义文学批评的理论基础。二是从女性主义文学批评的角度来审视中国新时期女性主义文学，强调女性意识及女性立场，在摆脱男权统治的文学写作中开阔了女性文学的新视野，对中国女性主义文学批评发展起到了重要作用。三是以女性主义的方法观照与研究新时期女性作家的作品。中国的女性主义文学批评理论该如何面对新时期多元化的女性文学创作，建立起适合本土语境和新时期女性文学发展趋势的性别理论，是女性主义批评理论研究者必须面对的现实问题。无论是女性作家还是女性批评家，都要把女性问题摆在多维视角下去研究，包括女性与自然、社会、阶级、民族、国家等的关系问题。四是中国女性主义文学批评对新时期女性文学创作的发展具有重要的意义，它的理论构建促进了女性作家女性意识的体现，增强了女性文学创作的女性主义色彩。

新时期以来，女性主义文学创作与女性主义文学批评之间形成了相互促进的

---

① 戴锦华 . 涉渡之舟：新时期女性写作与女性文化 . 西安：陕西人民教育出版社，2002.

② 李小江 . 文学、艺术与性别 . 南京：江苏人民出版社，2002.

③ 张抗抗 . 你是先锋吗？张抗抗访谈录 . 上海：文汇出版社，2005.

局面，成为中国文学研究领域独具特色的一面，呈现出从单一的女性主义文学批评到多元化的批评走势，由文学层面向跨学科研究推进。新时期女性作家的文学创作促进了女性主义文学批评的发展与自我超越。中国女性主义文学批评理论的本土化构建是一种具体实践，把中国传统的社会历史批评与西方女性主义理论相融合，结合中国本土语境来分析女性主义文学作品，成为后继女性主义文学批评家的参考模式，在一定程度上推动了中国新时期女性主义文学创作的发展。

第二节　马克思主义理论的吸收

马克思主义自19世纪末传入中国，20世纪初期得到广泛传播。中国人民在摆脱严重的民族危机和国内封建专制统治的伟大历史进程中，马克思主义作为最重要的思想理论武器，在中国人民追求民族解放、社会进步及人民幸福的过程中起到了重要的指引作用。马克思主义的文艺观对我国的文学艺术事业也产生了深远的影响。

人的理性与欲望是一对矛盾主体，两者相互联系、相互制约，是无法分割的意识活动。这也成为马克思主义文学批评重新考虑的问题。在文学作品中，不难发现，对人的欲望的描述比比皆是。对人的欲望的分析不仅是心理学家的研究内容，也是作家和文学批评家关注的话题。在文学作品中，欲望和政治时常联系在一起，欲望中包含的性欲、对金钱及权力的欲望等都与政治相关。当然，在文学批评中，政治维度的目的不仅涉及文学作品是否有政治因素，还要考虑文学作品中的政治因素是否合理，能否促进社会发展和人类进步。中外文学领域的许多作家的作品都有强烈的政治倾向和政治目的，政治性成为文学创作的重要特征。中国新时期以来的文学创作，从问题文学到“伤痕文学”，再到反思文学的发展都有强烈的政治立场和思想。在文学批评中，政治维度虽然不是理解文学的唯一维度，却是最为重要的。马克思主义文学批评坚持政治维度，如果不承认政治维度，就不是真正的马克思主义文学批评。政治批评实践贯穿于中国马克思主义文学批评的始终。中国马克思主义文学批评的历史观也十分重视理论建构，其核心范畴是批评理论建设的基础。

马克思主义女性主义思想在《英国工人阶级现状》[①]中首次出现，标志着马克思主义女性主义思想正式形成的著作则是恩格斯的《家庭、私有制和国家的起源》，该著作为全世界的女权运动指引了方向。马克思主义女性主义者玛丽亚·米斯（Maria Mies）关注到西方发达国家与第三世界国家妇女利益的分歧。她指出，这种分歧只有在经济全球化的背景下才能解决。女权运动不应只在一定范围内争取享有与男性平等的权利，也要考虑超越家庭和国家的界限。[②]马克思主义女性主义文学批评理论从马克思主义文学批评理论中吸取精华，建立了与男性对立的女性的“她者”理论。马克思主义女性主义是以系统、批判的方法来揭露资本主义社会性别压迫的学说，是从马克思主义与女性主义的交叉中发展起来的。马克思主义和女性主义都重视社会的不平等现象。马克思主义侧重资本主义社会的阶级不平等现象，女性主义则侧重男权为中心的社会性别不平等现象。马克思主义女性主义从批判资本主义社会制度出发去寻找妇女解放的途径，这与当时的女性主义在批判立场、批判方式及批判视角上存在一定的差别，最终形成了左翼女性主义流派。马克思主义女性主义既体现了马克思主义与社会性别视域的交叉发展，也体现了女性主义内部各流派之间的交锋。马克思主义女性主义文学批评立足于女性主义的思维方式、文化信仰与批评方法，借鉴马克思主义女性主义的观点，在文学领域中探索女性受压迫的根本原因、女性自身生产与社会生产的关系以及实现女性解放的途径等现实问题。

20世纪80年代初，中国女性作家借用马克思主义理论关于妇女解放的话语言说，形成了女性的话语觉醒。在这种语境下，中国女性主义文学创作及批评获得了健康发展。女性主义学者李银河[③]从马克思主义与女性主义、女性主义与其他学科、跨文化的女性主义等方面对女性主义进行了拓展与阐释。马克思主义女性主义理论对文学中的性别歧视进行了批判，对男性中心论提出了质疑，为女性主义文学探寻性别不平等的根源提供了理论依据。马克思主义女性主义理论将女性的角色与地位纳入了更加宏大的社会结构中进行研究，内容包括了女性在社会生活中的各个方面。马克思主义女性主义对中国新时期的女性主义理论的本土化构建起到了重要的促进作用。中国的马克思主义女性主义理论以独特的视角开辟了新的具有特色的女性主义文学研究领域及方法，引导女性主义文学研究者重视女性在社会发展中的作

---

① 恩格斯．英国工人阶级现状．中共中央马克思恩格斯列宁斯大林著作编译局，编译．北京：人民出版社，1956.

② Mies, Maria. *Patriarchy and Accumulation on a World Scale: Women in the International Division of Labour*. London: Zed Books Ltd., 2014: 125.

③ 李银河．妇女：最漫长的革命：当代西方女权主义理论精选．北京：生活·读书·新知三联书店，1997.

用，从开始的遵循马克思主义理论的基本原则到走上自觉地批判继承和修正补充马克思主义女性主义文学理论体系的道路。

中国新时期的女性主义文学继承了马克思主义理论在性别平等领域的主张，具有鲜明的女性主义色彩和批判意识。马克思主义理论在注重生产力的发展的同时，也关心人的精神世界及人的物质生活，认为女性要在经济上、政治上与男性拥有平等的权利，在人格和精神上也要与男性一样独立。比如王安忆的《金灿灿的落叶》[①]、张洁的《方舟》、陆星儿的《啊，青鸟》、张辛欣的《在同一地平线上》、铁凝的《玫瑰门》、张抗抗的《北极光》等一大批作品反映了女性自立自强、开拓进取的精神。女性作家以社会性别视角为切入点，描写了女性在生活现实中所处的不平等境况。她们关注女性在爱情、婚姻、事业等方面的问题，反映了她们对女性存在意义和价值的理解与认识。中国新时期的女性作家以马克思主义女性主义理论为基础，在描写女性生活境遇时，不仅着眼于物质生活，而且关心女性的精神生活。她们从考察女性外部世界入手，剖析女性内在的心理问题，表现了女性价值的实现。张洁的《方舟》描绘了在男权为中心的文化控制下的中国女性的忧愁怨恨，从而鲜明地表现女性意识。张洁的开拓性和启蒙精神在于为女性小说中的自审意识指明了方向，这在新时期女性主义文学史上具有非常重要的意义。

中国新时期的一些女性主义文学批评家以外国文学及中国现当代文学为切入点，针对男权文学把女性作家拒于文学史之外的做法，对被历史忽略的女性文学传统进行挖掘与收集，在对男权文学提出指责的同时，对男权中心文化进行了严厉的批判。20世纪80年代末至90年代初出现了一批较有影响的论著，如李小江的《夏娃的探索：妇女研究论稿》[②]，孟悦、戴锦华的《浮出历史地表》，刘思谦的《“娜拉”言说：中国现代女作家心路纪程》，刘慧英的《走出男权传统的樊篱：文学中男权意识的批判》，等等。这些作品借鉴马克思主义理论与女性主义文学批评方法，以文学文本为对象，解构男性为中心的文学传统、批判男权文学，勾勒出女性文学发展的历史，构建女性文学的批评话语体系，拓宽了女性文学批评研究的维度及内涵。从90年代起至今，在中国的女性主义文学批评的研究成果中，也有一些马克思主义女性主义文学批评的专门论述，使中国读者能跨时空、多视角地把握马克思主义女性主义思想。如李小琳的《马克思主义女性主义批评的理论形成和逻辑延

① 王安忆 . 金灿灿的落叶 // 王安忆 . 墙基：王安忆短篇小说编年：1978 ～ 1981. 北京：人民文学出版社，2009：327-335.

② 李小江 . 夏娃的探索：妇女研究论稿 . 郑州：河南人民出版社，1988.

伸》[①]，秦美珠的《女性主义的马克思主义》[②]，李晓光的《马克思主义与社会性别研究》[③]，朱国芳的《经典马克思主义的女性主义思想及其影响》[④]，马睿的《作为文化生产的“性别”：当代西方马克思主义女性主义的文化批判》[⑤]，邱高、罗婷的《马克思主义女性主义理论与批评在中国的接受与影响》[⑥]，刘刚的《当前我国马克思主义女性主义问题研究述评》[⑦]等，从不同层面对马克思主义女性主义文学批评的理论根源、发展过程、批判范式等进行了总结、分析和研究。虽然这些研究对马克思主义女性主义理论及流派进行了介绍，但是对理论的深层次的探索还有待加强。

综上所述，中国的女性主义文学批评家将马克思主义与中国女性主义文学批评实践相结合，着手构建中国本土化的女性主义文学批评理论。在对马克思主义理论的学习与借鉴中，中国马克思主义文学批评坚持历史唯物主义观，给中国新时期的文学批评带来新的有价值的思想。在理论与实践中强化马克思主义文学批评的指导地位，才能更好地阐释和评价文学作品，推动女性主义文学批评的发展。

第三节　民族、国家与个人视角下的女性主义文学批评

中国女性主义文学批评的产生和发展带有民族、国家、个人的多重文化背景，这是由中国文化传统中的女性处境决定的，也是由中国特定的历史境况决定的。中国女性主义文学批评是具有中国特色的批评理论体系。

中国的民族国家意识是在反抗侵略的历史条件下形成的。“五四”时期的文学创作就体现了国家民族主义对文学领域的影响。这一时期的文学文本的创作和批评符合民族国家的意志。基于此，文学作品一方面是民族和国家的精神产物，另一方面也是引导民族国家意识形态的重要载体。在中国现代民族国家的形成过程中，民族、国家和个人成为文学的重要题材，影响着中国现代文学的形式和内容。文学创作可能受到特定的社会制度和社会规范的制约，在特定的历史时期可能只有特定的

① 李小琳．马克思主义女性主义批评的理论形成和逻辑延伸．妇女研究论丛，2000（5）：4-9.
② 秦美珠．女性主义的马克思主义．重庆：重庆出版社，2008.
③ 李晓光．马克思主义与社会性别研究．北京：知识产权出版社，2010.
④ 朱国芳．经典马克思主义的女性主义思想及其影响．马克思主义理论研究，2011（11）：19-22.
⑤ 马睿．作为文化生产的“性别”：当代西方马克思主义女性主义的文化批判．文艺理论研究，2014（2）：130-138.
⑥ 邱高，罗婷．马克思主义女性主义理论与批评在中国的接受与影响．中国文学研究，2018（4）：10-17.
⑦ 刘刚．当前我国马克思主义女性主义问题研究述评．山东女子学院学报，2019（11）：13-18.

内容能被表达。

五四运动前后是中国女性文学的萌芽阶段。随着反封建、反侵略的民族解放革命的到来，那个时期的很多女性作家关心国家民族命运，将女性命运与民族解放、社会发展联系起来，丰富了女性文学的精神内涵。萧红的《生死场》[①]是我国最早的以抗击日本侵略者为题材的小说之一。作者以强烈的爱国热情和女性作家独有的笔触，描写了东北人民对侵略者的愤怒与反抗，以及女性人物的苦难生活经历，表现了女性的觉醒。萧红的《生死场》震动了中国当时的文坛。鲁迅先生在为《生死场》作序时认为，这是北方人民"对于生的坚强、对于死的挣扎"的一幅图画。胡风先生在后记中指出，《生死场》描写了农民觉醒的最初阶段，是书写"真实的野生的奋起"。鲁迅先生和胡风先生为小说《生死场》定下了"民族精神"的方向，这也使《生死场》成为当时民族的精神象征，使《生死场》的价值意义被固定在民族国家文学的框架内。旅美女性学者刘禾的《文本、批评与民族国家文学：〈生死场〉的启示》在中国女性文学研究领域流传较广、影响力较大。刘禾认为，萧红在《生死场》中"拒绝对女性身体的升华和取代，这一拒绝使得小说在'民族主义'的表象下获得一种具有性别意义的立场"[②]，这也是民族主义与男权主义的同构性。她认为，萧红的小说开始就是在国家民族主义的标准下得到广泛认可的。"生死场"这一概念的直接的意义来源于作品前半部分中对女性和女性身体的大量叙写，"生"和"死"的含义被放置在生命的物质属性上，落实在具体的个体中，而不全是一般所认为的国家民族的集体中。"生"和"死"是可触的，在两性之间，萧红选择了女性的生死，作者以自身的性别体验，体会了女人生存的艰难。刘禾有着海外学术背景，其研究思路深受现代主义思潮影响，这使她在对萧红的《生死场》进行分析时，有得天独厚的优势。相比于男性批评家，她容易把握隐藏于小说中的女性人物的心理感受。因此，刘禾在现代主义文学批评话语中进行了理性思考，弥补了传统批评观点的不足。

沦陷区的另一位女性作家张爱玲，从女性视角审视女性与男性之间的差异。她的《金锁记》[③]和《倾城之恋》等作品表现了封建制度及传统思想禁锢下的女性的畸形婚姻和扭曲心理，体现了女性的自我反思意识。这些作品表现了妇女运动融入中华民族解放的革命事业的过程，以及女性主义意识与中国政治环境和社会环境的密切关系。女性主义倡导女性参与民族解放事业是出于救国和救己的双重目的。由于

① 萧红．生死场．上海：上海荣光书局，1935.

② 刘禾．文本、批评与民族国家文学：《生死场》的启示 // 唐小兵．再解读：大众文艺与意识形态．北京：北京大学出版社，2007：16.

③ 张爱玲．金锁记 // 张爱玲．张爱玲作品集．北京：作家出版社，2005：384-523.

民族解放是妇女解放的前提，民族解放为妇女解放提供了条件，妇女参加民族解放运动的行为也证明了其作用的不可或缺性。在中国的社会历史语境中，如何理解女性主义与民族主义之间的关系？戴锦华①认为女性主义与民族主义并不是二元对立的，但如果将女性主义和民族主义视为同样具有本质主义特征的宏大叙述，就掩饰了其中比其他整合性叙述更为多元的差异性因素。

从新中国成立初期到20世纪70年代末，女性的解放使她们对自身有了重新认识，她们挣脱了传统社会对女性的束缚，向以男权为中心的社会提出了挑战，并开始争取自己的权益，女性的地位得到大幅度提升。由于受社会历史条件的影响，女性解放被视为无产阶级解放的组成部分，女性文学创作缺少个性的表现，性别意识也被遮盖在时代建设的主题中，女性作品中的“女性意识”表现为一种缺失状态，因而女性作品出现了“男性化”或“无性化”的现象。与此同时，女权主义理论在西方却愈演愈烈，女权主义者在主张男女平等的同时，努力争取属于女性的权益，这与中国女性主义的观点是相同的。但是中国当时的社会历史因素导致人们普遍认为中国女性已获得解放，女性文学作品中出现的一些妇女问题和西方女性主义所探讨的问题没有引起中国文学理论界的重视。因此，这个时期中国的女性文学理论研究基本处于停滞状态，女性文学作品普遍缺乏性别意识和个性表达，只有少数女性文学作品带有女性情怀和人道主义色彩，流露出一些女性意识。比如，宗璞的《红豆》讲述了大学生江玫与恋人齐虹由于政治立场的不同而发生的爱情悲剧，展现了时代变化下的一代青年知识分子曲折的心路历程，小说充满了浓郁的人情味，呈现出唯美的风格。杨沫的《青春之歌》描写了主人公林道静作为革命知识分子的成长历程和爱情经历，表现了主人公的民族情感，小说塑造了一批有血有肉的青年知识分子形象，体现了那个时代的特征。茹志鹃的《百合花》以解放战争为背景，描写了文工团女战士到前线包扎所工作的故事，体现了战争年代主人公的崇高思想，歌颂了平凡而伟大的人性之美。《静静的产院》②中，茹志鹃摆脱了创作中“英雄”概念的束缚，描写了平凡女性的生活和思想，将人物描写置于日常工作中，展现了人物的矛盾心理，表现出时代潮流对人物性格的影响。作品从小事入手，体现了革命时代普通人的思想觉悟。《青春之歌》《红豆》《百合花》《静静的产院》这四部小说是“十七年”小说中不可多见的女性文学作品。女作家宗璞、杨沫、茹志鹃通过她们的作品创造出了具有政治性和现代性的女性形象，体现了女性形象的主体身份建构，女性不再是男性的从属，而是生命的主人。

---

① 戴锦华．沙漏之痕．济南：山东友谊出版社，2006.

② 茹志鹃．静静的产院．北京：中国青年出版社，1962.

革命文学中的女性形象一般都具有英雄主义色彩，与“女性能顶半边天”的观点相符合。这些女性形象具有坚毅果敢的革命意识，但是通过作品分析，可以看出这些女性形象缺少了女性本身所具有的女性特质，这些作品中对于革命精神的歌颂比对女性主义色彩的描写更加突出。从女性主义的视角分析革命女性形象是一个需要不断完善的研究领域。比如，张懿红的《“革命”：作为女性写作的〈青春之歌〉》①，云富、田祥斌的《林道静的颠覆之路——从女权主义视角对〈青春之歌〉的解读》②，张云的《革命叙事中的女性知识分子形象》③，王婧怡《〈红豆〉与〈青春之歌〉女主人公形象对比研究——以“革命加恋爱”道路为例》④等均是对文学中的革命女性进行研究的论述。还有一些学者也对革命文学中女性形象的启蒙意义进行了探讨，如茅盾⑤对《青春之歌》的评价表现了对林道静这一革命女性形象的赞赏。但是，革命女性形象的性别意识也是需要不断探寻的领域。我们要客观地审视在那个特殊的社会环境下爱情的复杂与矛盾。总的来说，这四部小说还是赞美和憧憬爱情的，也表现出“革命加爱情”的普遍话语，描述了爱情为革命让步的崇高思想，作者在文学创作中将个人意识融入主流意识的宏大历史语境和民族集体话语中。由于这种个人意识与集体意识的冲突，在集体主义至上的时代，集体主义意识成为爱情让位于革命的理由。从歌颂革命的时代背景中关注女性的爱情缺失，有利于对“革命加恋爱”的创作模式进行客观分析，进一步促进女性主义文学创作和批评。

到20世纪70年代末80年代初，中国改革开放逐渐深入，中国人的个体意识开始复苏，具有一定影响力的女性主义文学也引起了社会的关注。新时期以来的女性作家的女性写作在主流文学中占据重要的位置，其中的代表作构成了新时期女性书写的重要内容。因为女性与民族、国家及主流历史的认同是一种充满裂隙与矛盾的关系。如主流女性作家王安忆、铁凝、谌容笔下的个人与社会、女性与民族国家之间存在着认同与分裂交织在一起的张力，女性话语与民族国家叙事之间的关联更加复杂。而八九十年代女性主义文学批评最突出的是在文学中呈现女性话语权上的独

① 张懿红．“革命”：作为女性写作的《青春之歌》．甘肃联合大学学报，2005（1）：38-40.

② 云富，田祥斌．林道静的颠覆之路：从女权主义视角对《青春之歌》的解读．湖北开放大学学报，2008（4）：57-58.

③ 张云．革命叙事中的女性知识分子形象．西安：西北大学（硕士论文），2011.

④ 王婧怡．《红豆》与《青春之歌》女主人公形象对比研究：以“革命加恋爱”道路为例．北方文学（中旬刊），2019（2）：36-37.

⑤ 茅盾：怎样评价《青春之歌》？．（2021-06-02）[2023-05-23]. https://www.toutiao.com/article/6969017643793826307/.

立述说。王安忆的《雨，沙沙沙》[①]讲述了下乡女知青雯雯回城后保持对纯真情感的追求，反映了返城知青的美好生活愿望。小说开创了新时期中国女性主义文学思潮唯美的思想源头。铁凝的小说《没有纽扣的红衬衫》[②]反映了20世纪80年代初中国走向文明开放的艰难历程。谌容的《人到中年》描写了一个把青春献给卫生事业的中年知识分子，反映了向"四个现代化"进军过程中的社会问题，提出了新时期中国女性自我解放、重构生活方式等复杂的母题。小说概括了在社会主义新中国成长的一代知识分子的精神面貌，也敏锐地触及了富于时代意义的社会问题，具有现实意义。这三部作品呈现出一种现代性，显示出关爱生命、以人为本的人道主义情怀。

20世纪80年代中期到90年代末期，可以视为女性写作与女性主义批评的互动时期。两者的结合在某种程度上解构了男权中心话语对女性写作的约束，这不仅体现了女性作家对自身性别认同的建构和以女性的独特视角来关注社会的主体经验，也体现了中国新时期女性文学以一种新方法论来反映现实生活的书写。

20世纪90年代，林白、陈染、海男等女性作家因抒写女性个人的身体感受而受到了人们的关注。之后涌出了新一代女性作家，如卫慧、安妮宝贝、棉棉等以放纵个人身体感受、表现出女性自我体验的方式来获得女性话语。虽然"身体写作"刚开始时被王安忆、铁凝等女性作家运用，打破了中国传统的女性身体禁忌，但大篇幅描写性细节、细腻地表现女性的心理状态却是从陈染、林白等女性作家开始的，她们使读者通过她们的作品了解到女性世界的禁忌。卫慧、棉棉等女性作家将"身体写作"演变成了欲望与快感的代名词。她们这种幽闭空间内的身体书写方式，正如西苏在《美杜莎的笑声》中指出的那样，最终对书写的权力秩序产生了严重的破坏性。在中国的传统伦理本位文化向个体本位文化转向时，一些女性作家的"身体写作"迎合了商业文化的潮流。她们摒弃了群体性文化下的女性主义书写方式，将侧重点投放到个体独立和自由，冲破禁欲主义和传统的个性封闭，她们的个人经验为女性主义文学批评所关注。贺玉高、李秀萍在《身体写作与消费时代的文化症状学术讨论会综述》[③]中也提到有不少学者从女性主义视角来阐释"身体写作"，如孟繁华认为，中国的文学作品在表现男性和女性之间的关系时，男性一直充当主角，女性一般只是附属品。消费文化的发展使女性变成了主角。但是，这个主角地位的转变是对女性身体的争夺，是在市场消费的逻辑和中产阶级的意识形态支配

① 王安忆 . 雨，沙沙沙 // 王安忆 . 雨，沙沙沙 . 天津：百花文艺出版社，1981：20-33.

② 铁凝 . 没有纽扣的红衬衫 . 北京：中国青年出版社，1984.

③ 贺玉高，李秀萍 . 身体写作与消费时代的文化症状学术讨论会综述 . 文学评论，2004（4）：189-191.

下，女性身体被消费的结果。

中国新时期的女性主义文学批评是一个多元的审美话语范畴。根植于民族文化土壤以及文学资源的别样叙事，表达出很多女性与个人、女性与民族、女性与国家之间的故事，融入了女性作家对中国本土文化的独特感受和生活体验。正如肖丽华在《性别、民族与权力：后殖民女性主义文学批评中的“国/族”论》[①]中所说的，中国的女性主义要更关注女性的人格独立和自立自强的意识，塑造对国家、民族、社会有用的新时期女性形象，实现女性的解放、经济的独立、两性的平等，反对将女性当作商业时代的消费对象。

① 肖丽华．性别、民族与权力：后殖民女性主义文学批评中的“国/族”论．温州大学学报，2013（6）：30-36.

第八章

中国新时期女性主义文学批评的几种倾向

第一节　女性主义文学批评的独特性别视角

在中国女性主义批评的语境中，以女性视角为社会性别研究的切入点，以作者和读者的女性意识来观照女性文学作品具有的性别特征，揭示文本中的性别倾向，批判性别歧视，并对其产生的社会历史原因进行剖析和研究是当前中国女性主义文学批评的首要任务。受西方女性主义文学批评反抗性阅读的影响，中国女性主义文学批评家努力将性别视角贯穿于整个文学文本中，体现了批评实践中的革命性和反抗性。

女性主义文学批评从广义上说是一种“社会性别身份”的批评，它以社会性别身份为基础，在批评实践中尽力使女性从身份的边缘化走向中心位置，将被压抑的女性声音释放出来，并构建女性的话语体系。换言之，在女性主义批评的语境中，“性别意识”是其核心概念和特征。“性别意识”也就是“女性意识”，是女性在性别认同的基础上，把自己看作是具有独立人格的自然人的一种主体意识。在性别视角的影响下，中国新时期一些著名女性作家陆续创作了反映女性意识觉醒，表现女性独立人格的文学作品，如王安忆的《小城之恋》、蒋子丹的《等待黄昏》[①]、池莉的《一去永不回》[②]、铁凝的《玫瑰门》、迟子建的《树下》[③]等。

中国著名的文学理论家乐黛云在《中国女性意识的觉醒》[④]一文中将“女性意识”分为三个层面来论述：一是社会层面，“女性意识”是对社会阶级结构中女性

---

① 蒋子丹．等待黄昏 // 蒋子丹．蒋子丹自选集．北京：天地出版社，2018：262-291.

② 池莉．一去永不回 // 池莉．紫陌红尘．南京：江苏文艺出版社，1995：334-393.

③ 迟子建．树下．郑州：河南文艺出版社，2009.

④ 乐黛云．中国女性意识的觉醒．文学自由谈，1991（3）：45-49.

所受的压迫及其反抗压迫的觉醒；二是自然层面，“女性意识”是以女性的生理体验来进行自我研究；三是文化层面，“女性意识”是对女性精神文化的独特处境进行关注。乐黛云的解释突出了对女性争取平等权利的重视及对女性性别特征的强调。总之，将社会性别引入女性主义文学批评研究，使女性主义文学批评的关注对象更加广泛，新的带有文化意识的叙述使女性产生了一种新的自我意识。

对社会性别的分析和研究主要是比较男女两性在社会中的不同性别角色，认识不同的性别需求，并分析造成性别不平等的主要社会因素，从而为女性争取与男性平等的社会地位。在不同的社会历史阶段，发现性别角色象征意义的不同，理解它们如何起到维持社会秩序或促进社会变革，对于我们考量性别关系、在性别的社会构成中解释女性主义文学的内涵具有重要意义。从社会性别与自然性别的对立来分析，“性别”这一术语掩饰了女性主义文学批评实践存在的困境。男性和女性之间的性别差异来源于自然，并导致了社会文化秩序的产生。但是如果说社会性别是一个被规范的而不是自然的事物，在女性小说中对男性和女性传统意义上的性别特征赋予则应该是反映了特定的历史和文化，而并非天生的。李小江在《性沟》[①]中，从男女的生理性到社会性的差异入手，指出了文明社会对人的社会性比较重视，而对人的自然性和生理性却长期忽视。她认为妇女解放运动让妇女在肩负着生产义务、作为职业妇女的同时，又失去了历史的母性的庇护，因而在“男女平等”的表面现象下划开了一道“性沟”。

社会性别理论研究认为社会因素是造成性别差异的主要原因，也认识到不平等性别关系的消除是实现女性真正解放的主要途径。比如，张敬婕在《性别与传播：文化研究的理路与视野》[②]中指出在20世纪六七十年代，社会学研究中也提出了女性的性别歧视问题。在以往的研究过程中，无论是社会学理论还是实践都强调男权影响，这种现象加剧了性别不平等。在社会学理论转至性别问题的文学理论研究时，却发生了自相矛盾的现象。

女权主义者认为应该抛弃“男权模式”，并提出新的分析社会现实的方法。也有一些女性主义者倾向于用中立的术语来讨论性别问题。那些持这种观点的理论家，把男女性别不平等当作另一种产生冲突的社会分层进行研究。他们都在试图解释女性为什么受到歧视，及性别歧视是如何将她们置于社会分层中的被动地位的。中国女性主义文学批评积极参与对性别歧视的反抗，在这个过程中要求重新评估中国的文学史，发掘被埋没的女性作家的作品，批判男性中心文化的文学作

---

① 李小江．性沟．北京：生活·读书·新知三联书店，1989.

② 张敬婕．性别与传播：文化研究的理路与视野．北京：中国传媒大学出版社，2009.

品，这体现了女性主义文学批评所强调的性别视角在当代中国文学批评中特有的意义。此外，女性主义文学批评对中国文学的修正也促进了人们对女性传统的再认识。

女性文学写作所表现出来的性别视角，在新时期的社会历史语境中给予“性别意识”以新的内涵。女性主义文学作品的大量文本说明了“性别意识”不再试图建构有别于男性的单纯的女性空间，而是在性别话语与民族、国家、集体及个人等多种话语相互渗透的语境中表达现实。从这个意义上讲，“性别意识”不仅作为一种叙事立场，而且成为话语场出现在女性主义文学作品中，女性写作也因此有了更加丰富的内涵及外延。当代女性主义文学批评对传统意义上的女性和女性特征进行了再思考，认为女性主义批评不应局限于研究女性或文学作品中的女性，而是应该针对整个社会性别问题进行研究。在中国新时期重要的女性主义文学批评著作中，如陈顺馨的《中国当代文学的叙事与性别》、林丹娅的《当代中国女性文学史论》[①]及刘慧英的《走出男权传统的樊篱：文学中男权意识的批判》等都围绕性别批评进行了社会性别分析，但这些文学批评本身还是文学社会学的思路。刘思谦在《性别研究：理论背景与文学文化阐释》[②]中分析了“母系制”“父权制”“社会性别”“女性文学”等性别研究的基本概念。通过对这些概念的内涵和外延的思考与界定，厘清这些概念所包含的意义对于性别批评来说是非常重要的。显然，对“社会性别”概念应予以重视。在女性主义文学批评中，性别问题不能脱离社会语境。性别问题具有自然属性，也具有社会属性，而且具有复杂性和建构性。在中国女性主义批评的语境中，“性别意识”是女性在得到性别认同的基础上，将自己看作具备独立人格的自然人的主体意识。但是女性作家力求实现女性与男性的平等，这使她们陷入性别悖论之中。

从传统的女性文学创作实践来分析，在性别二元对立的思维模式下，许多女性作家在创作过程中受不平等的社会性别规范的影响，使她们的创作行为“男性化”，并显现出男性文化的印记。新中国成立以后，中国妇女的社会地位得到了很大的提高。但在“妇女能顶半边天”“男女都一样”的语境里，似乎以妇女的名义解构了“妇女”的特性，这种话语忽视了女性的生理和心理的特殊性，“拟男”的现象不断滋长。这一时期的女性主义文学的性别视角是传统文学所没有的。在女性主义没出现前，传统文学完全受男权话语控制，由于男权话语对“性别”这一概念的忽略，中国文学在很长时间里都是男性文学，女性作者一直被社会所忽视，女性主义文学

① 林丹娅.当代中国女性文学史论.厦门：厦门大学出版社，2003.

② 刘思谦.性别研究：理论背景与文学文化阐释.天津：南开大学出版社，2010.

批评家一直希望通过建构女性主义文学来重构文学史。“女性主义文学批评理论”将“性别”植入权力，从本质上挑战了性别差异对女性理智思考的影响。通过合理地建构女性主义文学批评理论，终止男权制的一元独白，这也是女性主义文学批评的主要目标。这些女性主义文学批评家在写作之前，不仅意识到女性性别的存在，同时也意识到“性别”视角对作品的审读会产生不同的影响。

女性主义文学批评家对女性性别身份的体认也在许多女性主义文学批评的论著中出现。比如，李小江在《夏娃的探索：妇女研究论稿》中就提出，女人要想真正做人，就要在人的含义中正视自己的性别身份。王宇①指出了20世纪八九十年代女性写作呈现出女性主体性的性别文化身份构建。她还认为，在讨论这个问题时，女性主义者经常侧重批判男权意识，而忽略了对女性自我性别身份主体性的构建与寻找女性新的性别文化身份的问题。正像西方女性主义批评家肖瓦尔特在《她们自己的文学：从勃朗特到莱辛的英国女性小说家》中提到的，女性文学要树立起属于女性自己的旗帜，而没有必要去争夺男人头上从未属于过她们的领地。因此，女性主义文学批评必须找到女性自己的理论体系和话语声音。新世纪以来，中国女性学者也正按照这个方向来进行批评和创作。女性作家以独特的性别视角、文本表现、叙事内容来反映女性个人的情感和人生体验。而女性主义文学批评家对女性主体性的关注和理解还体现在理性层面上，她们用理性的批判来代替女性写作中的个性化情绪。这不是单一的女性研究，而是设法构建自然与人类的一种平等伦理关系。从理性反思中走向对“自我”与“他者”二元对立的超越书写。

与此同时，女性主义批评的热点也逐渐由“女性特征”向“性别特征”转变，并试图建立一种超越男女二元对立的性别视角。所以，要求以社会性别为准则，建立男女两性不同的权利标准，并从有利于男女双方权利的实现角度出发，根据男女两性的不同特征设计出最有利的制度，是女性主义者思想上的一次飞跃。比如王宇认为，20世纪后期具有代表性的叙事文本既涉及女性文本，也涉及男性文本。虽然她的切入点是女性主义视角，但是却聚焦于宏观的文化研究，这反映了新世纪女性文学研究超越性别的表现形式。这个阶段的性别批评试图摆脱男女二元对立的文学批评模式，呈现出复合式的批评视角，拓宽了女性文学的身份边界和叙述边界，体现了多元复合和多向延伸的特征。新世纪的女性学者在构建属于自己的文学世界时虽然隐现了女性意识和女性立场，但她们的思考内容和领域却超越了性别范畴，体现出人类的共性。女性主义批评方法应消除性别之分，与其他批评模式兼容，走向多元化发展。

① 王宇．女性主义写作：寻求身份的意义与困惑．宁德师专学报（哲学社会科学版），2000（4）：49-51.

中国的女性主义文学批评具有单纯性、感受性及经验性等特点。从某种意义上说，这是女性主义文学批评向人的生命本体回归的一种表现，也有助于确立女性主义文学批评在中国当代文学批评中的地位。但是作为女性主义文学批评家，如果只是强调性别的二元对立和对女性的性别歧视，这只能成为一种激化性别矛盾的方式，不利于性别平等的实现。这既确认了中国当代女性主义文学批评作为一种权力话语的合理性，又体现了它作为性别话语的局限性。其实，对女性被歧视、被压迫现象的控诉并不能改变性别不平等的状况，女性地位的提高和女性身份的构建应来自积极的建设性行为。女性主义文学批评应以一种建设性的方式对文学作品加以评判。女性地位的提高和女性性别身份的构建，应来自健康的批评心态和积极的建设行为。女性主义文学批评应通过揭示女性作品中的自我认同和自我观照，来重塑自己。女性主义文学批评家应当不断进行反思，而不是进行激烈的反击。因为男性学者的参与也是对女性主义文学批评发展的有益补充。因此，建构女性的自我主体意识还有很长的路要走。但是我们相信女性会觉醒，摆脱男权统治，建立女性自己的话语权，实现与男性和谐共处。

第二节　从“政治诉求”到“多元化包容”

西方女性主义在争取妇女解放的过程中掀起了三次高潮。20世纪初，是第一次女权运动的高潮。女权主义者建立了妇女组织，通过出版、集会、请愿、召开妇女大会等形式来争取男女平等，在政治、经济、教育、婚姻等方面诉诸男女平权。第二次女权运动始于20世纪60年代末，这次女权运动与民权运动、反主流文化运动、反战运动等相互呼应，其目的是消除两性差别。20世纪80年代末期，西方政坛掀起对女权主义潮流的抵抗和反击，因为保守力量的强大，第二次女权主义浪潮跌入低谷。20世纪90年代，美国女权运动领袖葛罗莉亚·斯坦能（Gloria Steinem）出版了第三部著作《内在革命：一本关于自尊的书》[①]，该书被视为女权运动进入“第三次浪潮”的重要标志。女权运动的每一次高潮都使西方女性主义正义观的内容进一步演化，从追求平等的公民资格的政治诉求到号召推翻男权中心的文化霸权，再到以实现女性文化价值为目的的反性别歧视。从马克思主义唯物论出发，支持生产方式的变革，反对剥削，最终达到兼容并蓄，构建一种“多元化包容”的理论观念。

① 斯坦能．内在革命：一本关于自尊的书．罗勒，译．呼和浩特：内蒙古人民出版社，1998.

同时，西方的女性主义受多元文化的影响，认为社会应当接受来自不同民族、不同地域和不同群体的文化，特别是女性少数族裔群体的文化。社会应当保护她们的权益和诉求，让她们能够在该文化中享有政治和经济权利。女性主义倡导社会普遍平等，也主张少数族裔的女性在主流社会的语境下实现权利平等。但是如果她们不能获得性别的平等，那么女性主义是否还能接受和包容多元文化？多元文化对女性的尊重与女性主义追求平等应该是一致的。在多元文化视角下，少数族裔的文化需要面对主流文化的压力。应不仅仅给予少数族裔个人权利，还应赋予少数族裔一些群体性权利，要保障少数族裔对于自身文化的认同。多元文化视角下，应寻求不同文化之间的平等，不能因为少数族裔属于非主流文化，就对他们在政治、经济上实行不平等对待。因此，在多元文化视角下，女性的诉求不仅主张少数族裔文化在多元社会中应该被平等对待（包括承认少数族裔的语言文化、宗教信仰以及社会教育，承认少数族裔曾在历史上受到不平等对待等），还应给予少数族裔的女性平等的政治经济保障和话语权。女性主义的倡导者也可以是多元文化主义的支持者。女性主义者不仅要保持敏锐的思想，判别不同文化下存在的性别不正义观，同时也要包容不同个体和不同群体对美好生活的追求。两者并不矛盾，也没有根本性冲突。

女性主义文学批评的多元化融入为女性主义者对性别不正义的干预带来了希望，也提出了问题。女性主义者的这种干预顾及少数族裔和非主流群体的女性的生存，这些女性因其不同的生活环境而产生对女性主义的不同认识。干预者和被帮助者可能拥有完全相反的价值观念，如何做到调和两者的认识差异也是一个重要的问题。女性的身份也具有多元化特征，包括土著女性、有色人种女性、残疾女性、女同性恋者、老年女性等，女性主义文学的多元化融入某种意义上兼顾了多元化及边缘化的女性群体。坚持女性主义的多元化是表达女性主义特质所必要的。女性主义的多元化注重社会对女性角色的影响，旨在探究在这一影响过程中的权力关系、呼吁废除统治与被统治的关系及消除社会性别不平等的现象，并倡导深层的结构性社会变革，实现性别正义。

新中国成立后，“五四”时期的女性主义思想表达和政治诉求不复存在。当时的女性主义将女性的命运纳入阶级斗争下的妇女解放运动中，女性主义是女性为争取平等地位而进行斗争的一种表达方式。

女性文学在这个时期应运而生。这一时期的女性文学主要揭示了妇女受压迫的悲惨处境。在中国共产党领导下的中国革命使广大劳动妇女翻身获解放。20世纪40年代中期贺敬之、丁毅的歌剧《白毛女》[①]，60年代的电影《烈火中永生》和

① 贺敬之，丁毅．白毛女．哈尔滨：东北文艺出版社，1946.

《革命家庭》等，较深刻地反映了这一时期的妇女解放。而另一种有关女性命运的描述则是对新社会中全新的女性形象的挖掘，主要体现了男女平等和女性的“半边天”地位等内涵。新中国的成立使妇女解放问题作为一种历史被叙述。妇女解放是社会解放以及政治革命的一个重要组成部分，受压迫的妇女成为对封建社会的旧制度进行控诉的有力证人。在新社会中，妇女不再受压迫，男女实现了平等。在这一逻辑下，20世纪50年代至70年代的女性文学作品对新中国成立后妇女所处的环境的描述脱离了“五四”时期与“男权文化抗争”的叙述方式，以全新的话语体系进行书写，展现新社会中妇女全新的当家做主的精神面貌。如小说《小二黑结婚》是赵树理的代表作品之一，小说围绕小二黑和小芹的爱情展开叙事。他们的爱情遭到封建包办婚姻制度的阻挠，因为革命的到来，才有了一个完满的结局。女主人公小芹的先进、勇敢、追求自主恋爱的精神，体现了农村的新女性形象。但是小芹这种追求只是表现出一种革命形态的话语模式，缺少性别形态的话语，女性形象也不具女性意识，无论是作者还是小说中人物都误入了传统男权意识的局限。

自20世纪80年代以来，女性主义的发展受到了一定的阻碍，女性主义者的理论主张也并没有完全被社会所接受，女性的主要问题如离异、离异后的单亲、就业歧视等现象并没有减少，这些现象引起了女性主义者的反思。他们对正义理论的本质主义、中心主义方法进行批判性解构。同时，女性主义借助后现代主义思想，发展多元理论主张，以期从多角度的复合层面来实现女性正义的现实事业。这可以称为女性主义的第三次思潮。在女性主义运动第三次思潮的影响下，中国新时期的女性主义文学开始全面复苏，最具代表性的作家是王安忆，她在80年代的作品突出两个层面的意义：首先是突出女性个人成长体验的叙事方式；其次是强调女性主义意识的表现。前者以“雯雯系列”小说为代表，比如小说《69届初中生》，后者体现在《岗上的世纪》等作品中。“雯雯系列”小说叙述成长中的女性的故事，女性的个人成长体验被逐渐展开，体现了一种沉静之美。作品脱离了与政治、历史相关的宏大叙事，展现出具有个人风格的女性作品的特点。而王安忆的《岗上的世纪》等作品则体现了她对女性命运的关注及对人性的透视，并对性与人生进行了探讨，将中国新时期女性文学引向新的高度。王安忆的作品题材广泛，创作风格多元化。但她一直关注女性的成长及蜕变，塑造出了一个个具有鲜明特征的女性形象，对她们的生存及成长的历程进行了描述。

另一位具有代表性的女性作家是张洁，她创作的小说《方舟》运用现实主义的手法，表现了现代的知识女性在人生追求上的焦虑和悲凉。她的其他作品如《爱，是不能忘记的》《沉重的翅膀》等都曾引起争论。女性作家张辛欣的小说同样揭示了改革开放时期女性价值观的变化及她们在实现自身价值过程中遭遇的两性冲突。

从20世纪70年代末到90年代的中国女性主义文学的多元化发展呈现出新旧杂糅的状态。70年代末期出现了“伤痕文学”。“伤痕文学”为女性主义文学提供了创作经验，为女性说出她们的个人体验提供了前提。人们思想的解放为女性主义文学创作提供了广阔的天地，并使女性主义文学不只局限于改革开放的时代背景，因为女性解放是发生在女性主义文学场域的内容，不是社会学场域的内容。女性主义文学不仅承担了解放女性思想的任务，也承担了解放女性想象力的任务。从“政治诉求”层面来看，女性追求与男性同等的地位和权利，最基本的就是生命权、财产权、婚姻自主权，以及同等的政治权利，并积极提倡与男性同工同酬、有同等的工作机会和受教育的机会。历史上的思想解放运动往往受文学作品的启蒙，人的思想解放必须是想象力的解放，而女性文学的本质特征就是使人的想象力从政治的桎梏中解放出来，这也是这个时期女性解放思潮的背景。80年代初，中国的女性文学思潮开始盛行，解放思想、实事求是等马克思主义理论与妇女解放理论相结合，反映了社会主义制度的优越性。80年代初的中国女性作家利用马克思主义理论来充实和发展女性主义话语，在这种语境下，女性主义文学思潮在中国得到快速发展。接下来，也就有了像张洁《方舟》中的女性追求女性的独立和价值的言说，它超出了马克思主义妇女解放的范畴，属于自由女性主义，小说叙述冲击了男女平等的神话，涉及真正的性别对立。中国80年代初已实行改革开放，为女性主义文学创作提供了多层结构性话语空间，一元话语形态已不复存在。这些都为女性文学的自由发展创造了广阔前景。

20世纪90年代的中国女性主义文学进入了繁盛时期，女性主义文学向纵深推进。这一时期，中国的女性主义文学受西方女性主义理论的影响较深。以陈染、林白、徐小斌、卫慧、棉棉等为代表的新女性作家的涌现，成为那个时期中国文学创作中让人注目的潮流。1995年之后，我国女性文学思潮进入了成熟期。女性主义文学思潮逐渐向女性文化运动转型，同时中国女性主义文学与世界女性主义文学进行了接轨。1995年在北京召开的“世界妇女大会”将我国女性文学思潮从文学领域推向社会领域。女性主义文学作品使读者更加了解和接受女性主义思想，中国的女性文学思潮逐渐转化为女性文化思潮。

中国女性主义批评虽然受西方女性主义文学批评的影响，却没有单一地沿着西方女性主义的发展道路前进，其发展也呈现出多维度、多视角和多元化的特征。进入新时期以来，中国的女性主义文学批评的理论建设与批评实践逐步成熟。女性主义文学批评为女性写作进行卓有成效的理论探索，形成了具有自身特色的中国女性主义文学批评理论体系。比如，刘思谦的《“娜拉”言说：中国现代女作家心路纪程》在借鉴西方女性主义理论的同时，以中国传统的社会历史语境的批评模式来分析女性文学作品，并以女性文学批评家独特的理性认识和女性作家细腻的个性、感知，展现女性作家细微的创作心理，并以深入的文本细读揭示现代女性作家创作的心路历程。中国女性文学批评领域的开拓者盛英主编的《二十世纪中国女性文学史》是国内第一部真正意义上的现代女性文学史。该书以“女性意识”为统领，回到历史现场，追寻现代以来诸多女性作家的创作轨迹，对中国女性文学史研究起到了奠基作用。该书借鉴了西方女性主义根据女性意识的发展对女性文学史进行梳理的方法，以“女性意识”为方向，研究中国女性文学的发展与现状，并对现代女性作家的创作轨迹进行追寻，反映了中国近百年来女性文学的发展变化，表现了不同阶段、不同类别、不同个体的中国女性文学风貌，推动了中国女性文学史的研究。该书是中国比较全面、系统地梳理20世纪女性文学史的著作。中国的女性研究从20世纪90年代初开始，就把“女性自我意识”“女性群体意识”“女性主体意识”和“社会性别意识”等作为女性主义研究的重点。女性主义批评的形成和发展历程也说明明确的性别意识是女性主义文学批评的理论基础，其关注点表现在“女性意识”以及与之相关的女性生存现状，研究对象包括女性形象、女性经验、女性创作和女性阅读等。戴锦华的《涉渡之舟：新时期女性写作与女性文化》也是一部对中国新时期女性写作与女性文化进行研究的专著。戴锦华用女性主义的观点对新时期代表性女性作家的作品进行了分析，揭示了女性作家在文学作品中体现的时隐时现的女性视点与立场，提出了超越性别的写作追求。徐坤在她的专著《双调夜行船：九十年代的女性写作》[①]中也指出了女性写作已成为20世纪90年代的中国当代文学创作中的重要内容。通过对女性文学作品的文本分析，徐坤揭示了女性写作的背景渊源，并梳理出女性写作在20世纪90年代的走向和特征。她们的论著阐述了女性写作并非只局限于私人写作，而是一种多元化写作，是女性主体冲破男权中心，并沿着女性解放的文化之旅前行的体现。因为有压迫才有了反抗，女性意识到了压迫的存在，才有了进一步的抗争，这种女性写作有利于女性社会地位的提高，并对当代文学的全面发展起到了促进作用。

经过四十余年的女性主义文学批评实践，中国女性主义文学批评逐渐形成了以建构性批评为主、侧重社会历史批评并借鉴西方女性主义理论的多种批评方法，呈现出不同于西方女性主义文学批评的模式和特色。女性主义文学批评与女性文学创

① 徐坤．双调夜行船：九十年代的女性写作．太原：山西教育出版社，1999.

作相辅相成，形成互动关系，这意味着女性主义文学批评的理论建设与文学创作实践不能互相脱离而独立进行。女性文学创作模式的变化使女性主义文学批评理论也随之调整；而女性文学创作在处理性别问题时的方法也为女性主义文学批评理论的构建提供了某种方向性的引导。因此，对女性文学批评和女性文学创作在互动过程中的矛盾与分歧的适当调适，有利于女性主义文学批评理论的健康发展。

遵循着女性主义的发展轨迹，特别是具有代表性的女性作家创作的历程，我们可以大致描述女性主义文学的发展足迹，即从性别对峙走向多元化书写。王艳芳在《从性别对抗到多元化书写——论新世纪女性写作的新走向》①一文中指出新世纪的女性写作已经从20世纪末自恋的低迷状态走出来。一方面延续了20世纪90年代女性文学历史构建的努力；另一方面在某种程度上缓解了之前的性别对抗。对新的民间女性形象的塑造，新的男性形象的在场与重塑，以及对新的性别关系的思考和构建都证明了女性写作多元化时代的到来。总之，保持多元化理论的女性主义文学特质是非常必要的。多元化理论注重社会因素对女性角色和女性经验的影响，主要是为了说明在这一过程中的女性政治诉求，提倡消除社会不平等，实现结构性变革。需要强调的是，一些中国的女性主义者在思考社会性别关系时的二元对立的思维方式，使她们习惯于运用这种理论观点来剪裁历史文化和现实生活，导致一些认识论上的混淆。有的女性主义者直接把矛头对准男权社会，他们站在女性的立场上，反对男性中心论，提倡女性中心论。他们没有考虑造成女性问题的个人因素及性别因素，将问题推向男权文化。这就显示出这些女性主义者的严重的自恋情结以及中国女性主义立足于女性的单性文化而不是双性文化的理论缺陷。

中国的女性主义文学批评作为一种批评理论或者女性话语实践是随着新时期女性的思想解放潮流进入中国学界的。中国的女性主义文学批评研究的核心和关注点是“女性意识”“女性生存”“女性命运”。女性主义文学批评家对女性文学作品进行研究时，其关注的主要内容是女性的性别话语与民族、国家、个人、历史等多重话语的相互渗透、相互作用。当“女性话语”与民族、国家等概念相结合、与中国新时期文化转型相联系时，性别立场才成为分析女性文学作品的方向，同时也成为中国女性主义文学的一种讨论方法。如果没有女性的参与，民族国家的建设是不可进行的。因此，中国女性主义文学批评应以更开阔的理论视角构建多元化的理论。

① 王艳芳．从性别对抗到多元化书写：论新世纪女性写作的新走向．中国当代文学研究会第十四届学术年会论文集，2006（11）：62-67.

第三节　女性主义文学批评与女性书写的互动

一、女性书写理论的缘由和目的

女性书写理论起源于20世纪六七十年代女性主义运动的第二次浪潮，其理论指向为女性在文学创作中的独特书写方式提供了实践性指导。女性书写理论的开创者法国著名女性主义作家和文学批评家埃莱娜·西苏倡导解构“二元对立”的理性逻辑，号召女性进行“身体书写”。所谓“身体书写”就是以女性的欲望及身体感觉作为写作对象。这些感觉在男性中心的社会里被压制，正如西苏所指出的，迄今为止，写作一直广泛地被某种政治经济文化所影响，这也是对女性的压制从未停止的原因。这是针对女性的失语状态而说的，因为女性的写作是与自己的身体分开的，也是与自己的欲望分开的，所以女性应将自己的身体视为话语之源。肖瓦尔特曾谈到西苏、克里斯蒂娃和伊利格瑞是“女性书写”的开拓者和实践者。西苏的《美杜莎的笑声》讨论了“女性书写”的内涵。她把“女性书写”同女性身体联系起来，对身体写作做了恢复性的介绍。她认为女性作家应该通过自己的身体感受来进行“身体书写”。西苏主张女性从母亲的身上获取创作灵感，在创作类型上，她提倡用诗歌来进行女性书写，因为诗歌可以通过人的潜意识来获取力量，而潜意识正是受压迫的女性可以依赖的空间。法国女性主义批评家朱丽娅·克里斯蒂娃从她的中国之行后也开始关注女性自身的经验问题，她更加关注女性怀孕和分娩，还有母性问题及身体与社会性的关系。她的《中国妇女》[①]标志着她开始注重对女性主义、心理分析和解构主义的研究，并从文学、艺术、文化及历史等方面探索女性的欲望、婚恋爱情及女性的边缘化和对男权的颠覆等问题。她探讨了西方女性的忧郁、焦虑和恐惧等心理状态以及心理治愈的途径，并利用十几年的时间创作了许多关于潜意识、性爱和女性主义的作品。法国哲学家伊利格瑞对女性身体的描述也为“身体书写”提供了范例。像西苏和克里斯蒂娃一样，伊利格瑞主张女性应摆脱男性主义施加在女性身体上的禁忌，在传统的女性角色之外寻找女性存在的价值。女性的“解放”要求改革文化以及其运作机制——语言。伊利格瑞没有把女性当作“他者”来对待，她认为“主体”与“他者”都是用来阐释菲勒斯中心主义的。在男性中心主义的语言中，女性是不被关注的性别，是语言的缺位。这限制了对男女

① 克里斯蒂娃．中国妇女．赵靓，译．上海：同济大学出版社，2010.

性别差异和身体快感的理解。伊利格瑞试图描述女性无法言明的快感，一种实际存在但却无法被菲勒斯中心主义的语言所言说的快感。与西苏一样，伊利格瑞也把关注点放在女性的身体上。她认为男性的快感来自视觉，女性的快感则来自触觉。她倡导女性的言说方式，认为女性首先要成为语言表达的主体，然后才能实现欲望和需求的满足。

如果说西苏用“女性书写”回应了伍尔夫曾提出的如何用女性生活经验来进行书写的困惑，克里斯蒂娃的语言因其同母性的联系更准确地体现了女性书写的特点，伊利格瑞的“女性书写”理论则更加凸显了女性作者的主体地位。三位理论家以不同的方式展现了“女性书写”的方法和原则。西苏和伊利格瑞的作品及显现的诗化语言风格彰显了“女性书写”的典范。据克里斯蒂娃的博士论文改写的《诗性语言的革命》[①]的出版，确定了她在符号学领域的地位，也体现了她对“女性书写”做出的贡献。在西苏看来，“女性书写”并不等同于由女性进行的写作，女性作家创作的作品并不一定具有女性的特征，男性作家创作的作品也并不一定没有女性特征。所以，作品的性别特征与作者的性别之间并没有必然的联系。而肖瓦尔特主张的“女性书写”的论述都凸显了女性主义的政治立场，并假定作者的女性身份。她倡导的“女性书写”就是女性的写作和女性主义的写作的结合，即由女性作者所创作的，并表现女性主义思想或描述女性特有经验的作品。她不仅限制了作者的性别，也强调了作品的意识形态。

西苏的“女性书写”理论被译介到中国以后，经历了概念的翻译、理论的介绍，再到写作实践的过程。由于社会文化语境和民族传统的差异，“女性书写”理论被引入中国之后，其内涵产生了错位现象。“女性书写”一词出现过以下几种翻译方法：一是“女性写作”，这一翻译方法最早见于韩敏中翻译的肖瓦尔特的《荒原中的女权主义批评》和由林建法、赵拓翻译的莫依的《性与文本的政治：女权主义文学理论》，其中林建法曾把这一术语翻译为“女性作品”。二是“妇女写作”，这一翻译方法最早见于黄晓红翻译的西苏《美杜莎的笑声》。《美杜莎的笑声》是西苏“女性书写”理论的代表作品，在国内学界获得了广泛关注。中国一些女作家也是从这篇文章中熟悉了“身体书写”的概念。译法中的“妇女”具有中国特色，中国读者对这一译法比较认同，但也会产生全世界女性和新中国成立前的女性的历史命运一样的错觉，因此读者关注点也会从写作形式和作品风格转移到作者的性别身份和政治倾向上来。三是“阴性书写”，这一翻译方法出于1999年宋素凤的《法国

① 克里斯蒂娃．诗性语言的革命．张颖，王小姣，译．成都：四川大学出版社，2016.

女性主义对书写理论的探讨》[①]。一些女性文学研究者认为西苏本人比较重视文学创作的“差异性”和“流动性”，这也在一定意义上与中国古代哲学中的阴阳相生的思想一致。所以，“阴性”更合理地传达了西苏的理念。虽然这种译法忠实地表达出西苏的女性理论主要是阐明作品的特质，而并不是作者的自然性别，但“阴性”这个词也有“阴柔”的含义，这与女性利用写作争取政治权利和文化变革的目的以及女性的主体身份认同相抵触，所以这种译法也存在一定的局限性。四是“女性书写”。这一译法中的“书写”来自20世纪90年代中国学者对以法国哲学家德里达为代表的后结构主义理论家的书写理论的汉译，似乎是从“对于女性的书写”简化而来，在同时期国内学界对“五四”之后的女性作家对女性经验的书写所做的研究中十分常见。目前，国内女性文学研究领域较多使用“女性写作”和“女性书写”两种译法。同原来的概念相比，这两种译法确定了书写者的自然性别，也表现出了作者的性别身份。

20世纪80年代，西方女性主义文学批评和性别理论被译介到中国之后，“女性书写”和女性文学研究开始引起中国学术界的关注。同时期译介的许多西方女性主义理论也适应了中国女性意识的觉醒，促进了中国女性主义理论和实践的发展。在中国，“女性书写”的译介发生了意义上的转变，这种转变促进了女性通过“身体书写”的途径来彰显她们的女性主体意识。翟永明是80年代身体写作的代表人物。她创作的诗歌以女性身体为话语中心，通过鲜明的性别意识来构建女性的话语权，她的组诗《女人》[②]体现了对这种内容的追求。《女人》以独特的语言与令人震惊的女性立场引起轰动，表现了“身体写作”诗歌的追求，她的作品中的性别意识比较鲜明，通过女性的身体和心理特征描摹女性，开创了女性诗歌“身体写作”的先河。作品中大胆激情的独白及身体话语，使她成为80年代女性颠覆男权的代表人物。她的诗歌将“身体书写”作为一种创作方式，与那些看似描写女性身体的自由性与主体性，但仍处于男性视域下的写作相比，翟永明的诗歌以女性身体为中心，建构女性的私人感悟与公共表达。但是在性别写作之外，她传递了一种超性别意识。翟永明以她的先进的性别意识与反叛意识构建了当时的女性主义诗学。她受到了西方女性主义思想的影响，通过“身体写作”来实现性别对抗，这对中国的传统文学思想也是一种历史性的颠覆。

中国的“女性书写”在确立女性的主体意识、丰富女性主义文学批评理论等方面都起到积极作用。“女性书写”成为女性不断推动自我认识和自我发展进程的

① 宋素凤. 法国女性主义对书写理论的探讨. 文史哲，1999（5）：100-104.
② 翟永明. 女人. 桂林：漓江出版社，1988.

一种重要方式。从事“女性书写”的女性作家以其坚强的创作精神和巨大的书写强度，开创了别具一格的女性精神，为女性文学提供了一种新的尝试。

20世纪90年代，中国女性文学的写作是对“五四”以来中国现代文学的发展，新的写作主题被确立，即对女性的自我存在感和对个体内在属性的挖掘。中国出现了一批进行“女性书写”的女性作家。她们以女性独特的人生体验、特有的女性视角和个性化的语言，创作了许多具有女性特征的文学作品。她们由描写脆弱、自恋、痛苦的女性内心世界，过渡到描写女性意识觉醒过程中的女性生活现状和奋斗抗争的过程。她们从“个人化”和“私人化”的女性写作转向对女性生存经验和生命体验及女性身心的全方位的书写，对个人欲望的书写达到了高潮。在过去，由于性别歧视和性别压迫的存在，女性的声音往往被忽视或压制。但随着社会的进步和女性意识的觉醒，越来越多的女性开始通过写作来表达自己的思想和感受，用文字来记录和塑造自己的世界。这种“女性书写”的繁荣可以被视为中国当代女性意识觉醒的一个重要标志。“女性书写”在思维方式上，批判了男权文化，对当时的知识秩序进行了挑战，促进了认知模式的改革；在批评话语上，确立了女性写作的地位，丰富了女性主义文学批评的理论话语；在书写实践上，主张女性使用诗性语言表达身体的欲望，构建了女性独特的写作风格；在理论命题上，把性别和文本结合起来，体现了文本背后的性别观念，拓展了文学创作和研究的性别维度。这些女性作家更加重视女性自身的因素，以女性独特的视角来表达女性的感知，以女性的敏锐深挖女性的情感体验和生活经验，表现出特有的女性色彩。她们有意脱离宏大的叙事方式，深入女性的内心世界，继而转向女性生活的琐碎叙事和自身情绪的释放，以女性细腻的情感抒写女性的生存现状，赤裸裸地宣泄感性的冲动。女性作家以个人体验和片段式的感悟为素材进行小说创作，描述女性身体感知的私人的生命体验。女性的个人写作在女性作家身上经常表现出私人化的特点，在新的“女性写作”的文学创作中，陈染、林白、卫慧、棉棉等女性作家关注的是女性自身的生存和身体体验。但是这些女性作家对女性身体和性经验的大胆创作和描写引发了很大的学术争议。

我们应该看到的是，西苏强调的是女性身体与写作之间的关系，是让女性回到自己的身体，用女性生命本身的优势解释女性真实的想法。“女性写作”本意是倡导女性应该从自身出发，通过书写自己进而书写世界。“女性书写”的目的是纠正传统的文学观念，颠覆男性书写和传统的女性文学写作方式，打破传统文学创作的禁忌，促进女性经验的表达和女性欲望的诉求，对女性文学创作进行思维方式、话语模式、言说方式和书写实践上的理论化构建，其理论和实践意义不容忽视。“女性书写”的提出迎合了女性主义文学理论发展过程中构建女性文化的需求，在以理性、思辨为要素的写作模式之外认同以感性、情绪为要素的具有女性特征的书写模式，重新认识女性身体，书写女性经验，挑战菲勒斯中心主义，倡导多元化认知方式，建构差异化的两性文化。其目的在于从文化上层结构中颠覆一直主宰人类意识结构的菲勒斯和逻各斯中心话语。然而，“女性书写”假定了女性的主体身份，但女性主体不仅是相对于男性主体的“他者”，在其构建过程中，主体内部还存在阶级、阶层、种族、民族、文化、地域等多方面的差别，这就使“女性”不能表现共同的性别身份，其内涵的差异性导致“女性书写”这个概念的命名悖论。

二、女性书写的内容和方式

“女性书写”以一种特殊的方式对传统的女性话语系统进行重构。20世纪80年代初，张洁、张辛欣等女性作家创作了许多真实的女性生存作品。到20世纪80年代中期，残雪、王安忆、铁凝等作家在创作中明确了女性自我的性别意识，从女性的社会性别解放转向女性的自我本体知觉。在这些女性作家的性别认知的基础上，90年代初的“女性书写”才跨越到自我的身体认同，如林白、陈染对女性身体的“个人化”“私密化”写作和赞美。

90年代中期，林白以《一个人的战争》在社会上引起轰动。《一个人的战争》以女性生存和成长经验为内容，讲述了一个孤独无助的女性多米在与男性的斗争中身心俱疲。女性的身体体验和感受以及情欲等隐秘的心理状态，在小说中以同性恋等极端方式表现出来，凸显了女性在男性中心的社会中的成长焦虑和情感困惑。林白作为“私人写作”的主要代表人物，是最能体现其创作特色的作家。她曾以“私人写作”而著名，但是后来她跳出了性别写作的模式，开始在创作中克制女性内心经验的表达，转向广阔的社会现实和多元化的创作视角。

陈染的作品《私人生活》表现了女主人公倪拗拗封闭孤独的生活方式，与以往女性作品中的女性生存方式和文学叙述方式都有较大的区别。作品摆脱了宏大叙事，大胆使用女性特有的叙述方式来表现女性经验。作品的大部分内容以女性独白的形式出现，通过特定的逻辑来讲述女性的私人生活。作品内容大多是私人体验，是一种私语性的叙事。同时，作者用内心独白等方式突破单一的叙事结构，用琐碎的语言表达叙述者对人生的思考。作品利用许多隐晦的语言，创造出神秘而又隐蔽的氛围。作品展现了女性的个人隐私的主题风格，将“身体写作”中的特色语言进行重组，对女性身体进行直白的描述，在不同的女性身体描述中赋予不同的情感，去掉了色情意味，让读者感受到女性身体的美感，给予身体以思想内涵，表现了新时期女性对自己身体的欣赏和赞美。陈染通过对女性的身体和命运的描述，尝试了在中国背景下进行“身体写作”的思路。这既是对西苏“女性书写”理论的遵循，也是对其进行的一种补充和拓展。陈染、林白用身体语言来描述身体对象，是一种独特的“女性书写”方式。她们试图通过“身体写作”来建立属于女性自己的书写体系，形成对女性主体意识的体认。通过正视女性作为一个完整主体存在并具有神性、人性和兽性，消解以往的宏大叙事和革命叙事中关于女性自身的元叙事。

男性的缺失也反映在林白、陈染的作品中。在她们的小说中，男性通常以一种被丑化的形象而存在。在她们的作品中，男性是野蛮的施暴者，是她们逃避的对象。这种对男性形象的丑化也折射出女性在男权面前的无能为力。在男性主导的社会中，女性找不到一种合理的与男性中心的文化相抗衡的方式，所以她们采用丑化男性形象的叙事方式来表达对男性的鞭挞。

由于作品中缺少男性视角，女性的自我体验的叙说就显得苍白无力。她们因为无法获得自我完善，而用单纯的身体体验来寻找自我，这种身体体验是单调的，缺少了社会性。因此，缺少男性视角的女性自我体验显示出其局限性和肤浅性，体现了在女性自我建构上的狭隘和缺陷。陈染、林白等作家没有融入当时的社会主流话语当中，而是以极端的女性意识，揭示女性的个人隐私生活，以回忆性叙事表现了女性个体情感及生存状态，触及了女性话语的另一个空间，超越了新女性文学写作的界限。这种“女性书写”直面女性自身的记忆和个人体验。这种“私人写作”穿透了以往男性文学传统对女性描写的屏障，使“女性书写”拥有了属于女性自己的话语空间。

“身体写作”是为了挑战男权社会，用女性自己的言语方式为自己申诉。但是，在向男权社会进行控诉的同时，女性也被反抗的激情冲昏了头脑而陷入男权主义者挖好的陷阱。“身体写作”中，对女性的身体体验的描述成了自娱自乐的表现。这些女性作家试图在作品和生理愉悦之间构建一种纽带，其目的是体现女性的生存现状，比如卫慧、棉棉等女作家。她们的抗争是缺乏力度的。卫慧的《上海宝贝》、棉棉的《糖》把“女性书写”的经验推向了“身体写作”的极端。她们的作品内容表现的是都市青春女性的私人生活，对女性的个人世界进行了深入的描写，与以往的文本叙事风格大相径庭。她们的作品充满了欲望的狂欢，描述了男女的性事，对社会禁忌进行了颠覆和解构。比起陈染和林白的写作方式，卫慧和棉棉对男性叙事进行了更加有力的反抗。卫慧、棉棉等人对女性的内心欲望进行了重读，并在创作中进行身体体验，产生自我觉知，但她们一直没有离开男性文化，也没有摆脱和逃离男性文化的桎梏。虽然女性主义文学一直以一种参与和改变的态度来影响文学创作，从描写具有社会特征的个人到寻找个人与社会之间的认同点，再到凸显个人欲望，注重欲望的释放和表达，走向自我身份认同，形成了一个纵向的发展过程。但“女性书写”不能只是停留在女性立场的独白，而应是在重新审视自身价值、重新进行身份定位的语境下，过渡到男女两性之间的对话阶段。20世纪90年代的“女性书写”是女性文学的探索和尝试。“女性书写”由对女性命运的关注发展到对女性灵魂的拷问。“女性书写”有力地冲击了男权文化，使女性树立起自我存在的意识，建立了自己的女性言说和书写方式。从这个意义上讲，“女性书写”是带有突破性的写作策略。但是，我们也应该意识到“身体写作”存在的矛盾和困境。“身体写作”是融合了身体的生理性和伦理性的写作过程，生理性和伦理性是一种辩证的关系，共同构成了“身体写作”的基本特征和协同表达。这里，所谓“身体”是一种虚的身体，是语言表达出来的“身体”，其伦理并不像现实存在的身体那样要服从社会性伦理，而是要遵守叙事性伦理，而叙事性伦理是对人类生命体验的表达。通过叙述个人体验来触及个体生命的存在法则和道德准则等情形，这种生命感觉在文本叙事中体现了个人命运。身体叙事伦理重视个体生命，这需要叙事者自己身体的真实体验，如果缺少真实的体验，“身体写作”所传递的伦理性就是空洞的，缺少实在感，生命中的酸甜苦辣及男女两性的激情也无法被感知。所以，“身体写作”在突出身体反抗性的同时，也应该重视伦理属性。虽然对男权中心带来了冲击，使女性意识逐步加强，并建立了女性话语和书写规范，但是这种“身体写作”模式无法在外部环境中获得自我完善，只是用单纯的身体体验来找寻自我，在缺少与外界沟通的情况下，这无疑是单调的。因此，这也体现了女性颠覆男权中心，进行女性意识的自我建构的局限性。虽然“身体写作”在一定程度上是具有革命性意义的，但我们也应该看到“身体写作”面临的不可调和的矛盾和困境。

进入21世纪以来，女性的“身体写作”变得更加复杂。批评家甚至用“美女作家”来否定她们，认为她们的写作被“性化”或“物质化”，是商业文化催生的产物。她们的“身体书写”还成为商业市场的“看点”和“卖点”。因而“身体书写”的文化立场仍存在着如何定位的问题。这些女性作家更加重视商业化社会里价值失范后的个人处境问题，作品中的女性生命的凋零和伦理困境体现得更加明显。比如朱文颖、周洁茹以及七堇年、卢丽莉等70后和80后女性作家，她们多数从网络文学开始步入文坛，她们的创作缺少宏大叙事和意识形态的建构，更加关注女性个体的生存体验，她们在作品中常常避开道德准则判断，书写女性的边缘处境中的生命和灵魂。她们不仅描写身体的快乐，也有命运的挣扎和身心的疼痛，表现出她们对生命的敏锐感觉和个人体验。

我们应该看到，西方女性主义理论的确给我们带来了看待女性问题的新视角，中国女性主义对西方女性主义理论的借鉴，对批判中国男性中心的社会文化也起到促进作用。女性主义文学是以一种改变社会性别关系的态度来影响文学创作的，从描写具有社会性的个人到发现个人与社会之间的认同点，再到注重女性个人欲望的释放和表达，走向女性的自我身份认同，构成了女性主义文学纵向发展的过程。但把女性意识理解为女性独有的经验，特别是身体经验和性经验，以女性的隐私来挑战男权文化，反而迎合了某些男性的欲望，而掉进男权文化心理的陷阱。“身体写作”不能被单纯地看作生理范畴的创作，而是既有生理感受，又受社会文明和道德准则约束的话语言说方式，也是一种解构男女二元对立的写作方式。女性“身体写作”的意义是一种价值观与文化观的建构，即身体应该是女性的个体权利，是女性获得快乐的来源，而不应被视为“禁忌”。但是如果“身体写作”去掉了身体感知以外的其他要素，包括历史背景、社会文化、伦理价值等人类共享的经验，那么“身体写作”最终会陷入越走越窄的局面。因此，“女性书写”不能只停留在女性自身的性别独白，而应是建立在对女性自身价值进行重新审视、对女性身份进行重新定位的基础之上，逐步过渡到男女两性之间的对话阶段。

三、“女性书写”与“女性内在性”

近几年来，文学作品对女性的关注达到新的高度，女性写作呈现出井喷之势，很多作品都是以女性为核心，以描写女性生存体验为主题，塑造了许多生动鲜活的女性形象。女性书写者从女性的视角出发，以女性细腻的情感和叙事风格描写了女性的私密生活，对女性的生活经验和人生命运进行了深刻的演绎。在创作主题上，女性写作将女性主义奉为写作准则，但同时也陷入了固有僵化的书写模式。女性作家的作品虽然层出不穷，但在文学造诣上似乎并没有质的突破，并存在许多局限性。中国最高荣誉文学奖“茅盾文学奖”第十届的五位获奖者都是男性作家，因为女性作品的创作主题大多围绕女性的悲戚命运进行表达，这种简单重复的书写方式似乎并没有改变女性的现状，她们的角色也依然是男性的附属。

女性写作的喧嚣过后，“女性书写”依然面临许多困境，不仅在主题表达上显得苍白无力，在写作方法上也出现明显的同质化。人物形象的描述相似化、人物性格的刻画极端化、生活现状的表现悲情化、故事情节的叙述雷同化。在进行对比阅读时，我们会发现很多一致的地方，比如：女主人公都有不幸的童年，家庭贫穷或残缺，教育缺失，成年后，将身体作为事业的筹码，虽然一开始能够坚守底线，但是最终在诱惑之下彻底堕落；女性处于弱势地位，婚姻均以失败告终。在这些文本中，“女性书写”存在相似的特征：一是作品中的女性是极度依附于男性的；二是作品中，社会似乎没有为女性创造公平竞争的机会；三是作品中的女性形象很容易被极端化。特别是“女性书写”好像是痛苦的比赛，作家们通过“比惨”来实现对女性的悲情人生的控诉。虽然，将女性的生存处境作为一个问题提出来，对女性地位的提高具有一定的积极作用，但是这种“比惨”现象并不能使女性建立起正确的信念和价值观，反而会起到不良作用。因此，女人要想获得社会地位和人身自由，首先要具有超越性，只有不断超越既定现实，才能实现女性的自由生存。

法国无神论存在主义者、文学家让-保罗·萨特（Jean-Paul Sartre）于1943年写的《存在与虚无》[①]标志着萨特哲学思想的诞生。他运用独立的思想观念和哲学陈述他对世界的理解。萨特指出，自由的存在具有超越的特征，人永远在变化中，而且是在时间的流逝中实现的；人的存在是虚无的存在，并把自由作为人的规定性和人本身的存在同时共存。波伏娃在《第二性》中认为，女性的自由是女性存在的实质所在。她将萨特的自由观进行了具体化，认为自由是女性应该主动追求的目标。她们要在对社会历史和生存压力的反抗中获得自由，这种历史和压力就是女性的“内在性”，而这种“内在性”是对自由的抑制。“内在性”会使女性沉溺于贫乏的自我意识，被繁重的家务劳动和家庭负担所制约，这种状态下的女性只能通过男性才能与外部世界有表面上的接触。女性的“内在性”使她们重复着对历史不会有任何影响的工作。她们的生存处境使她们只能在封闭、被动、停滞和空想的环境下生存。这种生存环境使女性无法扩展生活空间，也无法创造生活价值，只能依赖男性的施舍而生活。而男性则可以超越既定的现实，按照自己的意志去决定自己的主体生存状态。因此，对于男性的主体地位，女性只是“客体”和“他者”，成为处于劣等地位的“第二性”。男性认为女性的“内在性”是她们“永恒的女性气质”。这种女性气质的产生是一种社会历史的和经济文化的建构过程，是受外部环境的影响逐渐转向被动或主动接受的过程。要实现女性的自由生存，就必须消除“永恒的女性气质”的固有模式，超越和克服女性的“内在性”。而按照波伏娃的观点，克服女性的“内在性”的两个条件就是实现经济独立和摆脱成为婚姻附属品的状况。这两点是女性改变“内在性”的重要条件。自由、平等是女性获得解放的目标。获得

① 萨特．存在与虚无．陈宣良，译．上海：生活·读书·新知三联书店，1987.

解放的女性应在平等中求差异，与男性建立平等互尊的关系。波伏娃认为女性的“内在性”在历史上是与男权中心文化和制度相伴而产生的。因此，也能历史性地加以消除，要摆脱女性“内在性”的束缚就要消解男权制。

女性写作中的“身体写作”其实是对男权中心文化的颠覆。这些女性作家把女性世界感性地书写出来，这是对感性的强调，也是对女性欲望和身体感觉的描述。卫慧的《蝴蝶的尖叫》[①]和棉棉的《糖》中就充满了对女性欲望的描写，小说中充满了男女的性事。她们的作品对传统禁忌进行了彻底的解构。与陈染和林白相比，卫慧和棉棉的个性化创作强化了对男性叙事的反叛。女性作家以“身体写作”的方式来表现女性的渴望，而不是单纯的身体欲望，是一种另类的性别对话。女性作家以一种特殊的方式展现出她眼中的世界，突破了传统的女性“内在性”。宋晓萍[②]认为，从理论上讲，女性进行文学写作的行为本身就是对男性霸权的挑战，这也表明了女性不再对自己被支配的地位和处境保持沉默，安于被压迫的现状，而是要求用女性的言说方式发出自己内心的声音。

“身体写作”对身体的重构之路在一定程度上只是一种乌托邦式的构想。“身体写作”对二元对立的性别差异的超越尝试是一种理想，理想给我们以对现实进行批判的基础，而批判的实际经验反过来又改造理想。“身体写作”将乌托邦作为性别探索的场所，而性别探索的目的就是消解现存的女性的“内在性”的思维定式，对所有女性的“内在性”的概念去脸谱化，无论是理想的还是实际经验的。女性主义者可以从中获得重要的启示。要改变女性的命运，关键就在于超越这种“内在性”。女性应在经济独立和情感理性的基础上进行人生的自由选择和设计。与男性合作而不是对立，才能实现女性的人生价值，避免女性的悲剧性命运。尽管改变女性生存处境和“他者”地位的道路并不平坦，但女性应勇于超越其“内在性”，独立自主地实现女性的自由与和谐发展。

四、中国女性书写的困厄

20世纪90年代初期，中国的“女性书写”呈现出迅猛发展之势。在西方消费主义和中国传统观念的夹击下，“身体写作”迅速形成一种欲望化的创作狂潮，女性身体沦为享受和娱乐的内容，她们的身体欲望从传统观念中获得了释放，但这种释放是单一的，聚焦于享乐之中，然后不自觉地转向身体崇拜和放纵，也暴露了

① 卫慧. 蝴蝶的尖叫. 长沙：湖南文艺出版社，1999.

② 宋晓萍. 女性书写和欲望的场域. 北京：北京大学出版社，2011.

“私人写作”的狭隘。在消费文化中，文学作品追求经济效益的最大化，这成为一些女作家的追求目标。于是，形成了迎合以男性为主的窥视欲望的情形。

在陈染和林白等作家的文本中，身体经验的书写可以说是她们写作的出发点，是一种代表情感焦虑的书写方式。到了卫慧、棉棉的“身体写作”，她们的性别立场虽然鲜明，但描写过于激进，从而导致了创作的欲望化倾向。“身体写作”理论进入中国三十多年，总体上表现出一种由“挑战”转变为“挑逗”的态势，但我们不能否定女性有借助其身体发声的权利，也不能忽视许多具有人文情怀的优秀女性作家在她们的作品中对“身体写作”的严肃思考。对女性来说，她们的身体非常重要。在历史发展的长河中，女性的身体一直被男性主导的社会文化所否定，并被男性所利用。因此，她们只有通过叙述自己的身体体验，来争取话语言说的权利。因为男性不需要争取自己的身体言说权利，他们一直就是社会的主体。面对当下“身体写作”所处的困厄，女性的“身体写作”必须走出封闭的空间，并且摒弃狭义的私人欲望，不断超越自我，以广阔的视野和深厚的人文情怀关注社会，才能摆脱“身体写作”的困厄。

20世纪末期，“私人写作”已成为一种女性文学的写作模式，虽说在当时起到了引领时代潮流的作用，但其写作模式被无限复制，使得写作模式单一、人物形象和艺术风格趋向雷同，成为缺少创意的“公共”话语，出现了创作资源的枯竭和难以超越的境况。西苏提出“身体写作”理论，其目的是通过抛弃男性的想象、欲望与表达，倡导女性生命的体验，进而构建女性话语，反抗以传统男权为中心的话语权威，创造一种全新的以反抗传统男权统治为特征的写作方式。这种写作方式是一种具有丰富的思想内涵的女性文学写作。

在女性私人化写作走入误区之后，“女性书写”陷入低俗的怪圈和书写困境之中。应该指出的是，对于“私人写作”的许多分析与界定还存在着理论标准的混乱。“私人写作”是20世纪末期文坛上出现的一种新的写作方式，也被称为“新状态文学”或“个人化写作”。“私人化”是以“公众化”为对照的。“私人写作”不仅体现在女性的体验方式上，也体现在女性的写作方式上，也指身体体验的类型或写作经验的内容。私人化的关键在于它与公众化和群体化的对立与区别。

戴锦华在其著作《犹在镜中：戴锦华访谈录》中曾指出：

> 女人被派定在一个被看的位置上，这正是女性的悲剧，是性别歧视的基本事实。女人仅仅是男人的文化、心理、生理，或者说男性目光的对象，一个永恒的客体。你仍认定女作家能贡献给文坛的最重要的，甚至是惟一的东西，是她们披露自己的私生活。你显然将男性的文化心理需求，说得

不好听，是先在的男性的窥视视野设定在女作家的作品面前。[①]

20世纪90年代的一些女性作家，极力挣脱男性话语的影响，展示女性的生活体验，运用“私人写作”的书写方式，以女性的自我解剖和自我撕裂的勇气，将女性独特的生存经验展现出来。新时期以来，女性文学已被认为走上了主流化、大众化的轨道，但“女性书写”的转向招致了很多学者的批判。这种“私人写作”方式导致女性意识和女性立场的缺失，并逐步走向衰落。女性文学还没有真正发育完善，难免会有许多生涩之处。因此，消费时代的女性文学应继续探索新的创作模式和写作方向。

在强势的主流话语的影响下，中国的“女性书写”应如何突破创作瓶颈，进行自己的话语表达，成为“女性书写”的目标？当西方的“身体写作”理论被引入中国的时候，中国的“身体写作”还没有领悟其内涵，就被匆忙运用到文学创作中作为对抗男性中心社会的工具。其实，这也未尝不是一种舍本逐末。利用女性主义理论，借由女性的身体体验来反抗男权社会并没有什么错误，但是她们没有正确理解“身体写作”理论的含义，没有从女性主体本身来争取女性的地位，而是在商业化的社会条件下落入男性世界的陷阱。

我国的“女性书写”在发展过程中改变了原始的初衷，变得畸形化和极端化。女性书写者在欲望化写作中，在缺少男人的关注的情境下，只是在脑海里臆想出男人的形象来安慰自己。即使是现代社会的女性，对男人的精神依赖也不能完全消除。随着商业化社会的发展，“身体写作”已经染上了浓重的商业色彩。在商业化的叙事方式上，女性身体被标签化和符号化，“女性书写”也被歪曲为“下半身写作”，性经历和性体验的描述成为“身体写作”的最大特色。这种描述充满挑逗性。“美女写作”和“美女作家”都被制成商业标语来吸引人们的眼球，尤其是引起男性读者的关注。“身体写作”的嬗变究竟是商业化社会发展的结果，还是对男性中心的社会文化做出的让步？女性作家在“被看”或“被偷窥”中，究竟是找到了自己还是迷失了方向？这值得女性主义文学批评界深思。正如英国马克思主义理论家、文化批评家特里·伊格尔顿（Terry Eagleton）所指出的那样：“用不了多久，当代批评中的身体就会比滑铁卢战场上的尸体还要多……在这种时髦的身体学转向的情况下，书店里越来越辨不清哪儿是文学理论部分，哪儿是软色情书架，哪儿是罗兰·巴特的后期著作，哪儿是杰基·柯林斯的最新小说。”[②]

① 戴锦华．犹在镜中：戴锦华访谈录．北京：知识出版社，1999：199.

② 伊格尔顿．历史中的政治、哲学爱欲．马海良，译．北京：中国社会科学出版社，1999：199.

第四节 走向"文化诗学"的新趋向

20世纪80年代，中国文学领域掀起了一股文化热潮。改革开放以后，文学界也显现出百花齐放、百家争鸣的态势。在不同的社会语境下，"文化诗学"作为重要的流派，体现了中国文化的多元化、多维度的包容性品质。曹旭[①]认为"文化诗学"是当代文学理论在转型过程中所形成的一种学术话语体系，它对新时期文学理论的发展趋势起着十分重要的作用。"文化诗学"最开始是由美国著名的文学批评家、理论家、当代西方学术界新历史主义批评流派泰斗斯蒂芬·格林布拉特（Stephen Greenblatt）在《文艺复兴时期的自我塑造》[②]中首先提出来的。他认为"文化诗学"的目的是防止自己永远在封闭的话语之间往来，或防止自己断绝作品、作家与读者生活的联系。他指出人类特殊活动的艺术再现问题的复杂性，并认为文学批评家阐释的目的是对文学文本世界中的社会存在及对文学的影响进行双向调查。格林布拉特的"文化诗学"理论对中国的"文化诗学"产生了较大的影响，给中国文学批评理论的发展带来了很多思考。

蒋述卓在1995年针对当代文学提出"文化诗学"的概念。他在《当代人》杂志发表了《走文化诗学之路——关于第三种批评的构想》[③]，首次站在中国本土化立场来阐释"文化诗学"。他认为"文化诗学"就是从文化视角进行的文学批评。这种批评理论不同于传统的历史批评或意识形态批评，也不是简单借用后现代主义文化或西方的第三世界文化理论。"文化诗学"是具有中国本土化文化语境特征，并且有一定价值的系统的文化批评阐释。作为文学基础理论话语的"文化诗学"，以童庆炳的《中西比较文论视野中的文化诗学》[④]、《文化诗学的学术空间》[⑤]、《文化诗学是可能的》[⑥]、《新理性精神与文化诗学》[⑦]、《文化诗学：理论与实践》[⑧]、《文化诗学导论》（中国文学理论与批评丛书）[⑨]、《"文化诗学"作为文学理论的新构想》[⑩]等论

---

① 曹旭．流水与情思的系谱．名作与欣赏，1990（6）：51-55.

② Greenblatt, Stephen. *Renaissance Self-Fashioning: From More to Shakespeare*. Chicago: The University of Chicago Press, 1980.

③ 蒋述卓．走文化诗学之路：关于第三种批评的构想．当代人，1995（4）：1-7.

④ 童庆炳．中西比较文论视野中的文化诗学．文艺研究，1999（4）：33-35.

⑤ 童庆炳．文化诗学的学术空间．东南学术，1999（5）：8-11.

⑥ 童庆炳．文化诗学是可能的．江海学刊，1999（5）：170-178.

⑦ 童庆炳．新理性精神与文化诗学．东南学术，2002（2）：45-47.

⑧ 童庆炳．文化诗学：理论与实践．北京：北京大学出版社，2015.

⑨ 童庆炳．文化诗学导论．黄山：黄山书社，2019.

⑩ 童庆炳．"文化诗学"作为文学理论的新构想．陕西师范大学学报，2006（1）：5-9.

著为代表。这些论著中童庆炳提出文学与文化的对话性以及现实、精神价值与审美追求相结合、内部研究与外部研究相结合等观点，对“文化诗学”进行了论证和总结，使“文化诗学”的研究方法逐步成熟。用童庆炳自己的话说就是：

> “文化诗学”是要求把对文学文本的阐释与文化意义的揭示联系起来，把文学的“内部研究”和“外部研究”贯通起来，在文学研究和批评中通过对文本的细读揭示出现实所需要的文化精神，最终追求现代人性的完善和人的全面发展。[①]

使用“文化诗学”研究文学文本，可以得出新的阐释意义。这些都说明“文化诗学”是一种适用的，可以干预现实、揭示现实中的文化内涵，最终体现人性的一种创新型文学研究方法。童庆炳对“文化诗学”的阐释可以归纳为“一个中心，两个基本点，一种呼吁”。“一个中心”就是指以文学审美特征为中心；“两个基本点”是指分析文学作品要进入历史语境，以及要进行细致的文本分析，应把这两点结合起来进行作品解读；“一种呼吁”是指“文化诗学”要从文本批评走向现实干预，文化诗学的出现是对社会发展平衡的一种呼吁。事实证明，文化研究和文学研究之间存在交集，因此也对文学研究造成一定的冲击。如果两者之间的交集是“文化诗学”，那么首先应确定“文化诗学”与文学文本之间的关系，这也是“文化诗学”的研究基础。对于“文化诗学”，一些中国学者更关心的是关于历史的论述，但童庆炳把“文化诗学”引到我们的文学理论建设中，特别是对文本的阐释方法的论述对文学批评具有重要的意义。

蒋述卓、宋音希[②]认为文化关怀与人文关怀是文化诗学的价值基点。肖明华[③]认为文化诗学包括以下几种类型：一是作为语词的文化诗学；二是作为与新历史主义有关的文化诗学；三是作为文学批评构想的文化诗学；四是作为文学基础理论话语的文化诗学。

“文化诗学”是通过对文学文本和文学现象进行文化剖析，倡导精神文化和人文关怀，及诗意的审美追求，并对社会文化中的庸俗和丑恶的内容进行批判，促使人的感性和理性全面发展。优良的文化应当是民族文化与世界文化互相融合的产物，应追求人类社会的意义和价值。“文化诗学”的主要特征是它的人文品格和人文情感。

---

① 童庆炳．“文化诗学”作为文学理论的新构想．陕西师范大学学报，2006（1）：5.

② 蒋述卓，宋音希．文化诗学之路的宽广前程：蒋述卓教授访谈录．当代文坛，2018（6）：30-33+2.

③ 肖明华．文化诗学发生考论．江西师范大学学报．2018（3）：57-61.

中国女性主义文学批评在接受和借鉴西方“文化诗学”理论的基础上，积极建构中国本土女性主义文学批评的“文化诗学”，继承中国文学批评中的诗学传统，使中国的女性主义文学批评既关注女性的社会地位和角色，也重视对女性主义文学作品的文学性的研究；既注重女性主义文学批评对于诗性的研究，也关注女性主义文学批评中的文化研究。中国女性主义文学批评在经过20世纪90年代对文学文本和文化中的男性中心观念进行挑战以及对女性作家作品进行梳理和重新评价之后，单纯的文学文本批评已经很难引起批评家的兴趣，但又找不到新的批评方法来改善单一性别视角下的单调的批评效果。要摆脱女性主义文学批评的这种尴尬局面，只能在借鉴西方最新的学术研究成果的基础上，重构本土女性主义文学批评理论，寻找新的研究视角和新的话语资源，重新激发中国女性主义文学批评理论的创新研究。在这种背景下，“文化诗学”为中国新时期女性主义文学批评确定了新的发展方向。

贺桂梅是较早运用“文化诗学”研究女性主义文学创作现象的女性主义文学批评家，她的《1990年代的“女性文学”与女作家出版物》[①]一文跳出以往封闭的“文学审美”批评，摆脱单一的性别立场，将90年代初到90年代中期的“女性文学热潮”及“身体写作”现象置于当时的文化格局和市场结构中，视女性作家作品为一种文化产品和媒介，考察其制作、流通、消费的过程，探索其表现出的复杂文化内涵。

新时期以来，性别意识始终贯穿于整个女性主义文学批评，从最初的反驳特定历史时期“男女都一样”的性别观念，到重视女性立场的批评话语的建构，再到对女性意识的关注。近年来，中国女性主义文学批评开始由“性别诗学”转向“文化诗学”。其实，通过对“性别诗学”的发展轨迹的梳理，我们发现“性别诗学”与“文化诗学”最终应是殊途同归的。一方面“性别”不等于“女性”或“妇女”，而是广义的性别范畴，因此“性别诗学”并不是以女性问题为对象。另一方面女性主义文学批评的研究思路应倾向于文化批评，从多视角、多维度来探究性别问题及其文学阐释，在女性文学文本和历史文化语境的互动中挖掘和剖析文本的精神内蕴与美学意境。在女性主义文学批评中以“文化”替代“性别”是为了体现文化批评的路径与方法。以美国著名的女性主义者苏珊·斯坦福·弗里德曼（Susan Stanford Friedman）[②]的“社会身份新疆界”学说作为理论基础，文化批评与文学审美相结合，

① 贺桂梅. 1990年代的“女性文学”与女作家出版物 // 陈平原，山口守. 大众传媒与现代文学. 北京：新世界出版社，2003：488-505.

② 弗里德曼. 超越女作家批评和女性文学批评：论社会身份疆界说以及女权 / 女性主义批评之未来 // 王政，杜芳琴. 社会性别研究选择. 北京：生活·读书·新知三联书店，1998：461-468.

这将成为21世纪女性主义文学批评发展的新趋向。

王春荣在《中国妇女文学研究的历史与现状》①中认为女性"文化诗学"在构建过程中，出现了相关的热点词语，如"男权中心""女性主义""双性同体""女性乌托邦""宏大叙事""主流叙事""边缘叙事""模仿叙事""身体叙事""时空与性别时空"等性别文化研究词汇。陈娇华在《近年来中国女性主义文学批评发展的新趋向》②中指出，女性主义文学批评是一种文化批评。这种批评通过分析女性文学文本，重新审视男权社会的全部文化史和文学史，并进行价值判断，以探寻女性的合法地位，寻找被埋没的女性文化传统，构建自由、和谐的女性文化。她认为"文化诗学"超越了性别的二元对立，结合特定的历史情境，对各种资源进行整合，从多视角进行文学研究，是一种具有多变复杂性和动态性的建构模式。郭小霞③从"文化诗学"的角度，对女性文学中塑造的女性人物形象进行分析与批评。一方面，她从创作的文化背景出发，将文本放置到历史语境之中，揭示女性人物形象所反映的社会文化观念。另一方面，从跨世纪的现代视角关注女性的现实遭遇，解读文本中的女性人物形象，对当下女性的生活观念、生活方式有着重要的影响。

实践证明，"文化诗学"是一种研究思路和研究方法的转向，将女性主义文学的内部与外部、文本内容与文化语境、性别视角与诗学内涵有机地结合在一起，审视女性文学作品所反映出的社会存在，探讨历史文化事件怎样转化为文本，文本又怎样转变为社会普遍共识，即一般意识形态，一般意识形态又怎样转化为文学文本的循环过程。"文化诗学"的出现不会消解女性主义意识，因为它的核心思想超越了传统的男性中心主义意识，也超越了激进的女性主义意识，其本质是提倡平等自由、个性发展及两性和谐的人文精神，这种人文主义思想是理性人文主义的丰富和发展。

厘清"文化诗学"的产生与发展对于女性主义文学理论的发展具有重要的意义。它可以显示女性主义文学批评领域的发展观以及这种发展观所存在的局限性。女性"文化诗学"建设还处于基础阶段，自身理论建设也处于模仿、剥离、建构之中，难免会出现一些乱象，还有待于进一步规范，以期构建健康的对话空间，从而提升女性主义文学批评的理论建设水平。

---

① 王春荣．中国妇女文学研究的历史与现状．沈阳师范大学学报，2005（1）：86-90.

② 陈娇华．近年来中国女性主义文学批评发展的新趋向．兰州学刊，2013（9）：59-64.

③ 郭小霞．文化诗学视域下《半生缘》的女性人物形象．名作欣赏，2020（2）：61-62+68.

第九章

中国新时期女性主义文学批评的成就与困境反思

第一节　中国新时期女性主义文学批评的成就

中国新时期女性主义文学批评以其多元的批评风格和丰富的批评实践确立了女性主义文学批评的历史地位，改变了文学批评研究领域的格局，促进了性别意识的讨论，开启了文化诗学的思考。女性主义研究范式呈现出从单一到丰富并向纵深发展的态势，并由文学范围向社会学范围和哲学范围拓展。新时期的女性主义文学批评实践得到了长足的发展，出现了繁荣的局面。无论是对女性文学研究，还是女性主义文学批评本身的理论构建，甚至是对整个文学领域，乃至人的思想观念的进步，中国新时期女性主义文学批评都做出了突出的贡献，且具有深远的意义。

一、对传统女性主义文学批评的解构

中国新时期的女性主义文学批评理论借鉴了西方女性主义文学批评的反抗精神。在不同的历史文化语境下，中国女性主义文学批评的风格和方法也不同。20世纪80年代到90年代，女性主义文学已在中国出现。90年代前期，由于西方现代性理论和女性主义理论的影响，中国女性主义文学出现了激进女性主义文学创作，女性写作同时凸现出女性意识与现代性问题。此时的女性主义文学对男权文化进行了抨击，提倡解构传统女性形象，颠覆贤妻良母的神话，打破“性”禁忌，比如王安忆的《荒山之恋》《小城之恋》《锦绣谷之恋》、铁凝的《玫瑰门》、唐亚平的组诗《黑色沙漠》、刘西鸿的《你不可改变我》、翟永明的《女人》、伊蕾的《独身女人的卧室》、林白的《一个人的战争》、陈染的《无处告别》、海男的《妖娆罪》等女

性文学作品。这些文学作品尝试通过文学媒介去发现颠覆男权文化的可能与途径，表现出这些女性作家对性观念的自由表达，描写了被禁锢的女性欲望，体现了女性真实的生活状态及生命本能与社会文化之间的相互作用关系。还有一些女性作家描写自己的私人体验，将女性的身体体验进行书写，形成了感觉的语言化、叙事的自传化写作，使女性私人空间的真实性显现更加直接，构成了对男权话语的解构。

陈龙①认为，解构主义与女性主义理论的发展有着直接的关系。在男权社会中，男人是基本原则，女人被视为这种原则排斥的对立面。女性主义要解构的是传统的男性中心主义，而解构主义者要消解的是理性中心主义，从男性中心主义着手则是最直接的。正如卡勒②在谈论女性主义批评的契机时所指出的，女性主义应探求理性概念是如何维系一体，或同男性利益发生冲突的。他认为"妇女"已成为颠覆传统男性话语统治地位的激进力量。

李继凯③指出，刘慧英的《走出男权传统的樊篱：文学中男权意识的批判》作为受西方后现代主义的解构思想引导的女性主义批评，其解构和批判的主要对象就是经营已久的男权家园，特别是男权家园的精神支柱，即男权意识。

当中国女性主义者们对以男权为中心的文化进行反抗和颠覆时，女性主义文学批评家在对女性文学作品中的爱情和婚姻进行解读和阐释的过程中开始抛弃男权文化，解构男性中心话语，将"社会性别"作为女性主义文学批评研究的核心内容，揭示女性性别存在的真相，批判男性中心文化统治的社会，构建女性文化。如孟悦、戴锦华的《浮出历史地表》就通过探究中国女性被压迫和被歧视的社会现象和历史原因，进一步剖析中国女性所处的艰难处境。她们的批评方式具有解构和颠覆的特征，对传统的女性主义文学批评理论进行反思和重构，具有鲜明的女性主义立场。

林树明④指出，解构批评接近对于男女性别对立二分模式的颠覆或消解，对女性主义文学批评的发展具有一定影响。它消解了等级严格的对立方法，提倡更多的发展中立的理论。它使人们重新评价经典文学作品的释义，使其内涵得到扩展。它消解了传统女性主义文学批评的权威，超越了只有一种真正意义的批评的界定。

刘晓颖⑤指出，新时期女性作家对传统的女性形象进行了解构与重塑，其中众

---

① 陈龙．从解构到建构：论女性主义批评的理论渊源，1995（3）：87-91+80.

② 卡勒．论解构：结构主义之后的理论与批评．陆扬，译．北京：中国社会科学出版社，1998.

③ 李继凯．女权批评：解构与比较：评刘慧英《走出男权传统的樊篱》．中国现代文学研究丛刊，1996（4）：276-281.

④ 林树明．女性主义文论与解构批评：兼论 G. C. 斯皮瓦克的解构策略．贵州师范大学学报，2004（5）：86-90.

⑤ 刘晓颖．论新时期女性作家对母亲形象的解构与重塑．常州工学院学报，2010（3）：44-46.

多的历史材料和社会意识让我们看到了女性所具备的魅力及精神，也充分显示了新世纪女性叙事的进步，这对我国的女性文学创作具有重要的意义。正如铁凝等①所说的，在同艾这个传统女性形象身上，可以看到她的隐忍、不甘及达观。在她的身上凸显了现代意识。徐汉晖②指出男权文化下，传统的伦理道德对女性有较多的约束，比如在女性“三从四德”的观念下，她们没有自我与尊严。中国新时期的女性小说体现“个性解放”的观念，在作品中以“解构”与“建构”的方式，从“慈母”“恶母”到“时代新女性”的形象，表现出对传统女德伦理的批判以及对现代女性的独立精神的认可。

中国新时期女性主义文学批评对作品中的女性形象和女性意识的阐释，以女性主义文学思潮为研究背景，对男权制及男权文化进行不同程度解构，虽然取得了一些成就，但其研究深度和广度还有待加强。女性主义文学批评的成就体现在对传统的批评方法和价值观念的解构。不仅对男权文化进行批判，还提倡反对性别歧视，审视男性中心文化的核心文本，重构文学文本中的女性形象，填补女性文化研究的空白，打破女性话语的沉默，探讨女性主义文学的审美价值。由此可见，中国新时期女性主义文学批评对传统女性文学批评的解构是女性文学和女性文学研究在文化转型中的选择，以女性的价值和尊严为根本出发点，在精神与价值维度上超越男权统治及其意识形态，并且使女性主义文学及女性主义文学批评研究逐渐走向“超越性别对抗，实现两性和谐共存”的道路。

二、“性别诗学”理论的发展

20世纪90年代，中国女性主义文学表现出私人化特点。90年代中后期，女性主义文学批评界对私人化写作进行了深入的讨论，与此同时，“性别诗学”开始在中国产生。“性别诗学”在中国也是“女性主义诗学”，它不包含男性在内。“性别诗学”成为中国女性主义文学批评的思想框架，并延续至今。它具有跨学科特征，综合了人类学、社会学、伦理学、政治学、逻辑学、语言学、符号学、美学、艺术学、历史学、教育学、心理学、生态学、民俗学等众多学科。“性别诗学”通过分析女性主义文学的发展历程，构建了女性主义文学批评的独特理论体系。“性别诗学”是中国新时期女性文学批评流派中的重要理论。

1995年，自林树明首次提出“性别诗学”的概念以后，“性别诗学”在我国兴

① 铁凝，崔立秋．笨重与轻盈的奇妙世界：关于铁凝《笨花》的对话．河北日报，2006-01-06.

② 徐汉晖．解构与建构：中国现当代小说女性形象考论．牡丹江大学学报，2020（12）：21-25.

起。林树明[①]以“迈向性别诗学”为题，引发了中国“性别诗学”的讨论和研究。他指出，“性别诗学”把人作为研究的主要对象，在探究文艺作品时，结合人的生理、心理、情感、政治倾向、民族情感等因素来考虑，对性别主体性显示出浓厚的研究兴趣，把性别特征作为构成及阐释本文的基本要素。之后，林树明又对“性别诗学”进行了进一步论述。2000年，他在《性别研究：意会与构想》[②]一文中提出了“性别诗学”的具体构想，论述了“性别诗学”的理论基础和研究对象。他的“性别诗学”理论一方面把性别作为一种文学特征，与种族、阶级等同等要素一并来考虑；另一方面在从性别视角考察文学时，又运用传统的文学理论框架从创作主体、文本、接受主体等方面进行分析。2007年，林树明在《女性文学研究、性别诗学与社会学理论》一文中，对“性别诗学”的概念做出了明确的界定：

> 性别诗学（gender poetics）属于文艺学中价值论与存在论的范畴，其以性别价值取向为基本分析要素，把社会性别作为社会身份的重要组成部分，将性别意识作为文学研究的基本坐标，对文学艺术中的性别因素做诗学层面的解析、研讨，研究作者、作品及接受者性别角色的复杂性，探讨由性别、种族、阶级、时代、经济、科技及教育等因素所铸成的性别角色与身份之间的交叉与矛盾，挖掘男女两性特殊的精神底蕴和文学的审美表达方式，并试图说明其产生缘由，突出文学的“性别性”和两性平等价值。[③]

林树明认为，女性文学研究及“性别诗学”与社会学理论构成互动关系，性别文化取向影响文学创作与接受，创作者或读者的性别是文学明显的特征，而文学又使男性与女性两性之间的社会存在更具有“诗意”，这也形成了女性文学研究与“性别诗学”的重要理论依据。2011年，林树明发表了《一石激起千层浪——关于性别诗学批评的思考》，接着又出版了专著《迈向性别诗学》[④]等，对“性别诗学”进行了纵深研究。

除林树明以外，还有其他一些男性学者对“性别诗学”进行了研究，如叶舒宪、徐岱等。叶舒宪的《性别诗学》[⑤]可以被看作是二十年多来第一部以“性别诗学”命名的专著。他认为性别冲突较民族和阶级冲突时间更为悠久，两性之间的斗争和人类的历史始终相伴。社会意识中的性观念折射了这种冲突，包括文学作品中

---

① 林树明．女性主义文学批评在中国．贵阳：贵州人民出版社，1995.

② 林树明．性别研究：意会与构想．中国文化研究，2000（1）：109-115.

③ 林树明．女性文学研究、性别诗学与社会学理论．贵州社会科学，2007（12）：41.

④ 林树明．迈向性别诗学．北京：中国社会科学出版社，2011.

⑤ 叶舒宪．性别诗学．北京：社会科学文献出版社，1999.

性的表现，都是权力支配观念下的产物，因而性问题从根本上说是政治问题。"性别诗学"不仅是添加在已有的思考维度之上的一种性别维度，而且还对文学理论和文学史框架进行了反思、重估和重构。

徐岱[①]认为，当代文论中女性主义文学批评的方兴未艾使"性别诗学"也受到理论界的关注，但是，到底应如何认识其学科形态，到目前为止仍不清晰。他以"女人与小说"这一传统话题作为研究对象，通过考察女性与现代小说的互动关系、对女性与小说创作的内在诗性关系的梳理，为"性别诗学"的建构提供了参考。

21世纪以来的一些女性文学批评研究者也对"性别诗学"进行了阐释。如任一鸣、万莲子等女性学者先后对"性别诗学"进行了研究。其中，任一鸣[②]指出，如果认为"双性和谐"是理想的性别关系，那么"性别诗学"则是性别关系在美学中的理想，其目的是打破性别等级观念，构建新型的两性审美关系。这也意味着一种超越性别的角色认同。单一的男女社会性别角色被打破，更为丰富多样的两性性别角色被催生，丰富的性别文化内涵和审美外观被构建。她认为"性别诗学"的目的是在文化和审美领域获得更高层次上的性别公正与更深意义上的性别审美理想。

万莲子是第一位以"性别诗学"理论对二十年来的中国女性主义文学批评实践进行梳理的学者。她认为1985年至1995年的女性文学研究是"性别诗学"的形成期，1995年至2005年的女性主义文学批评是"性别诗学"的发展期，并提出了"性别审美意识形态"作为"性别诗学"的特征。万莲子[③]认为，"性别诗学"是一种从性别文化的历史与现实出发，与全球文化伦理相关的学说。中国的"性别诗学"既面对"全球化"文化生态的现实，又具有鲜明的本土文化特征，显现了与西方理论"和而不同"的中国女性主义文学批评的特色。她提出，在强调女性主体地位的同时，要避免陷入女性本质论中。在通过女性视角进行批评时，应避免把女性看成与男性对立的个体、主张根本不存在的"统一的女性经验"，以及忽略由于受各种复杂因素的影响而产生的两性差异。吕颖[④]认为，女性主义文学批评的发展应以开放、多元的性别诗学体系为建构目标，在承认男女两性在生理性差别与社会性差异的基础上，更要强调社会性别的生成性建构，从而使"性别诗学"的理论变为现实。

王艳峰[⑤]认为，"性别诗学"试图以"性别审美意识形态"作为"性别诗学"

---

① 徐岱．女人与小说：建构性别诗学的一种思考．杭州师范学院学报，2002（1）：4-21+34.

② 任一鸣．解构与建构：中国女性文学与美学衍论．北京：九州出版社，2004.

③ 万莲子．性别：一种可能的审美维度：全球化视域里的中国性别诗学研究导论（1985—2005大陆）（下）．湘潭大学学报，2006（1）：89-94.

④ 吕颖．女性主义文学批评的走向：谈性别诗学的建构前提．北京行政学院学报，2006（6）：88-90.

⑤ 王艳峰．突围还是陷落：对性别诗学的反思．中文自学指导，2009（2）：39-43.

的关键词，“性别审美意识形态”用文学作品作为审美表达方式来探讨其中的性别因素。因此，“性别诗学”不会只成为一种社会学批评而沦为与文学无关的学说。

刘思谦、乔以钢等女性文学批评研究者也从“性别”范畴出发，对“性别诗学”做出了回应。刘思谦[①]指出女人其实不想自己被作为一个研究问题提出来，也不愿意在自己的社会角色前面被冠以“女”字。女人之所以成为问题，历史根源是比较悠久的，以至于女性文学作为新的文学现象出现时，人们还以为这是对女性的优厚待遇。作者犀利地批判男女不平等，提倡男女享有平等的权利，并积极代表女性文学发声。刘思谦[②]提出，在新旧世纪之交，“性别”已代替“女性”成为女性文学批评研究中的关键词。女性主义文学研究者由性别无意识转向性别的理论自觉，性别与文学的相关理论问题也引起了人们的思考。

乔以钢[③]指出性别与文学的关系复杂而深刻。“性别”作为文学研究的一个范畴，其特点是带有鲜明的政治文化批评色彩，在批评标准上注重基于“女性经验”的真实性，在研究实践中具有跨学科的特征。作为社会科学研究的一个分支，文学研究引入了“性别”概念，既有革命性的一面，也有其局限性。

事实证明，中国女性文学创作及批评经历了“女性—性别—超性别”的发展过程。无论是男性作家还是女性作家或者批评家都在探索性别写作与超性别写作的折中主义，这也使得“性别诗学”的产生与中国女性主义文学批评缺乏本土理论的构建直接相关。我国“性别诗学”的发展与西方女性主义文学批评研究的重心转移是相应的，也适应了我国女性主义文学批评理论的本土化的需求。“性别诗学”是我国女性主义文学批评发展到一定阶段而产生的新的研究领域，是对女性主义文学批评进行的系统总结和理论升华。女性作家和女性主义文学批评家都在努力寻求一种和谐的女性主义文学理论建构方式。而“性别诗学”则体现出女性主义批评的性别价值取向，也不否认性别话语外的其他话语的存在。性别文化取向影响着女性文学的创作和接受过程，而文学的想象性和虚构性特点又使男女两性的社会存在更具有审美意境或“诗意”。这使女性文学批评研究及性别诗学与社会学理论之间构成了彼此互动的关系。现今的“性别诗学”仍带有某种性政治色彩，是一种对男权思想的批评。它并没有创新女性主义文学批评的思路及方法，也没有建立起文学批评上的性别平等。因此，“性别诗学”在维护其女性主义立场的前提下，只有厘清“性别诗学”与“女性主义文学批评”的关系、“诗学体系”与“女性主义立场”的关

① 刘思谦．“娜拉”言说：中国现代女作家心路纪程．开封：河南大学出版社，2007.

② 刘思谦．性别：女性文学研究的关键词．洛阳师范学院学报，2005（6）：1-8.

③ 乔以钢．性别：文学研究的一个有效范畴．文史哲，2007（2）：159-166.

系，才能超越男女性别的二元对立，突破女性主义文学批评的屏障。关于“性别诗学”的研究，也应成为国内外女性主义文学批评有待进一步明确的努力方向。可以预见，随着性别审美意识的日益发展，女性写作及其“性别诗学”的构建必将会为女性的性别觉醒提供更广阔的文化空间。

三、促成中国女性文学学科的建立

中国新时期女性主义文学批评的主力军是来自高校及研究所的学者，这些学者在进行女性主义文学批评研究的同时，有意识地促进了女性文学学科的建立与发展。中国女性主义文学批评研究已形成了一个具有特色的学科范围。一些学者编译和汇编了女性主义文学批评理论文集，并出版了众多相关学术论著，如朱虹的《美国女作家作品选》和《美国女作家短篇小说选》、王逢振的《最新西方文论选》、张京媛的《当代女性主义文学批评》、鲍晓兰的《西方女性主义研究评介》、张岩冰的《女权主义文论》、杨莉馨的《西方女性主义文论研究》①、陈志红的《反抗与困境——女性主义文学批评在中国》、罗婷的《女性主义文学批评在西方与中国》等都通过对西方女性主义文学研究成果和动态的译介，为中国女性主义文学批评的发展注入了新的血液，也为中国女性文学学科的建立奠定了基础。

20世纪80年代末期以后，中国女性主义文学批评研究已经不仅仅是对西方女性主义理论的译介，批评家们将女性主义理论运用到对中国新时期女性作家作品的分析和解读上，女性主义文学批评开始进入从“拿来主义”到“理论自我构建”的实践阶段。女性主义文学理论提供的性别视角成为女性主义文学批评的主要研究方向。这种理论实践使中国女性主义文学批评形成了具有独特学术价值的研究。这个时期，李小江主编的妇女研究丛书《夏娃的探索：妇女研究论稿》，孟悦、戴锦华的《浮出历史地表》，刘思谦的《“娜拉”言说：中国现代女作家心路纪程》，李小江、朱虹、董秀玉主编的《性别与中国》，刘慧英的《走出男权传统的樊篱：文学中男权意识的批判》，万莲子的《掇拾“双性和谐”的文化意义》，杜芳琴、王政的《妇女与社会性别学书系》②，李小江主编的《让女人自己说话：文化寻踪》③，林丹娅的《当代中国女性文学史论》，乔以钢的《多彩的旋律：中国女性文学主题研究》

① 杨莉馨．西方女性主义文论研究．南京：江苏文艺出版社，2002.
② 杜芳琴，王政．妇女与社会性别学书系．天津：天津人民出版社，2004.
③ 李小江．让女人自己说话：文化寻踪．北京：生活·读书·新知三联书店，2003.

及《中国当代女性文学的文化探析》，荒林的《中国女性主义》[①]，杨莉馨的《女性主义诗学在中国的流变与影响》[②]等论著都对中国女性文学创作和批评给予了极高的重视。这些论著相互促进，紧紧围绕“妇女”“女性”“性别”进行研究，既有理论的构建，又有史料的汇总和梳理。她们对学术研究与资料的兼顾使中国女性主义文学研究的学科建设更加完善。

中国新时期的女性主义文学批评在借鉴、批判西方女性主义文学批评理论的前提下，显示出了积极的、自我建设性的一面，表现了较为温和的批评风格。与西方女性主义文学批评不同的是，中国女性文学批评关注“女性作者”较多，而对于作为“读者的女性”关注较少。20世纪80年代中期以后，女性主义文学批评迎来了“外延拓展”与“内涵建设”相结合的发展方向，涌现了一批男性学者的研究成果，但是从数量上和被重视的程度上来看，女性学者对女性文学历史的研究才是中国女性文学批评的主流。中国新时期女性主义文学批评经过四十余年的研究和沉淀，进入批评深化期，在女性主义研究中占据了重要的位置，涌现出许多专业研究者，促进了中国女性主义文学研究学科的建立和发展。如1987年，李小江率先在郑州大学成立了国内高校第一个妇女研究中心，之后，其他高校相继成立了中国女性文学研究机构，这使中国的女性文学跨向学科建设阶段。

2011年，国务院颁布的《中国妇女发展纲要（2011—2020年）》提出要强化妇女理论研究和高校的女性学学科建设，并鼓励高校开设女性学专业和课程，培养更多女性学的专业人才，之后女性文学得到了高度关注。

乔以钢、李小江、刘思谦、屈雅君等学者也积极推动女性学学科建设，分别对中国女性学学科建设提出自己的意见和建议。比如，乔以钢[③]指出女性文学的学科建设取得了一定成绩，但也存在着问题与挑战：一是如何认识和理解女性文学学科建设与社会文化建设两者之间的互动关系；二是如何改变女性文学重复性研究较多的问题；三是如何处理性别分析与文学的审美性之间的关系。乔以钢还发表了《论女性文学的学科建设》[④]，分析了中国女性文学研究的实践过程。她强调要积极推进学科化进程的步伐，这不仅有利于学科自身的发展，也有利于实现女性文学研究的人文价值建设。

屈雅君[⑤]指出，中国高等院校的“女性文学”“妇女文学”作为文学课的一个

① 荒林．中国女性主义．桂林：广西师范大学出版社，2004.

② 杨莉馨．女性主义诗学在中国的流变与影响．北京：北京大学出版社，2005.

③ 乔以钢．问题与挑战：女性文学学科建设之思．天津师范大学学报，2012（5）：1-5+15.

④ 乔以钢．论女性文学的学科建设．南开学报，2003（2）：104-111.

⑤ 屈雅君．关于女性主义文学批评学科建设的若干问题．学术月刊，1999（5）：54-61.

分支，已受到普遍的关注。她认为女性文学研究和女性主义文学批评的差异包含着客体与主体之间的区别。具体来说，女性文学研究是以女性文学为客体的批评，它对于批评家的性别、性别观念、性别立场及性别经验没有明确的界定。而女性主义文学批评则是女性主体的批评，它的出发点是社会性别视角和女性立场。中国的女性主义文学批评应是与中国女性生存现实和整个世界妇女运动相伴共存的。

刘思谦[①]指出，女性文学研究在20世纪八九十年代被纳入高校的教学和科研，并很快取得了一批具有影响力的研究成果，为女性文学研究学科建设奠定了坚实的基础。她提出以女性主义与人文主义相结合的研究思路，从方法论视角出发，把"女性经验""性别"及"言说主体"放入理论范畴之内进行界定，以达到女性文学研究的本体论、认识论、价值论及方法论的内在统一。

李小江的《女性/性别的学术问题》[②]是性别研究的启蒙读物。她从哲学视角论证了"有性的"人的基本规定，从"性沟"的历史生成切入社会生活，从女性的历史性"缺席"上论述了妇女和性别研究的沿革和异同，并分析了性别研究在中国产生和发展及其学科建设方面的问题。

畅引婷、邸晓星[③]也指出，中国妇女问题研究与女性学科建设具有人文价值，不同于自然科学研究为人类所提供的物质基础，也有别于其他社会科学研究对人类社会问题的研究。妇女研究的学科建设关注的是人们的思想文化和人文精神，以及人的文化生命活动的价值体认。

王俊、郭云卿[④]指出，中国妇女/性别研究经过四十余年的发展，"学科化"的诉求已成为一种情结。在国家政策大幅调整、高校"双一流"建设方略稳步实施的背景下，还没成为独立学科的"妇女/性别研究"又被卷入新一轮学科竞争与资源争夺中，"女性学"学科建设的传统路径也受到了挑战。

以上学者针对女性文学的研究和批评都反映了中国新时期女性主义文学研究取得的显著成就。同时，也标志着中国女性主义文学批评向学院化进军，并在女性学学科建设方面实现了与西方的同步。总之，女性主义文学批评的学科建设的生命力来源于社会生活，女性主义文学批评的学科建设意义和价值在中国新时期的文学之林占有重要的地位。

---

① 刘思谦．女性文学研究学科建设的理论思考．职大学报，2003（1）：38-42.
② 李小江．女性/性别的学术问题．济南：山东人民出版社，2005.
③ 畅引婷，邸晓星．当代中国妇女研究与学科建设的人文价值．马克思主义与现实，2013（4）：67-72.
④ 王俊，郭云卿．中国妇女/性别研究需要"学科化"的女性学吗？．妇女研究论丛，2020（4）：5-20.

四、拓展了文学研究的视野格局

新时期以来，中国的女性文学创作和女性文学批评取得了丰富的成果。女性文学研究的视野不断拓展，女性文学也显现出相应的变化，给女性主义文学批评带来了机遇和挑战。通过文学创作和批评实践，中国女性主义文学批评研究质疑了传统文学史和传统批评方法。

从文学发展史看，朱栋霖等主编的《中国现代文学史》[①]、陈传才的《中国当代20世纪后20年文学思潮》[②]、陈思和主编的《中国当代文学史教程》[③]、洪子诚的《中国当代文学史》[④]等论著均论述了新时期以来的中国女性文学创作与批评，以及它们所受的西方女性主义思潮和文学观念的影响。在文学批评方面，盛宁的《二十世纪美国文论》[⑤]、陈厚诚和王宁主编的《西方当代文学批评在中国》[⑥]、朱立元和李均主编的《二十世纪西方文论选》[⑦]以及朱立元的《当代西方文艺理论》[⑧]等理论研究专著，都设有专门的章节介绍女性主义文学批评的理论主张及代表人物等，这也标志着女性主义文学批评研究的视野格局进一步拓展。

经过四十余年的发展，在文化研究和文学批评领域出现了一大批专门从事女性主义文化与文学批评研究的专家学者。他们运用女性主义文学批评视角和方法，关注中国文化与文学的发展趋势。这些女性学者包括李小江、戴锦华、刘思谦、乔以钢、盛英、刘慧英、荒林、林丹娅、陈顺馨等。她们写出了一批代表性批评著作，如《夏娃的探索：妇女研究论稿》《性沟》《浮出历史地表》《“娜拉”言说：中国现代女作家心路纪程》《中国女性的文学世界》《二十世纪中国女性文学史》《走出男权传统的樊篱：文学中男权意识的批判》《两性对话：20世纪中国女性与文学》《当代中国女性文学史论》《中国当代文学的叙事与性别》等论著，这些文学批评都围绕性别批评展开，进行社会性别分析，属于文学社会学的研究思路。这些批评实践体现了对本土理论进行构建的思路。

新时期以来，女性主义文学批评家对女性及女性文学的理解趋于理性化。女性主义文学研究不仅重视对文学发展史料的梳理，而且运用跨学科方法，积极探索女

---

① 朱栋霖等．中国现代文学史．北京：高等教育出版社，1999.
② 陈传才．中国当代 20 世纪后 20 年文学思潮．北京：中国人民大学出版社，2001.
③ 陈思和．中国当代文学史教程．上海：复旦大学出版社，2008.
④ 洪子诚．中国当代文学史．北京：北京大学出版社，2010.
⑤ 盛宁．二十世纪美国文论．北京：北京大学出版社，1994.
⑥ 陈厚诚，王宁．西方当代文学批评在中国．天津：百花文艺出版社，2000.
⑦ 朱立元，李均．二十世纪西方文论选．北京：高等教育出版社，2002.
⑧ 朱立元．当代西方文艺理论．上海：华东师范大学出版社，2014.

性作家和作品批评的有效路径。在女性主义文学批评中，性别视角与女性文学研究的结合更加紧密，社会历史语境与女性文学研究之间的互动更加明显。此外，将女性文学研究与国家、民族等维度融合在一起的研究成为一种倾向。女性主义文学批评成为文学界的关注对象，足以证明它为中国的批评理论提供了从方法论到文艺审美的新启发，并且积极参与了中国新时期文学批评的多元化构建的历史进程，为拓展新的文学文化研究格局做出了贡献。

中国新时期以来的女性主义文学批评成果颇多，这与女性文学创作的繁荣状态相关。20世纪80年代后期，女性主义文学批评领域的一些男性学者对女性文学研究表现出隐晦的态度。步入90年代后，这些男性学者对女性主义文学批评研究还是持谨慎的态度。到90年代中后期，男性学者对女性主义文学批评的介入壮大了女性主义文学批评的研究队伍，使女性主义文学批评逐渐活跃起来，从幕后走到前台。如孙绍先的《女性主义文学》，康正果的《女权主义与文学》，林树明的《女性主义文学批评在中国》和《迈向性别诗学》，陈龙的《从解构到建构——论女性主义批评的理论渊源》，朱立元的《女权主义批评简论》，童庆炳的《中西比较文论视野中的文化诗学》，王富仁的《从本质主义的走向发生学的——女性文学研究之我见》，蒋述卓、宋音希《文化诗学之路的宽广前程——蒋述卓教授访谈录》等都体现了来自女性视角以外的男性视角的女性主义文学批评经验。这些男性学者比较系统地阐释了女性主义文学批评的研究成果，给中国女性主义文学批评理论的构建提供了新的补充，也证明了国内学界对女性主义文学批评的关注。他们的研究成果也得到了大多数女性学者的认同。他们在理论上的探索拓展了女性主义文学研究的视野格局。

20世纪90年代后，随着中国经济的快速发展和综合国力的提升，海外华人学者的社会地位不断提高，而华人学者社会地位的提升，又促进了中国文学和文化影响力的提升。超越身份、超越主流与边缘之后的移民女性文学创作与女性主义文学批评，不是抛弃个人的文化记忆，而是在保持原有文化身份和文化记忆的同时，对东西方文化与文明进行融合性的重组，并由此显现出作家与批评家的个人的创作标记。但是，海外作家与批评家的研究一直伴随着争议，她们的许多观点都曾受到中国学界的质疑和批评。其代表人物，如旅美女性学者周蕾，在她的《妇女与中国现代性：西方与东方之间的阅读政治》①中，结合自身的经历及相关理论，以“族裔化”身份对中国现代文学展开了宏观解读和阐释。她的海外华人学者身份，使她能够对西方文化的霸权进行批判，对中国传统文化的局限性进行清醒的分析和解读，

---

① 周蕾．妇女与中国现代性：西方与东方之间的阅读政治．蔡青松，译．上海：上海三联书店，2008.

为中国女性文学研究另辟蹊径。她对东西方的阅读政治进行了思考，她的著作可以总结为后殖民主义与女性主义的结合，也就是“后殖民女性主义”，表现了长期以来中国形象被西方“女性化”处理的不平等现象。周蕾对后殖民女性主义也进行了概括，她认为：

> 对于西方而言，中国的存在像是“他者”一般，因为“批判”的种种目的，让乌托邦主义（utopianism）和情欲主义（eroticism）于此处得以运作。克里斯蒂娃关于中国女人的著作显示了为了批判西方论述而将其他文化“阴性化”，如此诱人的策略事实上重蹈了那个西方论述的运作机制，因而无法成为相对于它的另类选择。在克里斯蒂娃作为一名批判者以及“西方”的整个形而上学之间的关系里，“中国”变成了“女人”而显得多余。[①]

旅美女学者孟悦与戴锦华合著的《浮出历史地表》被视为中国新时期女性主义文学研究的开山之作，至今该著作仍被认为是女性主义文学研究领域最优秀的学术成果之一。

旅美女学者刘剑梅重要的学术代表作《彷徨的娜拉》[②]一书着重书写了当代中国女性真实的生存状态和精神状态。这部作品是用女性视角观察社会和人生，为女性说话，具有女性主义的思维和视角，认为经济全球化背景下的中国女性应注重和维护自身的主体价值。

海外华人女性学者中的这些关注中国新时期女性主义文学批评研究的学者，取得了丰硕的研究成果。这些作家与批评家推动了海内外中国女性主义文学的创作研究，推进了中国女性主义文学批评的反思进程。正是由于中西方存在的差异，发出了中国女性主义文学研究的另一种声音，拓展了中国文学研究的视野格局。

五、开启了两性之间的批评对话

中国新时期女性主义文学批评通过提倡塑造具有独立人格的女性文学形象，理性研究两性世界的对话，有力地促进了两性平等和女性独立等观念的传播，对传统的性别意识进行了解构和冲击。正如林丹娅在《女性话语的文学境遇》一文中所指出的那样：

① 周蕾．妇女与中国现代性：西方与东方之间的阅读政治．蔡青松，译．上海：上海三联书店，2008：49.

② 刘剑梅．彷徨的娜拉．北京：生活·读书·新知三联书店，2005.

> 中国的女性文学批评实践状况表明：她既是八九十年代中国女性文学文本批评之需要，又是八九十年代改革开放、思想解放、众声喧哗的大气候下产生的一个质疑、挑战男权话语体系的声音，同时她还是受世界性的女性主义批评思潮与理论话语启蒙、互动下有机生长的一部分。由于中国社会历史文化沿革所具有的复杂性，注定了女性寻找自我、追求性别平等的努力，不仅是“最漫长的”，同时还是错综复杂的。[①]

新时期以来，中国女性文学批评面对的仍然是社会中的性别角色不平等，不带任何偏见、多元价值取向的性别角色还没有真正被塑造起来。要改变这一模式，除了需要对男权中心文化重构，也需要女性自身通过自强、自立、自主来塑造女性角色，从而达到拓展文学研究的视野格局。

早在20世纪80年代中期，谈到自己写作的主题时，张抗抗[②]就指出：因为我写的是“人”的问题，是男女两性面临的共同的生存和精神的危机问题；不能说男人和女人谁比谁好；人都有各自的和共同的问题；不要把男女两性对立起来；女性主义话语渗透到中国新时期女性文学领域，不仅证明了女性主义话语被接受，同时也证明了女性在自我完善和争取平等、双性和谐上的信心；中国的女性主义文学批评在实践过程中使女性更好地认识自我，使男性重新审视女性，对建立两性之间的共同思考与批评对话具有重要的影响作用。

荒林[③]认为，男女两性作为生命存在，不管什么时候，什么样态，他们之间始终存在的就是对话或者潜对话的共生关系。荒林与王光明合著的《两性对话：20世纪中国女性与文学》从性别视角对中国女性文学中的女性处境和两性关系的演变进行了研究，并围绕20世纪的中国女性展开对话。作者从新的视角观察社会中实现男女两性之间平等的对话。

陈顺馨[④]对中国女性小说中的女性形象及女性意识、个体意识的缺失等情况展开了讨论。她指出一些女性作家对男性话语有认同，如《青春之歌》的故事情节描述的就是林道静不断为男性所拯救并引导，最终走向成熟的一个过程。也有不少批评家指出，无论是对“文革”时期的“铁姑娘”形象的推崇，还是对当今的“女强人”的形象描述，都是在男女平等和妇女解放的外衣下，隐含着对女性的无性别、非性别的形象塑造，但是女性写作不能走向把性别与政治相对立、把个人领域与公

---

① 林丹娅．女性话语的文学境遇．东南学术，2004（1）：139.

② 张抗抗．我们需要两个世界．文艺评论，1986（1）：58-60.

③ 荒林．性别虚构·对话与潜对话·女性书写的现实激情．文艺争鸣，1999（3）：68-74.

④ 陈顺馨．中国当代文学的叙事与性别．北京：北京大学出版社，1995.

共领域相隔绝的地步。

吕颖[①]认为，对于女性文学批评来讲，怎样理解两性之间的对话、怎样理解“性别身份”是值得思考的问题。女性文学批评领域的男性批评家参与女性文学批评的对话，是在为女性文学批评发声。理解双方“对话”的真正含义，是男女两性之间的批评对话能否正常进行的关键所在。

中国新时期的女性主义文学批评通过文本实践，将女性视角成功地融入女性文学文本中，目的是实现对男权文化的解构和批判，为女性创造属于她们自己的话语空间。女性主义文学批评通过文学批评的方式为人类寻求真理的实践创造了条件。所以从对话的角度来说，与女性主义者对话的人大多属于非女性主义者。只有通过不同向度的对话，才能实现超越性别的批评和两性之间的合作，最终达到共同的精神目标与指向。

第二节　中国新时期女性主义文学批评的经验

西方女性主义文学作为妇女争取平等权利的表达方式，在20世纪60年代的女权运动中产生，女性主义文学批评也随着女性主义文学的产生而产生。女性主义文学批评为女性创作提供了有益的理论基础，并形成了女性主义文学批评理论体系。新时期以来，随着西方女性主义文学理论在中国的传播，中国的女性主义研究也从萌芽到发展，经历了从不被重视到被关注的发展过程。女性主义文学批评的理论建设和批评实践，作为女性研究的重要组成部分，也在渐渐成熟。随着女性地位和权利的不断增强，女权主义也不再是社会的主流。近年来，常见的女性主义批评的成果主要是译介国外的女权主义经典论著以及编写女性主义理论教材等，例如朱虹主编的《美国女作家作品选》和《美国女作家短篇小说选》、胡敏等翻译的玛丽·伊格尔顿的《女权主义文学理论》、巫漪云等翻译的弗里丹的《女性的奥秘》、王还翻译的伍尔夫著的《一间自己的屋子》等。

随着西方女性主义文学批评理论被大量译介，中国的女性主义文学创作及文学批评也向纵深发展，中国的女性主义文学批评理论也开始快速建构。在西方女性主义批评理论的影响下，中国有了真正意义上的女性主义文学批评。西方的女性主义

① 吕颖．女性文学批评的几个关键问题思考：从“对话与参与”的角度谈起．北京行政学院学报，2011（6）：119-123.

文学批评理论在某种程度上具有较强的性政治色彩，所以当时的中国女性主义文学批评也同样具有性政治的特征。性别政治、性别歧视、男权文化、女性意识、性别诗学、文化诗学等女性主义文学关键词不断出现在中国女性主义文学批评文本中，这说明了中国女性主义批评已走向繁荣。

在西方女性主义文学批评理论被译介到中国的几十年中，中国女性主义文学批评经历了译介、传播、阐述、评价、质疑、吸收、改造、发展、重构等阶段。在此过程中，西方女性主义文学批评最终被植入中国女性主义文学批评话语体系中，使中国女性主义文学批评形成了多元化格局。西方理论与中国女性主义文学批评相结合并逐步发展成为具有中国特色的女性主义文学批评理论体系，推动了中国女性主义文学研究的发展。这个过程确立了中国构建系统化的女性主义文学批评的新起点。

从西方女性主义文学批评到中国女性主义文学批评是一个文化过滤的过程，即中国女性主义文学批评按照自身的文化传统，对西方女性主义文学理论有意识地选择、分析、甄别、借鉴与重构。这种“文化过滤”的过程在中国的女性主义文学批评理论与实践中，不断地发生和发展，使中国的女性主义文学批评视角和思想融合了西方的女性主义理论。这也表明了中国的女性主义文学批评家开始对中国女性的文化思想和中国女性文学传统进行整理，在“拿来”西方女性主义文学批评理论的基础上，结合中国女性文学批评的具体情况进行研究。在借鉴西方的女性主义文学批评的同时，完成了从“西方女性主义文学批评”到“中国女性主义文学批评”的转向。

纵观中国女性主义文学批评的发展史，中国的女性文学早在“五四”时期就开始萌芽。开始时，女性文学对社会底层的平民女性及受男权压迫的女性进行了特别关注，涌现出诸多以“典妻”为主题的女性作品，比如徐杰创作的《赌徒吉顺》①、台静农创作的《蚯蚓们》②、柔石创作的《为奴隶的母亲》③和罗淑创作的《生人妻》④等。“典妻”也叫“租妻”，就是因为贫穷等原因把妻子租给其他男人。这些“典妻”文学作品表现了女性的悲惨命运，以此来批判阶级压迫，唤起社会对她们的关注。五四运动后，女性文学作家在女性题材的作品创作中，对女性形象的塑造和以往不同的是，以人道主义立场来塑造女性形象。大量的作品塑造了追求独立解放的

① 徐杰．赌徒吉顺 // 徐杰．子卿先生．北京：华夏出版社，2009：70-92.

② 台静农．蚯蚓们 // 台静农．地之子．郑州：海燕出版社，2015：92-99.

③ 柔石．为奴隶的母亲 // 柔石．青年和妇女的人生写照：柔石小说全集．北京：中国文联出版公司，1996：561-583.

④ 罗淑．生人妻．上海：上海文化生活出版社，1938.

女性形象，如许地山的《商人妇》[①]、鲁迅的《伤逝》[②]、丁玲的《莎菲女士的日记》[③]等。这些作品体现了女性摆脱顺从的心理，向传统的婚恋观挑战，宣扬了女性的主体意识。随着社会的进步，这些作品中女性形象逐步完善。因此这些作品能够真实还原当时社会的女性生存境况。正像鲁迅先生所说的“揭除社会病痛，使女性获得疗救关注”，这也是当时对女性反抗包办婚姻，追求自主婚恋，把握自己的幸福的女性形象塑造的亮点。婚恋自由是妇女解放的重要部分。受五四运动的影响，当时的女性勇敢地反抗包办婚姻、主动追求自己的爱情。这一时期的女性文学作品体现了中国妇女追求解放的思想，为中国女性主义文学的发展奠定了基础。

新中国成立后，中国女性文学研究进入了一个全新的发展阶段，中国女性地位发生了历史性的转变。在“男女都一样”的环境和氛围中，女性处于一种“无性”状态。女性作家极力淡化女性特征，试图获得男性中心文化的认同。在忘我的性别角色认同中，女性迷失了主体意识。改革开放以后，“女性”将自己从“无性”状态中脱离出来，以女性主体身份去审视整个历史。由于当时中国的女性研究是建立在男女平等的基础上，所以女性研究较多地侧重社会文化，中国的女性享有了选举权和被选举权，并获得了参政的权利，这些显示了女性地位的不断提高。

女性主义文学批评进入中国女性文学领域的开始时间是20世纪80年代初。虽然中国女性主义文学批评的发展并没有西方女性主义文学批评那么完善，但是也积累了一定的经验。80年代，中国的女性主义文学批评家的女性意识开始觉醒，她们针对男权主义进行研究和批判。因此，这一时期的女性主义文学批评是以性别意识为理论基础的。她们从开始就特别看重女性作家的创作并进行宣扬。从1980年到1982年，女性主义文学批评家李子云沿着女性作家（包括张洁、王安忆、宗璞、张辛欣、张抗抗等）的创作脚步，对她们的作品进行深入挖掘。1984年，她的评论《净化人的心灵》出版，轰动一时，为女性主义文学批评的发展开拓了前进的道路。1987年，她的另一篇文章《女作家在当代文学史所起的先锋作用》[④]指出，中国新时期的女性文学作品在数量上和质量上，都达到了前所未有的高度，她们的作品起到了先锋作用，打破了传统文化的约束。1983年，吴黛英[⑤]首次提出“女性文学”这一概念。1986年，她在《女性世界和女性文学——致张抗抗信》中对女性文学的概念（包括广义和狭义的概念）进行了阐释，她认为“女性文学”比“妇女文

① 许地山．商人妇 // 傅桂禄．商人妇．北京：群众出版社，1994：1-17.
② 鲁迅．伤逝 // 鲁迅．彷徨．北京：人民文学出版社，1973：113-134.
③ 丁玲．莎菲女士的日记．北京：人民文学出版社，2004.
④ 李子云．女作家在当代文学史所起的先锋作用．当代作家评论，1987（6）：4-10.
⑤ 吴黛英．新时期女性文学“漫谈”．当代文艺思潮．1983（4）：35-41.

学”更能突出文学的性别特征。1986年，王绯在《张欣欣小说的内心视镜与外在视界——兼论当代女性文学的两个世界》[①]一文中率先提出了划分女性文学“第一世界”和“第二世界”的学说。1989年，她在《上海文论》的女性主义批评专号上提出了反对男权的主张。

新时期以来，中国女性主义文学批评取得的学术价值和意义在于：一是在译介西方理论的过程中，对其概念、内涵、特征等有了深入的研究，奠定和拓展了女性学研究的理论和方法基础；二是从女性主义文学批评的性别视角研究了20世纪女性文学发展史，摆脱了男权社会统治下的文学写作传统中的男性中心文化；三是以女性主义的方法观照中国女性作家的文学创作，使中国女性文学的研究呈现出新气象。中国女性主义文学批评促进了女性文学创作的发展，促使女性文学创作更富有女性主义的色彩。

20世纪90年代的中国女性主义批评在反男权文化模式上产生逃离男性或放逐男性的倾向，中国本土的女性主义文学批评开始向纵深发展。中国女性主义文学批评呈现出繁荣的景象，创作出了丰硕的文学批评成果，具有代表性的有刘思谦的《“娜拉”言说：中国现代女作家心路纪程》、盛英的《二十世纪中国女性文学史》等。1995年，由男性学者林树明首次提出了“性别诗学”的概念以后，“性别诗学”随之在我国引发了讨论和研究。1999年，在北京举行的第四届世界妇女大会引发了女性主义研究的热潮。

20世纪90年代的女性主义文学批评与80年代相比有两个明显的特点，一是以往宽阔的批评视野逐渐缩小，批评对象基本上聚焦于陈染、林白等一批女性作家的作品。男性作家的作品中的女性人物形象很少有人分析，也少有对男权意识的批判。二是批评方法和话语系统产生了较大变化。借鉴西方女性主义批评流派发展的最新理论来阐释女性文学文本、寻找适合中国女性主义批评的理论构建模式的尝试，使中国女性主义批评进入了一个不同于80年代的新阶段。

进入21世纪以来，女性文学已然发生了变化，中国女性主义文学批评比较关注的主题仍是处理个人经验的表达、性别主体性的确立，以及女性主义文学发展历史的建构。如荒林、王光明的《两性对话：20世纪中国女性与文学》，林丹娅的《当代中国女性文学史论》，西慧玲的《西方女性主义与中国女作家批评》，陈志红的《反抗与困境——女性主义文学批评在中国》，邱高、罗婷的《马克思主义女性主义理论与批评在中国的接受与影响》等等。但是，女性主义文学文本却很少以女性经验为核心，情节设置和人物形象的塑造也很少以性别意识作为根本动力。女性

① 王绯．张欣欣小说的内心视镜与外在视界：兼论当代女性文学的两个世界．文学评论，1986（3）：44-52.

写作正在突破原有的理论框架，女性主义文学批评应如何做出响应？如不进行理论调整，将很难与女性写作的变化相适应。

21世纪中国女性主义文学批评在逐渐走向兴盛的同时，也进行了沉淀与反思：一是中国女性主义文学批评理论层面开始了与西方的舶来品的“决裂”，女性主义文学批评界认识到实现中国女性主义文学批评理论的本地化构建，还需要中国研究者进行一系列的探究与付出；二是实现了方法层面的“回归”，意识形态与女性主义批评密不可分，如果忽视或疏远两者的关系将造成女性主义文学批评的缺失，这也是以往女性主义文学批评所忽略的研究内容；三是在“双性同体”层面上，建立“双性和谐”。

新时期以来的四十余年里，中国本土的女性主义文学批评从最开始的激情介绍到突进式的反叛解构，再到如今的沉淀反思，经历了从西方女权主义背景下的探究到本土理论的发展再至作品的繁荣及多视野、多元化的演进过程；从最初的对女性生存个体的审视，在批评实践中重构女性主体，到用女性立场对传统男权文化进行批判，我国女性主义文学批评体现出了自己的价值取向。社会发展使我们站在新的高度审视女性在当今社会生活中的位置，“社会性别”问题远比女性主义文学批评所关注的男女性别立场和性别意识更加复杂。中国女性主义文学批评经历了挖掘女性自身经验与特点，追求女性独立的人格与自我意识的发展阶段后，正向着多元与开放的文化审美迈进。

第三节　中国新时期女性主义文学批评的困境

经过多年的发展，中国新时期女性主义文学批评在文学领域已占有一定的地位。女性主义文学批评重新引导了中国女性文学中的价值观，女性主义文学批评家通过文学批评来分析和体现特定文化中的性别问题，试图解构男女权力的不平等现象，并对长期存在的文学偏见进行挑战。虽然女性主义文学批评取得了长足的发展，但是它也存在一些问题。很多女性主义文学批评家没有和激进的女性主义文学批评家达成一种共识，导致没有形成共同的研究领域。一些女性主义文学批评家感觉到女性主义文学批评过于理论化，或过于激进。如果想改变这一切，就需要从女性的自我突破上下功夫。进入21世纪以后，中国女性主义文学批评的冲击力逐渐减弱，甚至陷入困境当中，直接影响了其发展步伐。

一、生搬硬套概念，理论深度不够

我国在借鉴西方女性主义文学批评理论时，出现了生搬硬套的现象，不管西方理论是否适合中国的国情，甚至对不太恰当的文学批评现象也加以套用。很多的女性主义文学批评家不是从女性文学作品的具体文本出发，而是主题先行，预先设定女性遭受男性压迫的历史语境，然后按照这个预先设定的意图，使女性文学文本成为女性历史和文化宿命的佐证。一些女性主义文学批评用西方的理论寻找中国女性文学中对应的文本案例，其结果只是强化了西方的理论例证，但在中国本土女性主义批评理论的构建上没有任何的突破。一篇评论文章往往会变成对西方某一理论的演示，出现了批评家所演示的专门为“理论”而“理论”的现象，甚至出现了“此理论”而非“彼理论”的现象。比如，20世纪90年代出现的“身体写作”就是这种乱用西方理论的例证。这些现象使我国在女性主义文学批评理论方面的构建缺少必要的创造性和建设性。

女性主义文学批评理论先行会导致批评视点及方法单一，产生对文学作品文本的复杂性的忽视，同时出现批评缺失“文学性”的现象。李小江①指出，像批判者要对过去男权中心社会的价值观念进行检验一样，她们对西方的理论也要过滤。女权主义者对男权总持批判和怀疑的态度，这与西方的批评态度相似。中国的女性主义文学批评对西方女性主义理论应该取其精华去其糟粕，要勇于质疑，建立起符合中国国情的女性主义文学批评理论体系与框架。一些女性主义文学批评强调女性文学要表现真实的女性人生，一些批评家将女性文学所反映出的东西当作真实的生活事实去阐释，把人物所表现的性别倾向视为作家本人的性别价值。如一些批评家对张洁、王安忆的作品进行分析，简单机械地将作品中的人物的缺憾归咎于作家思想上的局限，这就显得没有说服力了。又如，许多批评家将张爱玲、李清照等女作家说成女性主义作家，在分析张爱玲作品的意义时，认为张爱玲作品中表现的女性人物形象就是女性主义形象，并称张爱玲是女性主义代表人物；有一些批评家认为李清照将“女性意识的觉醒”贯穿于作品之中，因此在某种程度上也是女性主义者。张爱玲、李清照的作品虽然表现了女性的生活感悟，表达了作者对于自身性别的认知以及女性的“自我意识”，但这只不过是一种性别觉醒。如果将这些称为女性作家意识到男女不平等和倡导平等的男女两性关系的女性主义文学批评，则显得有些牵强。一些批评家将与女性主义不相关的女性文学作品视为女性主义文学批评理论

① 李小江．女性？主义：文化冲突与身份认同．南京：江苏人民出版社，2000.

的体现，认为它们是一种早期的女性主义的说法也值得商榷。崔卫平指出：

> 尽管“主义”号称自己是对历史和现状的一种新的解释，是重新并真正客观地认识这个世界，但实际上往往是在它的认识活动开始之前，它就已经结束了这种认识：它的结论早已准备好，正是原先的那个前提、立场。他（她）们自己把它放进去又掏了出来。比如带着“男人是压迫者，是削弱女人的力量”这种眼光去扫描历史与现实，所得出的结果不会比这更多，除非是再加上一些血迹斑斑的佐证，给人以添油加醋的感觉。①

对于女性主义文学批评文本中的很多关键性概念，不同的批评家有不同的界定，导致许多概念的混乱。波伏娃的《第二性》指出女人不是天生的，是后天形成的，这一说法被学界奉为圭臬，在女性主义文学批评文本中随处可见，其原因主要是女性主义文学批评理论建构的不足，缺少稳定的理论体系。批评家大都以这句话为出发点，这也是女性主义文学批评实践的主要弊端。

“女性文学”已成为中国女性主义文学批评理论中经常使用的一个概念，但“女性文学”的概念并不统一，歧义比较多。围绕这一内涵模糊的概念，中国女性主义文学批评领域曾经有过多种不同的解释，出现了多种争论：凡是女性作家创作的文学作品都属于女性文学，还是反映女性生活的作品就是女性文学，还是体现女性意识的女性作家创作的作品就是女性文学？女性文学对作者的性别有无要求？然而问题却没有这么简单。因为，在我们今天的女性文学学术话语中，这种模糊的批评概念就在其中。实际上，“女性文学”不是由作家的性别或者文学作品所表现的女性题材来决定的，而是以文本中所表现出的与男权中心文化及其话语系统相对立的女权意识来界定的。其中“体现女性意识的女作家创作的作品”这种说法在女性主义文学批评实践中使用最多，同时出现的歧义也最多。女性主义文学批评中过度偏向女性性别意识的诉求也体现了这一点。

进入20世纪90年代后，“女性主义文学”这一概念一直以来都是女性主义文学批评领域的批评对象，并成为女性文学研究中的关键词。女性主义文学批评由于理论构建不足，缺乏符合学术规范的概念，导致“女性主义文学”一直处于身份不确定的状态。金文野②指出，由于女性主义文学批评在概念的使用上存在以女性文学取代女性主义文学、以女性意识替代女权意识的混乱状况，导致了概念理解的杂乱无序。这也成为女性主义文学批评理论构建的突出问题。2003年，著名学者孟悦与

① 崔卫平．我是女性，但不主义．文艺争鸣，1998（6）：49.

② 金文野．女性主义文学论略．文艺评论，2000（5）：64-67+92.

薛毅进行了一次关于女性主义的深入访谈。孟悦以小说《上海宝贝》为切入点，谈到20世纪八九十年代以来，女性主义陷入商品化困境，指出了女性主义研究中应注重的问题。她指出：

> 有的东西很难称它们为女性主义，比如说《上海宝贝》，怎么可能叫作女性主义呢？这可和商业化类比，当我们谈到文化身份时，文化身份可以变成一个卖点，当然女性主义也可以是这样。这和文化机制的商业化有关系，任何标新立异的、有可看性的东西，都可能被纳入商业化，因为它有流行效应。而对真正的女性主义来说，要找出什么东西被边缘化了、被压抑了，权利被剥夺了，到底被剥夺的是什么？女性主体有没有反抗、以何种方式反抗，这在一个性别异常商业化、商品化的时代，是非常不容易看清的。①

二、对话性和兼容性不足

西方女性主义文学批评得以扩展到全球，关键在于它与西方文艺思潮中的解构主义、新历史主义等理论批评有着深度的融合。中国女性主义批评理论本土化构建过程中忽略了与男性的对话性，导致女性主义文学批评出现了理论兼容性不足现象。乔以钢②指出，虽然中国没有西方那样的女性主义理论，但并不等于中国悠久的历史文化传统中就没有对性别问题的深度思考和理论阐述。

中国女性主义文学批评在本土化理论构建的过程中忽视了对话性，致使中国女性主义批评在理论构建的过程中缺乏理论生机，这是女性主义无法跨越的学术障碍。由于批评文本阐释的简单化、单一化和机械化，中国女性主义文学批评很难得到“女性文学”作家的认可和支持。有的“女性文学”作家对批评家持冷漠、拒绝的态度，这就使女性主义批评陷入尴尬的境地，形成了女性主义文学批评与“女性文学”创作两条互不相干的话语平行线。李小江主编的《文学、艺术与性别》③中就出现了女性作家与女性主义文学批评家大量的对话内容。

理解“对话”的真正含义，是女性主义文学批评中批评对话能否正常进行的第一要务。从文学批评的历史语境来看，女性主义文学批评不仅仅是特定时代女性主

---

① 孟悦，薛毅．女性主义与“方法”．天涯，2003（6）：46.

② 乔以钢．漫谈女性文学研究的若干问题．扬子江评论，2008（1）：64-71.

③ 李小江．文学、艺术与性别．南京：江苏人民出版社，2002.

义者与非女性主义者之间的较量，也是人们通过文学批评的方式共同寻找精神真理的过程。苏联文艺理论家和符号学家米哈伊尔·巴赫金（Mikhail Bakhtin）[①]认为真理不是来自和存在于某个人的头脑里，它是在共同寻求真理的人们之间生成的，是在他们对话过程中产生的。按照巴赫金的论述，对话是贯穿于人们行为中的基本特性，不仅包括人与人之间的直接对话，还包括人的各种活动的对话功能。

盛英的《女性批判：中国男作家的男权话语》[②]也曾批判男性作家莫言、贾平凹、张贤亮、陈忠实、苏童、蒋子龙、阎连科、张宇、柯云路等人的作品中出现的"厌女"情结。她批评的涉及面很广泛，批评观点尖锐，批评的硬伤也很明显。这也是由于缺乏与男性之间的对话而形成的一种症结。中国女性主义文学批评在发展过程中，因缺少与本土男性批评家之间的对话意识等原因，造成自身视野的狭隘和理论的片面性，难以形成全面、深入的理论体系。从中国女性主义文学批评的对话状况来看，王春荣、吴玉杰[③]指出，要克服单性别的主体偏激、偏颇及偏狭的思想，明确男女两性的"主体间性"，在两性间开展一种互为主体的对话。

三、批评的"走偏"现象

在女性主义文学批评过程中，出现了"走偏"现象。"酷评""潮评""霸评""痞评"成为流行的文学批评方式。这种现象产生的原因有很多：一方面是由于不同批评家对西方女性主义理论的理解不同，不同学者的认知能力和研究背景也不尽相同。因此，对同一理论的文本解读亦不相同。另一方面，以吸引眼球和商业炒作为目的的文学批评也造成了女性主义文学批评的"走偏"现象。许多经典文本经过多次解读难免会让读者有"新瓶装旧酒"、没有任何新意的感觉。女性主义文学批评在商业文化的影响下出现了"反文学性"倾向，这种不忠实于文本的解读现象既是对作家及作品的不尊重，又是对文学批评本身的不重视。吴高园指出：

> 2005年，一本名为《十美女作家批判书》的批评力作在书市上颇为热销。独特而略显暧昧的装帧设计、别有用心的书名，扉页上一段广告味及火药味都相当浓厚的文字更是让读者欲罢不能："全书语言直接犀利，锋芒毕露，处处闪烁着文学语感的刀光剑影。是一部文学底气十足、生猛出击的文学批评文本。……彻底否定文坛风起云涌的'身体写作'浪潮。

① 巴赫金. 巴赫金全集（第5卷）. 白春仁，顾亚铃，译. 石家庄：河北教育出版社，1998.

② 盛英. 女性批判：中国男作家的男权话语 // 荒林. 两性视野. 北京：知识出版社，2003：48-65.

③ 王春荣，吴玉杰. 反思、调整与超越：21世纪初的女性文学批评. 文学评论，2008（6）：23-27.

> 以时尚的语言开创了文学'后酷评'时代。"一本书开创文学史上的一个时代，这似乎在文学频繁遭遇尴尬的今天很有点让人振聋发聩，想要一探究竟。[①]

姚楠[②]认为，酷评存在时尚化、商业化特点，以其炫耀式的包装吸引了读者的眼球。虽然可以在短时间内获得更多的注意力，但是这种现象很不讲学术道德，不关心对学术发展是否有利，不关心对批评对象是否尊重，只关心酷评者的自身喜好。

导致中国的女性主义文学批评陷入困境的原因之一是在理论构建中缺乏展开批评的良好的环境。女性主义文学的发展需要获得社会各界的支持，但也需要客观激烈的批评，因为指出女性主义文学发展当中的不足和问题正是促使其自我完善的动力。这种激烈的女性主义批评或许在中国的理论构建上具有启蒙意义，但是如果在批评中"走偏"方向，一味地迎合消费市场，这样的文学批评则无法走得更远。西方的女性主义批评走过了漫长的发展之路才逐渐成熟，中国女性主义文学批评也要避免出现偏激和极端的批评形式，谨慎地去审视和运用女性主义文学批评理论，使其走向健康的发展之路。

四、女性主义文学批评的边缘地位

进入20世纪90年代以后，女性主义文学批评边缘化的说法变得越来越明显，持这种观点的人认为女性文学已经退出了公众的社会生活空间，失去了文学的塑造功能。这个时期，消费文化已进入人们的生活空间。女性主义文学批评边缘化现象是由几方面原因造成的：一是人们对于女性文学的偏好转向娱乐性；二是女性文学的价值被消解；三是文学引领社会发展的作用被90年代的"身体写作"逐渐消解；四是互联网的快速发展，使人们的阅读方式发生了变化。

20世纪90年代中期之后，一些中国的女性主义文学批评家认为，女性主义文学批评就是颠覆和反叛以男权为中心的传统文化，女性主义精神和女性主义意识依附于女性文学文本之中。这种观念的存在导致了对男性作家创作的对抗。还有些批评者认为，男性把自己看作世界的普遍真理，把偏见埋于中立和客观的表象之下，因而忽略了女性的经验与特点，所以，他们很容易进入权力中心。但是，这种孤立

① 吴高园. 当代文学中的酷评现象：由《十美女作家批判书》谈起. 郧阳师范高等专科学校学报，2010（1）：46.

② 姚楠. 酷评：一类反调的文学批评时尚：世纪之交文学批评论. 文艺评论，2004（4）：4-10.

式的女性主义文学批评研究造成了批评的无力，将女性主义文学批评推向边缘化，促使中国女性主义文学批评陷入困境。

虽然中国女性主义文学批评不断发展，但是以男权为中心的文化仍旧有控制女性自由活动的现象，女性依然处在公共空间的“他者”和边缘地位。美国女权主义者、社会活动家葛劳瑞亚·晋·沃特金（Gloria Jean Watkins，笔名贝尔·胡克斯）指出：

> 每天都与男性接触的妇女需要能让她们把女权运动与她们日常生活相结合的策略。由于当代女权主义没有充分地提及或者根本没有提及这些困难的问题，所以它把自己放在了社会的边缘而不是中心位置。①

女性主义给人的印象是一种对抗男性的激进态度，有一些人更容易把女性主义视为一种性别的偏见。有些女性主义者对于性别过度关注，将女性主义理论归纳为对性别歧视和男性压迫的批判。一些女性主义者认为社会对女性不理解，担心女性遭受歧视。她们将与男性的对抗看作是女性获得解放的唯一方法。她们认为女性所有的东西都是美好的，而不进行自我反省和自我批判。张抗抗在接受访谈时曾经说：

> 女作家为什么不愿承认自己是女权主义，其实深层原因是怀着一种恐惧感，对于矫枉过正的极端女权主义带给我们的伤害确实很害怕……如果生活中存在女权主义，我觉得一旦女权主义实现以后男人一定会很受压迫，而男人很不自由的时候，女人又怎么会自由呢？②

一部分女性主义者的观点造成了社会和人们对于女性主义的误解，使之偏离了社会的主流。中国女性主义文学批评与主流学界的自觉对话意识和能力存在不足，导致女性文学缺少系统性研究。为此，这种孤立的批评研究造成了无力的批评结果，使女性主义文学批评形成自说自话的边缘化缺陷。

五、“异域性”和“本土化”对接的脱节

中国女性主义文学批评存在“实践先行，理论滞后”的特征。因理论建构的不足导致在女性主义文学批评实践中出现复杂混乱的局面。由于在中国女性主义文学

---

① 胡克斯．女权主义理论：从边缘到中心．晓征，平林，译．南京：江苏人民出版社，2001：91.

② 张抗抗．你是先锋吗？张抗抗访谈录．上海：文汇出版社，2005：36.

批评的发展过程中，女性主义文学批评家在批评实践中注重借鉴西方理论资源，却没有很好地结合中国具体实际情况，对中国本土性别研究资源的继承和挖掘不到位，导致出现了僵化的生搬硬套理论的现象。理论研究水土不服，出现了“异域性”和“本土化”对接脱节的境况。

西方女性主义文学批评是在一种矛盾中形成的理论。在形成过程中，不断为自己设置理论上的难题和障碍，并陷入批评的瓶颈之中。西方女性主义文学批评正是由于难题和矛盾并存，才促使其理论发展不断地寻找新的路径，走出批评的困境。中国女性主义文学批评自20世纪80年代初引进各种西方文学批评理论，虽然为中国传统批评带来了新鲜的理论和方法，但是中国的女性主义文学批评在理论建构过程中很少具有西方的探究精神。中国女性主义文学批评的文本大多是对西方女性主义文学批评的响应，讨论的是西方的理论观点，这种脱离中国现实语境的女性文学批评方式必然会遭到误解与非议。

六、过分强调“女性”，忽略了“人性”

“人性”是人在一定的社会制度和一定历史条件下形成的本性。文学作品最能震撼人心灵的是它所展示的纯真的“人性”。“人性”是文学永恒的主题。所以说，对“人性”的探究是作家构思作品的重要目标。中国女性主义文学创作和批评过分强调男女两性差异，出现了过分强调“女性”，忽略了“人性”的倾向。女性文学作品应当是作家通过作品表现“人性”，从而真实反映和揭示女性的生活与现状。在自由宽松的创作环境下，作家应敢于揭示社会与人生的真实情景，而不是刻意按照某种目的臆造和歪曲生活。西方女性主义文学批评注重男女两性都有的“人性”，而中国的女性主义文学批评在“人性”与“女性”之间更倾向于关注“女性”，以强调“女性”来反抗男权为中心的文化。首先应该肯定的是中国女性文学从模糊的女性意识到觉醒的女性意识这一女性文学研究及批评的进步。丁帆等①指出如果把“性”作为作品中的“大写”，而把“人性”消隐到“小写”，解构“人性”就进入了一个困境。这也是中国女性主义文学批评在借鉴西方理论过程中发生变异所导致的影响女性主义文学发展的一个因素。实践证明，女性文学要讲“人性”，这种“人性”就是讲政治基础上的“人性”、阶级基础上的“人性”。如果女性文学不表现出“人性”，就不能称其为文学，“人性”是文学的核心。中国新时期女性文学的

① 丁帆，王彬彬，费振钟．“女权”写作中的文化悖论．文艺争鸣，1997（5）：11-16.

“人性”内涵的变化，经历了从“人性”的压抑到“自我”的寻找，再到“女性”的本体展示，是一个艰难的过程，也是伴随着女性文学逐渐成长的过程。

第四节　中国新时期女性主义文学批评的重构

新时期以来，西方女性主义理论与中国的本土实践之间的关系始终是中国女性主义研究所面临的主要问题。理论运用的僵化和教条，以及实际的偏离导致许多质疑和困惑的声音出现。我们应革除简单地“西为中用”的弊病，在本土化文学理论的建构中，应立足于具体的创作实践，这是确保理论有效性的重要途径；要通过与西方理论的积极对话来实现中国女性主义文学批评的本土理论构建。

一、避免过度依赖西方理论

中国的女性主义文学批评应全面认真地对西方女性主义文学批评的发展经验进行总结，使之与中国的历史与现实语境结合起来，对女性文学的价值做出评判，坚持政治立场与审美特性，建设具有中国本土特色的性别文化视域，促进女性主义文学话语体系的重构，摆脱过度依赖西方理论的困境。但是，也不应过分夸大本土经验的特殊性，因为这又会掩盖世界范围内女性问题的共性，分裂女性主义在全球的发展。由于女性主义理论与女性自身的存在与发展有着紧密的关系，它针对女性生活的不同方面进行研究，而女性的生活经验具有人类的相似性。因此，女性主义文学批评应正确对待不同的声音，合理地接纳和吸收西方的理论，以促进自身理论不断发展和完善，实现女性主义文学批评的重构。

二、回归理论起点，重构女性价值

我国新时期的女性主义文学理论建设的自主创新程度较弱，批评实践则较为繁盛，形成了不相称的发展格局。自20世纪80年代以来，中国的女性主义文学批评理论在本土化进程中逐步丧失了对话性。批评阐释的简单、机械，使女性主义文学批评缺乏理论生机。女性主义文学批评研究的理论范式经历了从“人学范式”到“现代性范式”，再到“后女性主义范式”的演变过程。虽然从逻辑上看，演变过程呈现出从单一到丰富并逐渐走向深入的态势，由文学层面向社会学及哲学层面拓展，但是理论范式的转变在使批评实践深化的同时，也出现了一定的偏向。“社会性别”问题的研究被逐渐强化，而文学研究的语言和审美等元素则被弱化，甚至被忽视。因此，将中国女性文学中特有的审美内涵挖掘出来，重构女性价值是中国女性主义文学批评理论构建的关键内容。90年代以后，“个人化写作”的盛行使女性主义文学批评暴露出不少问题。一些学者开始强调女性的“个体身份”，而忽视了女性主体的“阶级身份”，这是由于他们忽略了中国女性发展的历史渊源。

在中国女性主义文学批评的发展过程中，不断出现新问题，寻找新思路，这种循环往复是其不断成熟的必经之路。而女性文学作家和批评家的自我反思和正视困境则是中国女性主义文学批评重构的前提。

三、构建中国特色的理论话语体系

中国的女性主义文学批评有其独特的形成和发展语境。与之相应的文学批评理论也应与国家、民族、政治、经济、文化、语言等要素紧密相关。在中华民族的历史进程中，逐步形成了独特的审美思维品质。建设具有中国特色的女性文学理论体系与话语体系，不套用西方理论来评判中国人的审美观点，批判性借鉴西方的女性主义文学批评理论，并继承和创新中国传统文学批评理论，在创作与批评相互理解的基础上进行深度对话，才能不断推动中国女性主义文学批评理论体系的发展与重构。

四、跨学科视角下的理论构建

中国女性主义文学批评要立足本身，借鉴和吸取多学科研究成果。从社会学、文化学等角度对历史与现实情境中的女性生存现状给予审视，妥善处理女性文学研究与历史、社会、文化等领域之间的复杂关系，是女性文学研究找到更适合自己发展的资源与路径的重要方法。女性主义理论的跨学科构建不仅是研究女性文学的基础，更是建立起认识女性世界、了解女性自身的重要方式。强化中国女性主义文学批评理论建设，探寻中国女性主义文学批评研究的新话语，跨学科理论借鉴与跨学科理论研究，有助于拓宽中国女性主义文学批评的研究思路和研究视角，带来中国女性主义文学批评的理论跨越和学术创新。

五、海外华人学者的成果借鉴

海外华人女性主义文学批评是海外华人文学的重要组成部分，为少数族裔女性身份和文化身份的认同感的构建提供了可借鉴的研究范例。目前海外华人学者分布于东南亚、北美、欧洲、大洋洲等地区。新时期以来，中国大陆涌现出的新移民文学成为女性主义文学研究的有生力量。他们在海外讲述中国故事，同时也讲述华人在海外的故事。海外女性文学研究作为一种研究形式，既是西方女性文学研究的一部分，也是中国女性文学研究的组成部分。这些海外学者，比如旅美学者孟悦、刘剑梅等，她们的思维方式、研究方法和学术话语更容易被西方学界所接受，她们了解中西方的文化差异，并具有化解分歧的能力，对新时期的中国女性文学特征也有较深入的理解。正是这种双重性的认知，使海外华人学者能够在女性文学研究中与全球的文明进行对话与知识互鉴，这也为她们向世界分享中国女性的生活经验及中国女性的研究成果提供了便利。她们没有受到现有观点的影响，在研究过程中可以借助中西方的研究资料，进行实证考察，论述客观事实，做出理论创新。

中国新时期女性主义文学批评的发展应该是本土性与现代性共存，这既符合文学现代性发展的基本方向，又融入中国本土的传统与现实，只有如此，中国女性主义文学批评才能走上重构之路。

参考文献
References

霭理士.性心理学.潘光旦，译.北京：生活·读书·新知三联书店，1987.

艾布拉姆斯.简明外国文学词典.曾忠禄，译.长沙：湖南人民出版社，1987.

奥尔逊.给我猜个谜语：“一切总会好起来”.艾迅，译.世界文学，1984（6）：156-192.

巴赫金.巴赫金全集（第5卷）.白春仁，顾亚铃，译.石家庄：河北教育出版社，1998.

白薇.悲剧生涯.上海：文学出版社，1936.

柏棣.西方女性主义文学理论.桂林：广西师范大学出版社，2007.

鲍晓兰.西方女性主义研究评介.北京：生活·读书·新知三联书店，1995.

波伏娃.第二性.陶铁柱，译.北京：中国书籍出版社，1998.

残雪.山上的小屋.人民文学，1985（8）：67-69.

残雪.奇异的木板房.昆明：云南人民出版社，2000.

残雪.趋光运动.长沙：湖南文艺出版社，2017.

曹旭.流水与情思的系谱.名作与欣赏，1990（6）：51-55.

畅引婷，邸晓星.当代中国妇女研究与学科建设的人文价值.马克思主义与现实，2013（4）：67-72.

陈传才.中国当代20世纪后20年文学思潮.北京：中国人民大学出版社，2001.

陈厚诚，王宁.西方当代文学批评在中国.天津：百花文艺出版社，2000.

陈娇华.近年来中国女性主义文学批评发展的新趋向.兰州学刊，2013（9）：59-64.

陈骏涛.关于当代中国(大陆)三代女批评家的笔记.东南学术，2003（1）：150-166.

陈龙.从解构到建构：论女性主义批评的理论渊源.当代外国文学，1995（3）：87-91，80.

陈染.与往事干杯.武汉：湖北辞书出版社，1993.

陈染.饥饿的口袋//王庆生.中国当代文学作品选（第二卷）.武汉：华中师范大学出版社，2001：460-473.

陈染.私人生活.北京：作家出版社，2001.

陈染.无处告别.南京：江苏文艺出版社，2005.

陈顺馨.中国当代文学的叙事与性别.北京：北京大学出版社，1995.

陈思和.中国当代文学史教程.上海：复旦大学出版社，2008.

陈晓兰.女性主义批评与文学诠释.兰州：敦煌文艺出版社，1999.

陈媛.云上的奶奶.北京：北京时代华文书局，2014.

陈媛．半边翅膀．北京：华夏出版社，2021.
陈志红．反抗与困境：女性主义文学批评在中国．杭州：中国美术学院出版社，2002.
谌容．人到中年//《收获》编辑部．赞歌（谌容中短篇小说集）．成都：四川人民出版社，1983：217-316.
池莉．一去永不回//池莉．紫陌红尘．南京：江苏文艺出版社，1995：334-393.
池莉．来来往往．北京：作家出版社，1998.
迟子建．树下．郑州：河南文艺出版社，2009.
崔卫平．我是女性，但不主义．文艺争鸣，1998（6）：45-52.
戴厚英．人啊，人！．广州：花城出版社，1980.
戴厚英．诗人之死．福州：福建人民出版社，1982.
戴厚英．性格—命运—我的故事．西安：太白文艺出版社，1994.
戴锦华．犹在镜中：戴锦华访谈录．北京：知识出版社，1999.
戴锦华．涉渡之舟：新时期女性写作与女性文化．西安：陕西人民教育出版社，2002.
戴锦华．沙漏之痕．济南：山东友谊出版社，2006.
戴雪红．看不见的奴役：当代西方新女权主义批判之的．福建论坛，1996（6）：14-20.
邓利．新时期女性主义文学批评的发展轨迹．北京：中国社会科学出版社，2007.
翟永明．独白//翟永明．女人．桂林：漓江出版社，1988：18-19.
翟永明．女人．桂林：漓江出版社，1988.
丁帆，王彬彬，费振钟．“女权”写作中的文化悖论．文艺争鸣，1997（5）：11-16.
丁玲．母亲．上海：上海良友图书印刷公司，1933.
丁玲．新的信念//丁玲．我在霞村的时候．北京：生活·读书·新知三联书店，1950：117-148.
丁玲．丁玲自传．南京：江苏文艺出版社，1996.
丁玲．莎菲女士的日记．北京：人民文学出版社，2004.
杜芳琴．社会性别．天津：天津人民出版社，2006.
杜芳琴，王政．妇女与社会性别学书系．天津：天津人民出版社，2004.
恩格斯．英国工人阶级现状．中共中央马克思恩格斯列宁斯大林著作编译局，编译．北京：人民出版社，1956.
恩格斯．家庭、私有制和国家的起源．中共中央马克思恩格斯列宁斯大林著作编译局，编译．北京：人民出版社，1999.
樊星，李雪．当代女性文学与传统文化．文艺评论，2012（3）：29-35.
方丽娜．夜蝴蝶．北京：作家出版社，2019.
费希尔．第一性．王家湘，译．沈阳：辽宁人民出版社，2002.
弗里丹．女性的奥秘．巫漪云，丁兆敏，林无畏，译．南京：江苏人民出版社，1988.
弗里德曼．超越女作家批评和女性文学批评：论社会身份疆界说以及女权/女性主义批评之未来//王政，杜芳琴．社会性别研究选择．北京：生活·读书·新知三联书店，1998：461-468.
弗洛姆．弗洛姆著作精选：生活·读书·新知．黄颂杰，译．上海：上海人民出版社，1989.
古芭．“空白书页”和女性创造力问题//王逢振，盛宁，李自修．最新西方文论选．韩敏中，译．桂林：

漓江出版社，1991：284-306.
郭冰茹. 当代女性写作中的性别意识. 文艺报，2020-03-06.
郭力. 二十世纪中国女性文学的生命意识. 哈尔滨：黑龙江教育出版社，2002.
郭小东. 逐出伊甸园的夏娃. 广州：暨南大学出版社，1993.
郭小霞. 文化诗学视域下《半生缘》的女性人物形象. 名作欣赏，2020（2）：61-62+68.
海男. 人间消息. 钟山，1989（4）：60-87.
海男. 我的情人们. 北京：中国文联出版公司，1994：45-46.
海男. 疯狂的石榴树. 昆明：云南人民出版社，1995.
海男. 私奔者. 武汉：长江文艺出版社，2001.
贺桂梅. 1990年代的“女性文学”与女作家出版物//陈平原，山口守. 大众传媒与现代文学. 北京：新世界出版社，2003：488-505.
贺桂梅. 当代女性文学批评的一个历史轮廓. 解放军艺术学院学报，2009（2）：17-28.
贺敬之，丁毅. 白毛女. 哈尔滨：东北文艺出版社，1946.
贺玉高，李秀萍. 身体写作与消费时代的文化症状学术讨论会综述. 文学评论，2004（4）：189-191.
虹影. 饥饿的女儿. 北京：中国妇女出版社，2008.
虹影. 在人群之上//虹影. 你照亮了我的世界. 成都：四川文艺出版社，2016：1-14.
洪子诚. 中国当代文学史. 北京：北京大学出版社，2010.
胡克斯. 女权主义理论：从边缘到中心. 晓征，平林，译. 南京：江苏人民出版社，2001.
荒林. 性别虚构·对话与潜对话·女性书写的现实激情. 文艺争鸣，1999（3）：68-74.
荒林. 中国女性主义. 桂林：广西师范大学出版社，2004.
荒林，苏红军. 中国女性文学文化学科建设丛书. 桂林：广西师范大学出版社，2013.
荒林，王光明. 两性对话：20世纪中国女性与文学. 北京：中国文联出版社，2001.
黄蓓佳. 玫瑰房间. 石家庄：河北教育出版社，1995.
霍夫曼. 美国当代文学. 裘小龙，译. 北京：中国文联出版公司，1984.
吉尔伯特，古芭. 阁楼上的疯女人：女性作家与19世纪文学想象. 杨莉馨，译. 上海：上海人民出版社，2015.
吉尔曼. 黄色壁纸//吉尔曼. 她乡. 林淑琴，译. 沈阳：辽宁教育出版社，2003：155-174.
蒋述卓，宋音希. 文化诗学之路的宽广前程：蒋述卓教授访谈录. 当代文坛，2018（6）：30-33+2.
蒋述卓. 走文化诗学之路：关于第三种批评的构想. 当代人，1995（4）：1-7.
蒋肖斌. 莎士比亚的妹妹无法成为作家，但“她们”在2020年写作. 中国青年报，2021-03-23（11）.
蒋韵. 你好，安娜. 广州：花城出版社，2019.
蒋子丹. 等待黄昏//蒋子丹. 蒋子丹自选集. 北京：天地出版社，2018：262-291.
金文野. 女性主义文学论略. 文艺评论，2000（5）：64-67+92.
卡勒. 论解构：结构主义之后的理论与批评. 陆扬，译. 北京：中国社会科学出版社，1998.
凯瑟. 花园小屋//凯瑟. 中短篇小说集. 袁慧，译. 武汉：长江文艺出版社，2008：268-282.
凯瑟. 瓦格纳作品音乐会//凯瑟. 中短篇小说集. 袁慧，译. 武汉：长江文艺出版社，2008：1-9.
康有为. 大同书. 郑州：中州古籍出版社，1998.

康正果．女权主义与文学．北京：中国社会科学出版社，1994.
科恩．文学理论的未来．程锡麟，王晓路，林必果，伍厚恺，译．北京：中国社会科学出版社，1993.
克里斯蒂娃．中国妇女．赵靓，译．上海：同济大学出版社，2010.
克里斯蒂娃．诗性语言的革命．张颖，王小姣，译．成都：四川大学出版社，2016.
赖雨．群山之上．成都：四川大学出版社，1998.
乐黛云．中国女性意识的觉醒．文学自由谈，1991（3）：45-49.
黎慧．谈西方女权主义文学批评．文学自由谈，1987（6）：77-81.
李继凯．女权批评：解构与比较：评刘慧英《走出男权传统的樊篱》．中国现代文学研究丛刊，1996（4）：276-281.
李美皆．结婚年．北京：作家出版社，2022.
里奇．当我们彻底觉醒的时候：回顾之作//张京媛．当代女性主义文学批评．北京：北京大学出版社，1992：122-142.
李晓光．马克思主义与社会性别研究．北京：知识产权出版社，2010.
李小江．夏娃的探索：妇女研究论稿．郑州：河南人民出版社，1988.
李小江．性沟．北京：生活・读书・新知三联书店，1989.
李小江．华夏女性之谜：中国妇女研究论集．北京：生活・读书・新知三联书店，1990.
李小江．性别与中国．北京：生活・读书・新知三联书店，1994.
李小江．女性？主义：文化冲突与身份认同．南京：江苏人民出版社，2000.
李小江．身临“奇”境：性别、学问、人生．南京：江苏人民出版社，2000.
李小江．文化教育与性别：本土经验与学科建设．南京：江苏人民出版社，2002.
李小江．文学、艺术与性别．南京：江苏人民出版社，2002.
李小江．让女人自己说话：文化寻踪．北京：生活・读书・新知三联书店，2003.
李小江．女性/性别的学术问题．济南：山东人民出版社，2005.
李小琳．马克思主义女性主义批评的理论形成和逻辑延伸．妇女研究论丛，2000（5）：4-9.
李银河．妇女：最漫长的革命：当代西方女权主义理论精选．北京：生活・读书・新知三联书店，1997.
李玉洁．梦想在110厘米之上．北京：人民出版社，2015.
李子云．净化人的心灵．北京：生活・读书・新知三联书店，1984.
李子云．女作家在当代文学史所起的先锋作用．当代作家评论，1987（6）：4-10.
梁启超．中国韵文里头所表现的情感//夏晓虹．梁启超文选：全2卷．福州：福建教育出版社，2020.
梁乙真．清代妇女文学史．上海：中华书局，1927.
林白．飘散．花城，1993（5）：106-177.
林白．回廊之椅．昆明：云南人民出版社，1995.
林白．守望空心岁月．广州：花城出版社，1996.
林白．致命的飞翔．武汉：长江文艺出版社，1996.
林白．说吧，房间．南京：江苏文艺出版社，1997.
林白．日午．长春：时代文艺出版社，2001.

林白.一个人的战争.北京：北京十月文艺出版社，2004.
林白.瓶中之水.沈阳：春风文艺出版社，2007.
林丹娅.当代中国女性文学史论.厦门：厦门大学出版社，2003.
林丹娅.女性话语的文学境遇.东南学术，2004（1）：132-140.
林树明.评当代我国的女权主义文学批评.文学评论，1990（4）：36-43.
林树明.女性主义批评在中国.北京：中国社会科学出版社，1995.
林树明.女性主义文学批评在中国.贵阳：贵州人民出版社，1995.
林树明.女性主义文学批评在中国大陆的传播.社会科学研究，1999（2）：132-137.
林树明.关于女性主义文学批评的争鸣笔记.山花，1999（12）：115-118.
林树明.性别研究：意会与构想.中国文化研究，2000（1）：109-115.
林树明.多维视野中的女性主义文学批评.北京：中国社会科学出版社，2004.
林树明.女性主义文论与解构批评：兼论G. C.斯皮瓦克的解构策略.贵州师范大学学报，2004（5）：86-90.
林树明.论当前中国女性主义文学批评中的问题.湘潭大学学报，2006（3）：40-45.
林树明.女性文学研究、性别诗学与社会学理论.贵州社会科学，2007（12）：39-42.
林树明.后女性主义文学批评及其启示.贵州师范大学学报，2009（1）：82-85.
林树明.迈向性别诗学.北京：中国社会科学出版社，2011.
凌叔华.古韵.付光明，译.天津：天津人民出版社，2011.
刘爱玲.把天堂带回家.北京：华夏出版社，2002.
刘爱玲.米家村九号.西安：太白文艺出版社，2012.
刘爱玲.上王村的马六//刘爱玲.西去玉门镇.西安：太白文艺出版社，2012：136-157.
刘爱玲.西去玉门镇.西安：太白文艺出版社，2012.
刘刚.当前我国马克思主义女性主义问题研究述评.山东女子学院学报，2019（11）：13-18.
刘禾.文本、批评与民族国家文学：《生死场》的启示//唐小兵.再解读：大众文艺与意识形态.北京：北京大学出版社，2007：1-18.
刘慧英.走出男权传统的樊篱：文学中男权意识的批判.北京：生活·读书·新知三联书店，1995.
刘剑梅.彷徨的娜拉.北京：生活·读书·新知三联书店，2005.
刘婧.从"女权"到"女性"：女性主义文学批评发展的内在逻辑.邢台学院学报，2009（2）：24-25.
刘思谦.女性文学研究学科建设的理论思考.职大学报，2003（1）：38-42.
刘思谦.女性文学这个概念.南开学报，2005（2）：1-6.
刘思谦.性别：女性文学研究的关键词.洛阳师范学院学报，2005（6）：1-8.
刘思谦."娜拉"言说：中国现代女作家心路纪程.开封：河南大学出版社，2007：18.
刘思谦.性别研究：理论背景与文学文化阐释.天津：南开大学出版社，2010.
刘晓颖.论新时期女性作家对母亲形象的解构与重塑.常州工学院学报，2010（3）：44-46.
柳营.阁楼.杭州：浙江大学出版社，2010.
卢玲.当幸福逆袭.北京：人民出版社，2015.
鲁迅.伤逝//鲁迅.彷徨.北京：人民文学出版社，2005：113-134.

陆星儿. 啊，青鸟. 北京：北京十月文艺出版社，1984.
陆星儿. 留给世纪的吻. 北京：北京十月文艺出版社，1988.
罗淑. 生人妻. 上海：上海文化生活出版社，1938.
罗婷. 女性主义文学批评在西方与中国. 北京：中国社会科学出版社，2004.
吕颖. 女性主义文学批评的走向：谈性别诗学的建构前提. 北京行政学院学报，2006（6）：88-90.
吕颖. 女性文学批评的几个关键问题思考：从“对话与参与”的角度谈起. 北京行政学院学报，2011（6）：119-123.
马睿. 作为文化生产的“性别”：当代西方马克思主义女性主义的文化批判. 文艺理论研究，2014（2）：130-138.
马元曦. 社会性别与发展译文集. 北京：生活·读书·新知三联书店，2000.
马元曦. 西方女性主义文学文化译文集. 桂林：广西师范大学出版社，2008.
麦卡勒斯. 家庭困境//麦卡勒斯. 伤心咖啡馆之歌：麦卡勒斯中短篇小说集. 李文俊，译. 上海：上海三联书店，2007：125-138.
麦克拉肯，艾晓明，柯倩婷. 女权主义理论读本. 桂林：广西师范大学出版社，2007.
梅娘. 蟹. 北京：武德报社，1944.
孟悦，戴锦华. 浮出历史地表. 郑州：河南人民出版社，1989.
孟悦，薛毅. 女性主义与“方法”. 天涯，2003（6）：45-49.
米利特. 性政治. 宋文伟，译. 南京：江苏人民出版社，2000.
棉棉. 糖. 北京：中国戏剧出版社，2000.
莫依. 性与文本的政治：女权主义文学理论. 林建法，赵拓，译. 长春：时代文艺出版社，1992.
穆勒. 妇女的屈从地位. 汪溪，译. 北京：商务印书馆，1995.
普拉斯. 钟形罩. 唐湘，译. 南京：译林出版社，2019.
乔以钢. 中国女性的文学世界. 武汉：湖北教育出版社，1993.
乔以钢. 多彩的旋律：中国女性文学主题研究. 天津：南开大学出版社，2003.
乔以钢. 论女性文学的学科建设. 南开学报，2003（2）：104-111.
乔以钢. 中国当代女性文学的文化探析. 北京：北京大学出版社，2006.
乔以钢. 性别：文学研究的一个有效范畴. 文史哲，2007（2）：159-166.
乔以钢. 漫谈女性文学研究的若干问题. 扬子江评论，2008（1）：64-71.
乔以钢. 问题与挑战：女性文学学科建设之思. 天津师范大学学报，2012（5）：1-5+15.
秦美珠. 女性主义的马克思主义. 重庆：重庆出版社，2008.
邱高，罗婷. 马克思主义女性主义理论与批评在中国的接受与影响. 中国文学研究，2018（4）：10-17.
屈雅君. 关于女性主义文学批评学科建设的若干问题. 学术月刊，1999（5）：54-61.
屈雅君. 女性文学批评本土化过程中的语境差异. 妇女研究论丛，2003（2）：40-44，58.
任一鸣. 女性文学与女性主义文学及其批评之辨析. 昌吉学院学报，2003（2）：7-10.
任一鸣. 解构与建构：中国女性文学与美学衍论. 北京：九州出版社，2004.
任一鸣. “女性意识”与“社会性别”的理论辨析. 新疆师范大学学报，2005（1）：158-160.

任一鸣. 两性之间理解与沟通的呼唤. 昌吉学院学报. 2006（2）: 1-4.
柔石. 为奴隶的母亲//柔石. 青年和妇女的人生写照：柔石小说全集.北京：中国文联出版公司，1996：561-583.
茹志鹃. 静静的产院. 北京：中国青年出版社，1962.
茹志鹃. 百合花. 北京：人民文学出版社，1978.
茹志鹃. 儿女情. 上海：文汇出版社，1996.
萨特. 存在与虚无. 陈宣良，译. 上海：生活・读书・新知三联书店，1987.
盛宁. 二十世纪美国文论. 北京：北京大学出版社，1994.
盛英. 二十世纪中国女性文学史. 天津：天津人民出版社，1995.
盛英. 女性批判：中国男作家的男权话语//荒林. 两性视野. 北京：知识出版社，2003：48-65.
斯坦能. 内在革命：一本关于自尊的书. 罗勒，译. 呼和浩特：内蒙古人民出版社，1998.
宋素凤. 法国女性主义对书写理论的探讨. 文史哲，1999（5）: 100-104.
宋晓萍. 女性书写和欲望的场域. 北京：北京大学出版社，2011.
宋雅静. 万分之一的奇迹：无腿妈妈宋雅静的传奇故事. 太原：山西人民出版社，2013.
苏青. 结婚十年. 上海：上海天地出版社，1944.
孙桂荣. 从新时期到新世纪：女性小说叙事形式的社会性别研究. 济南：山东大学出版社，2022.
孙绍先. 女性主义文学. 沈阳：辽宁大学出版社，1986.
台静农. 蚯蚓们//台静农. 地之子. 郑州：海燕出版社，2015：92-99.
谭正璧. 中国女性的文学生活. 上海：光明书局，1930.
谭正璧. 中国女性文学史. 天津：百花文艺出版社，2001.
唐亚平. 黑色沙漠. 沈阳：春风文艺出版社，1997.
铁凝. 没有纽扣的红衬衫. 北京：中国青年出版社，1984.
铁凝. 哦，香雪//铁凝. 哦，香雪.郑州：中原农民出版社，1987：137-146.
铁凝. 玫瑰门. 北京：作家出版社出版，1989.
铁凝，崔立秋. 笨重与轻盈的奇妙世界：关于铁凝《笨花》的对话. 河北日报，2006-01-06.
童庆炳. 中西比较文论视野中的文化诗学. 文艺研究，1999（4）: 33-35.
童庆炳. 文化诗学的学术空间. 东南学术，1999（5）: 8-11.
童庆炳. 文化诗学是可能的. 江海学刊，1999（5）: 170-178.
童庆炳. 新理性精神与文化诗学. 东南学术，2002（2）: 45-47.
童庆炳. "文化诗学" 作为文学理论的新构想. 陕西师范大学学报，2006（1）: 5-9.
童庆炳. 文化诗学：理论与实践. 北京：北京大学出版社，2015.
童庆炳. 文化诗学导论. 黄山：黄山书社，2019.
万莲子. 掇拾 "双性和谐" 的文化意义. 文学自由谈，1995(4)：119-122.
万莲子. 性别：一种可能的审美维度：全球化视域里的中国性别诗学研究导论（1985—2005大陆）（上). 湘潭大学学报，2005（6）: 41-45.
万莲子. 性别：一种可能的审美维度：全球化视域里的中国性别诗学研究导论（1985—2005大陆）（下). 湘潭大学学报，2006（1）: 89-94.

王安忆.雨，沙沙沙//王安忆.雨，沙沙沙.天津：百花文艺出版社，1981：20-33.
王安忆.69届初中生.北京：中国青年出版社，1986.
王安忆.小鲍庄.上海：上海文艺出版社，1986.
王安忆.小城之恋//中国作家协会创研室.小城之恋.长春：时代文艺出版社，1986：176-250.
王安忆.香港的情与爱.北京：作家出版社，1996.
王安忆.我爱比尔.海口：南海出版公司，2000.
王安忆.长恨歌.海口：南海出版公司，2003.
王安忆.岗上的世纪.北京：中国电影出版社，2004.
王安忆.荒山之恋.北京：中国电影出版社，2004.
王安忆.锦绣谷之恋.北京：中国电影出版社，2004.
王安忆.金灿灿的落叶//王安忆.墙基：王安忆短篇小说编年：1978～1981.北京：人民文学出版社，2009：327-335.
王安忆.乌托邦诗篇.上海：华东师范大学出版社，2011.
王安忆.小说与我.桂林：广西师范大学出版社，2017.
王春荣.中国妇女文学研究的历史与现状.沈阳师范大学学报，2005（1）：86-90.
王春荣，吴玉杰.反思、调整与超越：21世纪初的女性文学批评.文学评论，2008（6）：23-27.
王绯.张欣欣小说的内心视镜与外在视界：兼论当代女性文学的两个世界.文学评论，1986（3）：44-52.
王逢振.关于女权主义批评的思索.外国文学动态，1986（3）：18-23.
王富仁.从本质主义的走向发生学的：女性文学研究之我见.南开学报，2010（2）：1-8.
王慧.走向后现代女性主义诗学：试析解析符号学与生态女性主义的内在关联.作家，2015（18）：165-168.
王婧怡.《红豆》与《青春之歌》女主人公形象对比研究：以“革命加恋爱”道路为例.北方文学（中旬刊），2019（2）：36-37.
王俊，郭云卿.中国妇女/性别研究需要“学科化”的女性学吗？.妇女研究论丛，2020（4）：5-20.
王侃.当代二十世纪中国女性文学研究批判.社会科学战线，1997（3）：156-163.
王丽.女性、女性意识与社会性别.中国文化研究，2000（3）：134-138.
王维，庞君景.20世纪西方马克思主义思潮.北京：首都师范大学出版社，1999.
王艳芳.从性别对抗到多元化书写：论新世纪女性写作的新走向.中国当代文学研究会第十四届学术年会论文集，2006（11）：62-67.
王艳峰.突围还是陷落：对性别诗学的反思.中文自学指导，2009（2）：39-43.
王宇.女性主义写作：寻求身份的意义与困惑.宁德师专学报，2000（4）：49-51.
王政，杜芳琴.社会性别研究选译.北京：生活·读书·新知三联书店，1998.
王周生.丁玲：飞蛾扑火.上海：上海教育出版社，1999.
卫慧.蝴蝶的尖叫.长沙：湖南文艺出版社，1999.
卫慧.上海宝贝.沈阳：春风文艺出版社，1999.
卫慧.说吧说吧//卫慧.卫慧作品全编.桂林：漓江出版社，2000：502-511.

沃尔顿. 另外那两位//张建萍. 英美女性主题短篇小说赏析. 长春：吉林大学出版社，2009：110-152.
沃斯通克拉夫特. 女权辩护. 王蓁，译. 北京：商务印书馆，1995.
吴黛英. 新时期“女性文学”漫谈. 当代文艺思潮，1983（4）：35-41.
吴黛英. 从新时期女作家的创作看“女性文学”的若干特征. 文艺评论，1985（4）：4-10.
吴黛英. 女性世界和女性文学：致张抗抗信. 文艺评论，1986（1）：61-65+1.
吴高园. 当代文学中的酷评现象：由《十美女作家批判书》谈起. 郧阳师范高等专科学校学报，2010（1）：46-50.
伍尔夫. 一间自己的屋子. 王还，译. 北京：生活·读书·新知三联书店，1989.
西慧玲. 西方女性主义与中国女作家批评. 上海：上海社会科学院出版社，2003.
萧红. 生死场. 上海：上海荣光书局，1935.
萧红. 呼兰河传. 桂林：上海杂志公司，1941.
肖邦. 一小时之内发生的事情. 张妍，李华云，译. 北京：中信出版社，2016.
肖丽华. 性别、民族与权力：后殖民女性主义文学批评中的“国/族”论. 温州大学学报，2013（6）：30-36.
肖明华. 文化诗学发生考论. 江西师范大学学报. 2018（3）：57-61.
肖瓦尔特. 荒原中的女权主义批评//王逢振，盛宁，李自修. 最新西方文论选. 韩敏中，译. 桂林：漓江出版社，1991：254-282.
肖瓦尔特. 我们自己的批评：美国黑人和女性主义文学理论中的自治与同化//科恩. 文学理论的未来. 程锡麟，王晓路，林必果，伍厚恺，译. 北京：中国社会科学出版社，1993：242-274.
肖瓦尔特. 走向女权主义诗学//周务宪，罗务恒，戴耘. 当代西方艺术文化学. 周宪，等译. 北京：北京大学出版社，1998：340-365.
肖瓦尔特. 她们自己的文学：从勃朗特到莱辛的英国女性小说家. 韩敏中，译. 杭州：浙江大学出版社，2012.
谢冰莹. 从军日记. 上海：春潮书店，1928.
谢冰莹. 一个女兵的自传. 上海：上海良友图书印刷公司，1936.
谢无量. 中国妇女文学史. 上海：中华书局，1916.
谢玉娥. 女性文学研究教学参考资料. 开封：河南大学出版社，1990.
新华社. 北京宣言：1995年9月15日联合国第四次世界妇女大会通过. 科技文萃，1995（10）：248-250.
新华社. 行动纲领在世妇会上获通过. 科技文萃，1995（10）：250-252.
徐岱. 女人与小说：建构性别诗学的一种思考. 杭州师范学院学报，2002（1）：4-21+34.
徐汉晖. 解构与建构：中国现当代小说女性形象考论. 牡丹江大学学报，2020（12）：21-25.
徐杰. 赌徒吉顺//徐杰. 子卿先生. 北京：华夏出版社，2009：70-92.
徐坤. 双调夜行船：九十年代的女性写作. 太原：山西教育出版社，1999.
徐小斌. 世纪回眸：生命的色彩//徐小斌. 徐小斌散文. 北京：华夏出版社，1999：1-19.
徐小斌. 双鱼星座. 天津：百花文艺出版社，1999.
徐小斌. 逃离意识与我的创作//徐小斌. 徐小斌散文. 北京：华夏出版社，1999：20-32.

徐小斌. 个人化写作与外部世界. 中国女性文化. 北京：中国文联出版社，2001：63.
徐小斌. 迷幻花园. 北京：作家出版社，2012.
徐艳蕊. 当代中国女性主义文学批评二十年. 桂林：广西师范大学出版社，2008.
许地山. 商人妇//傅桂禄. 商人妇. 北京：群众出版社，1994：1-17.
杨剑龙，乔以钢，丁帆，张凌江. “女性主义文学批评的现状与开拓”笔谈. 海南师范学院学报，2003（1）：46-52.
杨金才. 玛格丽特·福勒及其女权主义思想. 国外文学，2007（1）：112-122.
杨莉馨. 女性主义诗学在中国的流变与影响. 北京：北京大学出版社，2005.
杨莉馨. 西方女性主义文论研究. 南京：江苏文艺出版社，2002.
杨莉馨. 异域性与本土化：女性主义诗学在中国的流变与影响. 北京：北京大学出版社，2005.
杨沫. 青春之歌. 北京：中国青年出版社，2013.
姚楠. 酷评：一类反调的文学批评时尚：世纪之交文学批评论. 文艺评论，2004（4）：4-10.
叶舒宪. 性别诗学. 北京：社会科学文献出版社，1999.
伊格尔顿. 女权主义文学理论. 胡敏，陈彩霞，林树明，译. 长沙：湖南文艺出版社，1989.
伊格尔顿. 历史中的政治、哲学爱欲. 马海良，译. 北京：中国社会科学出版社，1999.
伊利格瑞. 此性非一. 李金梅，译. 台北：桂冠图书，2005.
伊利格瑞. 他者女人的窥镜. 屈雅君，赵文，李欣，霍炬，译. 郑州：河南大学出版社，2013.
伊利格瑞. 性差异的伦理学. 张念，译. 南京：南京大学出版社，2022.
亦舒. 我的前半生. 哈尔滨：北方文艺出版社，1988.
易显飞，章雁超，傅畅梅. 文化女性主义视域中的技术. 东北大学学报，2014（3）：221-225.
于文秀. 新时期以来女性文学研究范式与批评实践审思. 天津社会科学，2020（7）：115-121.
余秀华. 摇摇晃晃的人间. 长沙：湖南文艺出版社，2015.
余秀华. 月光落在左手上. 桂林：广西师范大学出版社，2015.
余秀华. 无端欢喜. 北京：新星出版社，2018.
余秀华. 且在人间. 长沙：湖南文艺出版社，2019.
云富，田祥斌. 林道静的颠覆之路：从女权主义视角对《青春之歌》的解读. 湖北开放大学学报，2008（4）：57-58.
张爱玲. 传奇. 上海：上海杂志社，1944.
张爱玲. 沉香屑//张爱玲. 张爱玲作品集. 北京：作家出版社，2005：384-523.
张爱玲. 金锁记//张爱玲. 张爱玲作品集. 北京：作家出版社，2005：384-523.
张爱玲. 倾城之恋//张爱玲. 倾城之恋. 北京：北京十月文艺出版社，2012：160-201.
张广利. 后现代女权理论与女性发展. 天津：天津人民出版社，2005.
张海迪. 轮椅上的梦. 北京：中国青年出版社，1991.
张洁. 爱，是不能忘记的//张洁. 爱是不能忘记的还有勇气吗. 北京：作家出版社，1997：369-385.
张洁. 沉重的翅膀. 北京：人民文学出版社，1981.
张洁. 方舟. 北京：北京出版社，1981.
张京媛. 当代女性主义文学批评. 北京：北京大学出版社，1992.

张敬婕. 性别与传播：文化研究的理路与视野. 北京：中国传媒大学出版社，2009.
张抗抗. 夏. 哈尔滨：黑龙江人民出版社，1981.
张抗抗. 我们需要两个世界. 文艺评论，1986（1）：57-61.
张抗抗. 你是先锋吗？张抗抗访谈录. 上海：文汇出版社，2005.
张抗抗. 回忆找到我. 武汉：长江文艺出版社，2017.
张抗抗. 北极光. 郑州：河南文艺出版社，2020.
张莉. 当代六十七位新锐女作家的女性写作观调查. 南方文坛，2019（2）：109-127.
张贤亮. 男人的一半是女人. 收获，1985（5）：4-102.
张欣. 永远的徘徊//张欣. 城市情人. 北京：华艺出版社，1995：352-410.
张欣. 亲情六处//张欣. 岁月无敌. 武汉：长江文艺出版社，1996：230-282.
张欣. 爱又如何. 天津：百花文艺出版社，1998.
张欣. 冬至//张欣. 张欣作品精选. 武汉：长江文艺出版社，2007：1-37.
张辛欣. 我们这个年纪的梦. 成都：四川文艺出版社，1985.
张辛欣. 在同一地平线上. 台北：三民书局，1988.
张岩冰. 女权主义文论. 济南：山东教育出版社，1998：192.
张懿红. "革命"：作为女性写作的《青春之歌》. 甘肃联合大学学报，2005（1）：38-40.
张悦然. 葵花走失在1890. 北京：作家出版社，2003.
张悦然. 这些那些//张悦然. 张悦然作品集. 南宁：接力出版社，2003：231-244.
张悦然. 樱桃之远. 沈阳：春风文艺出版社，2004.
张悦然. 十爱. 北京：人民文学出版社，2018.
张云. 革命叙事中的女性知识分子形象. 西安：西北大学（硕士论文），2011.
赵树勤. 找寻夏娃：中国当代女性文学透视. 长沙：湖南师范大学出版社，2001.
赵燕飞. 等待阿尔法. 长沙：湖南文艺出版社，2021.
郑新蓉，杜芳琴. 社会性别与妇女的发展. 西安：陕西人民教育出版社，2000.
周洁茹. 到常州去//周洁茹. 周洁茹作品集. 太原：北岳文艺出版社，2000：502-517.
周蕾. 妇女与中国现代性：西方与东方之间的阅读政治. 蔡青松，译. 上海：上海三联书店，2008.
周宪. 重心迁移：从作者到读者：20世纪文学理论范式的转型. 文艺研究，2010（1）：5-16.
朱栋霖等. 中国现代文学史. 北京：高等教育出版社，1999.
朱国芳. 经典马克思主义的女性主义思想及其影响. 马克思主义理论研究，2011（11）：19-22.
朱虹. 美国女作家作品选. 北京：中国社会科学出版社，1981.
朱虹. 美国女作家短篇小说选. 北京：中国社会科学出版社，1983.
朱立元. 女权主义批评简论. 大连大学学报，1996（3）：234-239.
朱立元. 当代西方文艺理论. 上海：华东师范大学出版社，2014.
朱立元，李均. 二十世纪西方文论选. 北京：高等教育出版社，2002.
宗璞. 红豆. 广州：花城出版社，2010.

Cixous, Hélène. Sorties. In Elaine Marks & Isabelle de Courtivron (eds.). *New French Feminisms*. New York: Schocken Books, 1981: 90-98.

Cixous, Hélène. The Laugh of the Medusa. In Elaine Marks & Isabelle de Courtivron (eds.). *New French Feminisms*. New York: Schocken Books, 1981: 245-264.

Greenblatt, Stephen. *Renaissance Self-Fashioning: From More to Shakespeare*. Chicago: The University of Chicago Press, 1980.

Humm, Maggie. *Feminist Criticism: Women as Contemporary Critics*. London: The Harvester Press, 1986.

Mies, Maria. *Patriarchy and Accumulation on a World Scale: Women in the International Division of Labour*. London: Zed Books Ltd., 2014.

Millman, Marcia & Kanter, Rosabeth Moss. *Another Voice: Feminist Perspectives on Social Life and Social Science*. New York: Anchor Books. 1975.

Smith, Barbara. Toward a Black Feminist Criticism. In Gloria T. Hull, Patricia Bell Scott & Barbara Smith (eds.). *All the Women Are White, All the Blacks Are Men, But Some of Us Are Brave: Black Women's Studies*. New York: The Feminist Press, 2002: 157-175.

Spacks, Patricia Meyer. *The Female Imagination: A Literary and Psychological Investigation of Women's Writing*. London: Routledge, 1976.

Walker, Alice. *In Search of Our Mothers' Gardens: Womanist Prose*. San Diego: Harcourt Inc., 1983.

Wollstonecraft, Mary. *A Vindication of the Rights of Woman*. Beijing: China University of Political Science and Law Press, 2003.

后　记

我接触女性主义文学批评是在2008年。是年，本人以访问学者身份公派到美国东密歇根大学访学。在经历了冬季阴雨连绵的日子之后，东密歇根大学所在地伊普西兰蒂迎来了温暖晴朗的春日。在那个时期，我加深了对欧美女性主义文学的认识，对西方女性主义文学批评的理论有了深入的了解。因此，从那时起，我便在脑中构思对女性文学批评理论的研究思路。回国后，我着手撰写并发表了与女性主义相关的学术论文，并主持了多项省部级与女性主义相关的研究课题。

本书是2020年浙江省哲学社会科学规划课题的研究成果，全文试图对女性主义文学批评进行一个全景式的叙介，包括对女性文学创作与批评过程进行了分析与研究、对中国新时期女性主义文学批评发展的历史与现状的梳理、对女性主义文学批评研究成果和学理性构建的个人表达。应该说，新时期以来，中国女性主义文学批评理论复杂多元，涉及的问题触及女性文学研究的各个层面，虽研究成果甚多，但女性主义文学批评的概念界定和理论阐述的模糊性一直存在。因此，本书坚持以文化建设的主体性和民族性为原则，试图采取客观的批评态度、科学的研究方法来审视中国新时期女性主义文学批评的发展过程，充分阐释现当代女性文学的深刻文化内涵，并在中西方女性主义文学批评研究的比较中厘清中国新时期女性主义文学批评的流变过程，进而为中国女性主义文学批评的研究提供些许思路。

撰写该书时，辽宁省文联副主席林喦为本书作序，我的大学同学娄振刚为本书提供了丰富的参考文献，我的家人、单位领导、同事、朋友、出版社和编辑都给予了极大的帮助。本书在撰写过程中参考了诸多专家学者的著作、论文和相关资料，在此一并致谢。出书不易，百密一疏，敬请方家指正。

“苔花如米小，也学牡丹开。”从现当代的女性文学研究一路走来，一直满怀希望！

高 岩

2023年6月23日